L'EMPIRE DE LA HONTE

JEAN ZIEGLER

L'Empire de la honte

ÉDITION MISE À JOUR

Préface inédite de l'auteur

FAYARD

© Librairie Arthème Fayard, 2005.
ISBN : 978-2-253-12115-2 – 1re publication LGF

Ce livre est dédié à la mémoire de mes amis :

George L. Mauner
Reginaldo Di Piero
Sergio Vieira de Mello
Saddrudhin Aga Khan
Yves Fricker
Gérard Pierre-Charles.

La nuit était noire, sans lune. Le vent soufflait à plus de 100 km/heure. Il soulevait des vagues de dix mètres qui s'abattaient dans un fracas effroyable sur la frêle embarcation de bois. Celle-ci était partie dix jours auparavant d'une crique de la côte mauritanienne avec à son bord 101 réfugiés africains.

Par miracle, la tempête jeta la barque contre un récif de la plage d'El Medano, sur une petite île de l'archipel des Grandes-Canaries.

Au fond de la barque, les agents de la Guardia civil espagnole trouvèrent, parmi les survivants hébétés, les cadavres d'une femme et de trois adolescents, morts de faim et de soif.

La même nuit, un rafiot s'échoua quelques kilomètres plus loin sur la plage d'El Hierro : à son bord 60 hommes, 17 enfants et 7 femmes. Spectres titubants à la limite de l'agonie, ils s'effondrèrent sur le sable[1].

À cette même époque, mais en Méditerranée cette fois-ci, se joua un autre drame : à 150 km au sud de Malte, un avion d'observation de l'organisation Frontex[2] repéra une barque surchargée de 53 passagers qui dérivait – probablement du fait d'une panne

---

1. Voir *El País*, Madrid, 13 mai 2007 : il s'agit de la nuit du vendredi 11 au samedi 12 mai 2007.
2. Voir plus loin, p. 13.

de moteur –, ballottée par les flots. À son bord, les caméras de l'avion purent identifier des femmes et des enfants en bas âge. Aussitôt, le pilote en informa les autorités maltaises.

Celles-ci refusèrent d'intervenir, prétextant que les naufragés dérivaient dans la « zone de recherche et de secours libyenne ». Laura Boldini, déléguée du Haut-Commissariat pour les réfugiés des Nations unies, intervint, demandant aux Maltais de dépêcher un bateau de secours. Son argument : « Par le passé des embarcations ont pu dériver en Méditerranée jusqu'à vingt jours[1]. »

Rien n'y fit.

L'Europe ne bougea pas.

On perdit toute trace des naufragés.

Quelques semaines auparavant, un rafiot où se pressait une centaine de réfugiés africains de la faim, qui tentait de rejoindre les Canaries, avait sombré dans l'Océan au large du Sénégal. Il y avait eu deux survivants[2].

Le 28 septembre 2005, des soldats espagnols avaient exécuté à bout portant cinq jeunes Africains qui tentaient d'escalader la clôture électrifiée, couronnée de barbelés, entourant l'enclave de Ceuta au Maroc. Huit jours plus tard, six autres jeunes Noirs avaient été abattus dans des circonstances similaires[3].

Des milliers d'Africains, y compris des femmes et des enfants, campent devant les clôtures de Melilla et de Ceuta, dans le Rif aride. Sur injonction des commissaires de Bruxelles, les policiers marocains refoulent les Africains dans le Sahara.

---

1. Cité par *Libération*, Paris, 27 mai 2007.
2. *Le Courrier*, Genève, 10 décembre 2006.
3. Amnesty International, 6 octobre 2005.
   http://www.amnestyinternational.be/doc/article5981, html.

Sans eau ni provisions.

Des centaines, peut-être des milliers d'entre eux périssent dans les rochers et les sables du désert[1].

Combien de jeunes Africains quittent-ils chaque année leur pays au péril de leur vie pour tenter de gagner l'Europe ? On estime qu'annuellement quelque deux millions de personnes essaient d'entrer illégalement sur le territoire de l'Union européenne et que, sur ce nombre, environ 2 000 périssent en Méditerranée et autant dans l'Atlantique. Leur objectif est de franchir le détroit de Gibraltar au départ du Maroc ou d'atteindre les îles Canaries à partir de la Mauritanie ou du Sénégal.

Selon le gouvernement espagnol, 47 685 migrants africains illégaux sont arrivés sur les côtes de l'Espagne en 2006. Il faut y ajouter les 23 151 migrants illégaux qui ont débarqué sur les îles italiennes ou à Malte au départ de la Jamahiriya arabe libyenne ou de la Tunisie. D'autres essaient de gagner la Grèce ou la côte adriatique de l'Italie en passant par la Turquie ou l'Égypte. Markku Niskala, secrétaire général de la Fédération internationale des sociétés de la Croix-Rouge et du Croissant-Rouge, dit : « Cette crise est complètement passée sous silence. Non seulement personne ne vient en aide à ces gens aux abois, mais il n'y a pas d'organisation qui établit ne serait-ce que des statistiques qui rendent compte de cette tragédie quotidienne[2]. »

---

1. Human Rights Watch, 13 octobre 2005.
http://hrw.org/english/docs/2005/10/13/spain11866.htm.

2. *Tribune de Genève*, 14 décembre 2006.

La fuite par la mer des réfugiés africains de la faim est favorisée par une circonstance particulière : la destruction en rapide progression des communautés de pêcheurs sur les côtes atlantique et méditerranéenne du continent. Celle-ci est due à la vente des droits de pêche par les États africains aux entreprises étrangères. Les bateaux-usines japonais, canadiens, portugais, français, danois, etc., ravagent les eaux territoriales. Plongés dans la misère, sans espoir, désarmés face aux prédateurs, les pêcheurs ruinés vendent leurs barques à bas prix à des passeurs mafieux ou encore s'improvisent passeurs eux-mêmes. Construites pour la pêche côtière dans les eaux territoriales, ces barques sont généralement inaptes à la navigation en haute mer.

Un peu moins d'un milliard d'êtres humains vivent en Afrique. Entre 1972 et 2002, le nombre des Africains gravement et en permanence sous-alimentés a augmenté de 81 à 203 millions.

Pourquoi ? Les raisons de cette situation sont multiples. La principale est due à la politique agricole commune de l'Union européenne.

Les États industrialisés de l'OCDE ont payé à leurs agriculteurs et éleveurs, en 2006, plus de 350 milliards de dollars à titre de subventions à la production et à l'exportation.

L'Union européenne, en particulier, pratique en Afrique le dumping agricole avec un cynisme sans faille.

Il en résulte notamment la destruction systématique des agricultures vivrières africaines.

Prenons l'exemple de la Sandaga, le plus grand marché de biens de consommation courants de l'Afrique de l'Ouest. La Sandaga est un univers bruyant, coloré, odorant, merveilleux, situé au cœur de Dakar.

La ménagère peut y acheter, selon les saisons, des légumes et des fruits portugais, français, espagnols, italiens, grecs, etc. – au tiers ou à la moitié du prix des produits autochtones équivalents.

Quelques kilomètres plus loin, sous un soleil brûlant, le paysan wolof travaille avec sa femme et ses enfants jusqu'à 15 heures par jour… et n'a pas la moindre chance d'acquérir en échange un revenu minimum décent.

Sur 52 pays africains, 37 sont des pays presque entièrement agricoles.

Peu d'êtres humains sur terre travaillent autant et dans des conditions aussi difficiles que les paysans africains, Wolof du Sénégal, Bambara du Mali, Mossi du Burkina ou Bashi du Kivu.

La politique du dumping agricole européen détruit leur vie et celle de leurs enfants.

Pour défendre l'Europe contre les réfugiés de la faim, l'Union européenne a mis sur pied une organisation militaire semi-clandestine qui porte le nom de Frontex.

Cette agence gère les « frontières extérieures de l'Europe », c'est-à-dire les frontières extracontinentales.

Elle dispose de navires d'interception en haute mer rapides et armés, d'hélicoptères de combat, d'une flotte d'avions de surveillance munis de caméras ultrasensibles et de vision nocturne, de radars, de satellites et de moyens sophistiqués de surveillance électronique à longue distance.

Frontex maintient aussi sur le sol africain des « camps d'accueil » où sont parqués les réfugiés de la faim qui viennent encore d'Afrique centrale, orientale ou australe, du Tchad, de la République démocratique du Congo, du Burundi, du Cameroun, de l'Érythrée, du Malawi, du Zimbabwe, etc.

Souvent, ces réfugiés sont en route à travers le continent durant un ou deux ans, vivant d'expédients, traversant les frontières et tentant de s'approcher progressivement d'une côte. Ils sont alors interceptés par les agents de Frontex ou par leurs auxiliaires locaux, chargés de les empêcher d'atteindre les ports de la Méditerranée ou de l'Atlantique.

Vu les versements considérables opérés par Frontex aux gouvernements africains, peu d'entre eux refusent l'installation de ces camps.

L'Algérie sauve l'honneur.

Le président Abdelaziz Bouteflika a dit : « Nous refusons ces camps. Nous ne serons jamais les geôliers de nos frères. »

L'hypocrisie des commissaires de Bruxelles est détestable : d'une part, ils organisent la famine en Afrique, de l'autre, ils criminalisent les réfugiés de la faim.

Aminata Traoré résume la situation : « Les moyens humains, financiers et technologiques que l'Europe des 27 déploie contre les flux migratoires africains sont, en fait, ceux d'une guerre en bonne et due forme entre cette puissance mondiale et des jeunes Africains ruraux et urbains sans défense, dont les droits à l'éducation, à l'information économique, au travail et à l'alimentation sont bafoués dans leurs pays d'origine sous ajustement structurel. Victimes de décisions et de choix macroéconomiques dont ils ne sont nullement responsables, ils sont chassés, traqués et humiliés lorsqu'ils tentent de chercher une issue dans l'émigration. Les morts, les blessés et les handicapés des événements sanglants de Ceuta et de Melilla, en 2005, ainsi que des milliers de corps sans vie qui échouent tous les mois sur les plages de Mauritanie, des îles Canaries, de Lampedusa ou d'ailleurs, sont autant de naufragés de l'émigration forcée et criminalisée[1]. »

En juin 2007, le Conseil des Nations unies pour les droits de l'homme tenait sa quatrième session ordinaire au Palais des Nations à Genève.

Lundi 11 juin : le Conseil examine la proposition d'accorder aux réfugiés de la faim un droit de non-refoulement temporaire.

J'ouvre une parenthèse : il s'agit de distinguer avec précision les réfugiés économiques des réfugiés de la faim. Les réfugiés économiques sont des personnes qui migrent par « convenance ». Les réfugiés de la faim fuient par « nécessité ».

L'état de nécessité est un concept bien connu du droit international et de la plupart des droits nationaux.

Exemple : une ambulance qui fonce à une vitesse excessive pour arriver au plus vite auprès d'un blessé et qui, ce faisant, viole une ou plusieurs règles de la circulation, agit en état de « nécessité ». Son infraction au code de la route est considérée comme nulle et non avenue.

De même, le réfugié de la faim : le Programme alimentaire mondial détermine, mois après mois, les régions du globe où, à la suite de catastrophes naturelles (sécheresse, criquets, etc.) ou humaines, aucune survie n'est plus possible.

L'état de nécessité est objectivement vérifiable.

Pour survivre, l'affamé doit franchir des frontières. Il le fait illégalement. L'illégalité est supprimée par l'état de nécessité.

---

1. Aminata Traoré, intervention au Forum social mondial, Nairobi, 20 janvier 2007.

Pour l'heure aucun instrument du droit international ne permet de « décriminaliser » le réfugié de la faim. La Convention des Nations unies pour la protection des réfugiés, de 1951, n'accorde le droit d'asile qu'à des personnes qui sont persécutées pour des raisons raciales, religieuses ou politiques. Ces critères sont limitatifs.

Quant à la Convention pour la protection des migrants, dont l'administration incombe au Bureau international du travail (et non au haut-commissaire de l'ONU pour les réfugiés), aucune de ses dispositions ne permet de décriminaliser les réfugiés de la faim.

Seule instance à pouvoir légiférer : le Conseil des Nations unies pour les droits de l'homme, composé de 47 États membres élus par l'Assemblée générale de New York au prorata des continents pour une durée de trois ans renouvelable.

Lundi 11 juin 2007, 18 heures, salle n° XXII de l'annexe orientale du palais des Nations, bondée et surchauffée. À l'ordre du jour : la proposition de création d'un droit d'asile temporaire pour les réfugiés de la faim.

Au nom de l'Union européenne, Mme Anke Konrad refuse l'entrée en matière[1].

Dans l'empire de la honte, gouverné par la rareté organisée, la guerre n'est plus épisodique, elle est permanente. Elle ne constitue plus une crise, une pathologie, mais la normalité. Elle n'équivaut plus à l'éclipse de la raison – comme le disait Horkheimer –, elle est la raison d'être même de l'empire. Les seigneurs de la guerre économique ont mis la planète en coupe réglée.

---

1. Du 1er janvier au 30 juin 2007, c'est l'Allemagne qui présidait l'Union européenne.

Ils attaquent le pouvoir normatif des États, contestent la souveraineté populaire, subvertissent la démocratie, ravagent la nature, détruisent les hommes et leurs libertés. La naturalisation de l'économie, la « main invisible » du marché leur tiennent lieu de cosmogonie et la maximalisation du profit de pratique.

J'appelle violence structurelle cette cosmogonie et cette pratique.

La dette et la faim sont les deux armes de destruction massive utilisées par les maîtres du monde pour asservir les peuples, leur force de travail, leurs matières premières, leurs rêves.

Des 192 États de la planète, 122 se situent dans l'hémisphère Sud. Leur dette extérieure cumulée dépasse les 2 100 milliards de dollars.

La dette extérieure agit comme un garrot. L'essentiel des devises qu'un pays du tiers-monde gagne par ses exportations sert au paiement des tranches d'amortissement et des intérêts de la dette.

Les banques créancières du Nord agissent comme des sangsues.

Le pays débiteur est frappé d'anémie.

La dette empêche tout investissement social conséquent dans l'irrigation, l'infrastructure routière, scolaire, sanitaire, *a fortiori* dans quelque industrie que ce soit.

Pour les pays les plus pauvres, aucun développement durable n'est possible.

Le massacre quotidien de la faim se poursuit dans une normalité glacée. Toutes les 5 secondes, un enfant de moins de dix ans meurt de faim. Toutes les 4 minutes, quelqu'un devient aveugle par manque de vitamine A.

En 2006, 854 millions de personnes – un homme sur six sur notre planète – ont été gravement et en permanence sous-alimentées. Elles étaient 842 millions en 2005.

Le World Food Report de la FAO, qui donne ces chiffres, affirme que l'agriculture mondiale, dans l'état actuel du développement de ses forces de production, pourrait nourrir normalement (soit à raison de 2 700 calories par jour et par adulte) 12 milliards d'êtres humains.

Nous sommes aujourd'hui 6,2 milliards sur terre.

Conclusion : il n'existe aucune fatalité. Un enfant qui meurt de faim est assassiné.

L'ordre du monde économique, social et politique érigé par le capitalisme prédateur n'est pas seulement meurtrier. Il est aussi absurde.

Il tue, mais il tue sans nécessité.

Il doit être combattu radicalement.

Mon livre veut être une arme pour ce combat.

Où est l'espoir ?

Dans le refus raisonné de l'homme d'accepter durablement un monde où la misère, le désespoir, l'exploitation, la faim d'une multitude nourrissent le relatif bien-être d'une minorité, généralement blanche et la plupart du temps inconsciente.

L'impératif moral est en chacun de nous.

Il s'agit de le réveiller, de mobiliser la résistance, d'organiser le combat.

Je suis l'autre, l'autre est moi. L'inhumanité infligée à un autre détruit l'humanité en moi.

Karl Marx écrit : « Le révolutionnaire doit être capable d'entendre pousser l'herbe. »

Du 5 au 7 juin 2007, dans la station balnéaire de Heiligendamm, en Allemagne, sur la mer Baltique, s'est tenue la réunion des chefs d'État et de gouvernement des huit États les plus puissants de la planète.

Un immense filet métallique posé dans la Baltique, un mur, des barbelés s'étirant sur 12 kilomètres, des nageurs de combat, un navire de guerre américain, des hélicoptères noirs Apache, 16 000 policiers, des troupes d'élite, des snipers postés sur les toits de tous les villages environnants devaient protéger le G8.

5 000 journalistes du monde entier, parqués dans la bourgade voisine de Kühlenborn, suivaient l'événement.

À Heiligendamm, Vladimir Poutine, Angela Merkel, George W. Bush, Nicolas Sarkozy ont tenté de se donner des airs de maîtres du monde.

Tentative touchante, frisant le ridicule.

En juin 2006, les 500 plus puissantes sociétés trans-continentales privées ont contrôlé plus de 52 % du produit mondial brut, c'est-à-dire de toutes les richesses (capitaux, services, marchandises, brevets, etc.) créées en une année sur la planète.

L'Afrique s'est trouvée au centre des débats.

Les deux principaux points de l'ordre du jour concernaient, d'une part, la « garantie des investissements privés » et, de l'autre, l'« universalité de la protection des brevets ». Le mot « faim » ne figurait pas dans l'agenda de Heiligendamm.

Au-delà du mur, éparpillés dans la campagne sablonneuse du Mecklenburg, les tentes et les abris improvisés des adversaires du G8 s'étendaient à perte de vue.

Nous étions plus de 150 000 venus de 41 pays, représentant une multitude de mouvements sociaux, des Églises, des syndicats. Durant toute la durée du sommet, 120 séminaires, discussions publiques et veillées nocturnes ont été organisés. Ils ont traité de la dette, des réfugiés de la faim, du droit à l'eau potable, de la lutte contre les plantes génétiquement modifiées, de la délocalisation des entreprises, de la discrimination salariale des femmes, de l'indépendance des banques centrales, de l'habitat insalubre, du désarmement économique unilatéral des pays du tiers-monde, du terrorisme, de l'Organisation mondiale du commerce, de la privatisation forcée des secteurs publics.

Victor Hugo : « Vous voulez les pauvres secourus – je veux la misère abolie. »

Une conscience collective nouvelle, une formidable fraternité de la nuit, une multitude infinie de fronts de résistance locaux (dont la coordination est à venir) sont en train de naître.

Une nouvelle société civile planétaire surgit de la coalition de toutes ces consciences réveillées.

Elle porte l'espoir d'un monde promis à la justice, à la raison, au bonheur.

L'issue du combat est incertaine.

Une certitude pourtant existe. Pablo Neruda, à la fin du *Canto General*, l'évoque :

> « *Poden cortar todas las flores,*
> *Pero jamás detendrán la primavera.* »

« Ils [nos ennemis] peuvent couper toutes les fleurs
Mais jamais ils ne seront les maîtres du printemps[1]. »

Jean Ziegler
Genève, septembre 2007

---

1. Pablo Neruda, *Canto General*, 1954.

LUMIÈRES

En 1776, Benjamin Franklin fut nommé premier ambassadeur de la jeune République américaine en France. Il avait 70 ans. Franklin arriva à Paris le 21 décembre, venant de Nantes, après une longue et périlleuse traversée sur le *Reprisal*.

Le grand savant s'installa dans une modeste maison à Passy. Les échotiers commencèrent bien vite à épier chacun de ses faits et gestes. Celui de *La Gazette* écrit : « Personne ne l'appelle Monsieur… tout le monde s'adresse à lui en l'appelant tout simplement Docteur Franklin… comme on l'aurait fait avec Platon ou Socrate. » Un autre dit : « Protée n'était finalement qu'un homme. Benjamin Franklin aussi… mais quels hommes[1] ! » Voltaire, qui, à 84 ans, ne sortait pratiquement plus de chez lui, se déplaça jusqu'à l'Académie royale pour l'y accueillir avec solennité.

Coauteur, avec Thomas Jefferson, de la Déclaration d'indépendance des États-Unis, signée le 4 juillet 1776 à Philadelphie, Franklin jouit aussitôt, dans les cercles révolutionnaires et les salons littéraires de Paris, d'un

---

1. Cités par H. W. Brands, in *The First American. The Life and Times of Benjamin Franklin*, New York, Anchor Books, Random House, 2002, p. 258. Walter Isaacson, *Benjamin Franklin. An American Life*, New York, Simon and Schuster, 2004, notamment le chapitre « "Bon vivant" in Paris », pp. 350 *sq*.

prestige immense. Que disait cette déclaration ? Relisons son préambule :

« Nous tenons les vérités suivantes pour évidentes par elles-mêmes : tous les hommes ont été créés égaux ; le Créateur leur a conféré des droits inaliénables, dont les premiers sont : le droit à la vie, le droit à la liberté, le droit au bonheur […].

« C'est pour s'assurer de la jouissance de ces droits que les hommes se sont donné des gouvernements dont l'autorité devient légitime par le consentement des administrés […].

« Lorsqu'un gouvernement, quelle que soit sa forme, s'éloigne de ces buts, le peuple a le droit de le changer ou de l'abolir, et d'établir un nouveau gouvernement en le fondant sur ces principes et en l'organisant en la forme qui lui paraîtra la plus propre à lui donner sécurité et bonheur[1]. »

Situé au cœur du quartier de Saint-Germain, le café Procope était le lieu de prédilection des jeunes révolutionnaires. C'est là qu'ils tenaient leurs réunions et organisaient leurs fêtes. Benjamin Franklin y dînait de temps à autre, en compagnie de la belle Mme Brillon. Un soir, un jeune avocat de 20 ans, Georges Danton, l'interpella bruyamment : « Le monde n'est qu'injustice et misère. Où est la sanction ? Votre déclaration n'a, pour se faire respecter, aucun pouvoir ni judiciaire ni militaire… »

---

1. *In* Charles Secrétan, *Les Droits de l'humanité*, Paris, Félix Alcan, 1890. L'auteur traduit par « droit au bonheur » l'expression originale, « *pursuit of happiness* » (littéralement : « droit à la recherche du bonheur »). C'est la Déclaration de la Constitution de l'État de Virginie, rédigée lorsque éclate la guerre d'indépendance, qui évoqua, la première, le droit à la « recherche du bonheur ». Elle précéda d'un mois la Déclaration de Philadelphie et lui servit de modèle.

Franklin lui répondit : « Erreur ! Derrière cette déclaration, il est un pouvoir considérable, éternel : le pouvoir de la honte (*the power of shame*). »

Le *Petit Robert* dit de la honte : « Déshonneur humiliant. [...] Sentiment pénible de son infériorité, de son indignité ou de son humiliation devant autrui, de son abaissement dans l'opinion des autres (sentiment de déshonneur). [...] Sentiment de gêne éprouvé par scrupule de conscience. »

Ce sentiment et les émotions qu'il suscite, les affamés du *bairo* de Pela Porco à Salvador de Bahia les connaissent parfaitement : « *Preciso tirar la vergonha de catar no lixo...* » (« Je dois vaincre ma honte pour pouvoir fouiller dans les poubelles... »).

S'il ne parvient pas à vaincre sa honte, l'affamé meurt.

À l'école, il arrive que des enfants brésiliens tombent d'inanition du fait de l'anémie. Sur les chantiers, la privation de nourriture fait défaillir les ouvriers. Dans les bidonvilles d'Asie, d'Afrique et d'Amérique latine, dénommés pudiquement « habitats insalubres » par les Nations unies, là où vivent 40 % de la population mondiale, les rats disputent aux ménagères la maigre pitance familiale. Le sentiment d'infériorité torture les habitants.

Les êtres faméliques errant dans les rues des mégapoles d'Asie méridionale et d'Afrique noire sont, eux aussi, talonnés par la honte.

Le sentiment du déshonneur interdit au chômeur en loques de pénétrer dans les beaux quartiers, là où il pourrait pourtant, peut-être, trouver un travail pour se nourrir et nourrir sa famille. La honte le retient de s'exposer aux regards des passants.

Dans les *favelas* du nord du Brésil, les mères ont coutume, le soir, de mettre à bouillir de l'eau dans une

marmite en y déposant des pierres. À leurs enfants pleu-
rant de faim, elles expliquent : « Le repas sera bientôt
prêt… », tout en espérant qu'entre-temps les enfants
se seront endormis. Mesure-t-on la honte éprouvée par
une mère devant ses enfants martyrisés par la faim et
qu'elle est incapable de nourrir ?

Adolescent, Edmond Kaiser a échappé aux sbires de
la police de Vichy et à la déportation. Juge d'instruc-
tion militaire dans l'armée du général Leclerc, il décou-
vrit en Alsace, puis en Allemagne, l'horreur des camps
nazis. S'exilant à Lausanne, il y fonda une organisation
internationale d'aide à l'enfance, Terre des Hommes. Il
est mort à 82 ans, au seuil du nouveau millénaire, dans
un orphelinat du sud de l'Inde[1].

Edmond Kaiser écrit : « Si l'on ouvrait la marmite du
monde, sa clameur ferait reculer le ciel et la terre. Car
ni la terre ni le ciel ni aucun d'entre nous n'a vraiment
mesuré l'envergure terrifiante du malheur des enfants
ni le poids des pouvoirs qui les broient[2]. »

Dans leur for intérieur, beaucoup d'Occidentaux,
parfaitement informés des souffrances des affamés africains ou des chômeurs pakistanais, ne supportent que
difficilement leur quotidienne complicité avec l'ordre
cannibale du monde. Ils en éprouvent de la honte, aussitôt relayée par un sentiment d'impuissance. Mais
très peu trouvent le courage – à l'exemple d'Edmond
Kaiser – de se dresser contre cet état de fait. C'est
alors qu'il est tentant, pour calmer ses scrupules, de se
rabattre sur des explications justificatrices.

---

1. Il s'y était rendu, comme il me l'avait dit lors de notre dernière
conversation, « consoler les petits ». « Je n'ai plus les forces pour
changer leur condition », avait-il ajouté ce jour-là.

2. Edmond Kaiser, *Dossier Noir / Blanc*, Lausanne, Éditions Sen-
tinelles, 1999.

Les peuples fortement endettés d'Afrique sont
« paresseux », dit-on volontiers, « corrompus », « irres-
ponsables », incapables de construire une économie
autonome, des « débiteurs-nés », par définition insol-
vables. Quant à la faim, on invoque bien souvent le
climat pour l'expliquer… alors que les conditions climatiques sont infiniment plus dures dans l'hémisphère
Nord – où les gens mangent – que dans l'hémisphère
Sud – où ils périssent de sous-alimentation et de faim.

Mais la honte habite aussi les seigneurs. Ceux-ci
savent parfaitement les conséquences de leurs actes :
la destruction des familles, le martyre des travailleurs
sous-payés, le désespoir des peuples non rentables
n'ont pas de secrets pour eux.

Quelques indices témoignent même de leur malaise.
C'est ainsi que Daniel Vasella, prince de Novartis, géant
suisse de la pharmaceutique, a construit à Singapour le
Novartis Institute for Tropical Deseases (NITD)[1] qui
devra produire, en quantité limitée, des pilules contre
la malaria, un médicament qui sera vendu dans les
pays démunis à son prix de revient. Le seigneur de
Nestlé, Peter Brabeck-Lemathe, remet à chacun de ses
280 000 employés, œuvrant dans 86 pays, une « bible »
rédigée de sa main et qui leur enjoint de se conduire
humainement et de façon « bienfaisante » envers les
peuples qu'ils exploitent[2].

Pour Emmanuel Kant, le sentiment de honte provient
du déshonneur. Il dit la révolte devant une conduite,
une situation, des actions, des intentions avilissantes,

---

1. Sur le NITD, cf. pp. 273-274.
2. Peter Brabeck-Lemathe, *Die grundlegenden Management-und
Führungsprinzipien von Nestlé*, Vevey, 2003. Cf. aussi pp. 311-
320.

dégradantes, ignominieuses, et qui contredisent « l'honneur d'être un homme ». Pour signifier la honte dans toutes ses acceptions, Kant recourt à deux termes pratiquement intraduisibles en français : *die Schande* et *die Scham*. J'ai honte (*Scham*) de l'insulte qui est faite à l'autre et qui, de ce fait, est infligée à mon honneur d'être un homme (*Schande*)[1].

L'empire de la honte a pour horizon le déshonneur infligé à tout homme par la souffrance de ses semblables.

Dans la nuit du 4 août 1789, les députés composant l'Assemblée nationale ont aboli le système féodal en France. Or, aujourd'hui, nous vivons la reféodalisation du monde. Les seigneurs despotiques sont de retour. Les nouvelles féodalités capitalistes détiennent désormais un pouvoir qu'aucun empereur, aucun roi, aucun pape n'a possédé avant elles.

Les cinq cents plus puissantes sociétés capitalistes privées transcontinentales du monde – dans l'industrie, le commerce, les services, la banque – contrôlaient, en 2006, 52 % du produit mondial brut : en clair, plus de la moitié de toutes les richesses produites en une année sur notre planète.

Oui, la faim, la misère, l'écrasement des pauvres sont plus effroyables que jamais.

Les attentats du 11 septembre 2001 à New York, Washington et en Pennsylvanie ont provoqué une accélération dramatique du processus de reféodalisation. Ils ont été l'occasion pour les nouveaux despotes de s'approprier le monde. De s'emparer sans partage des

---

1. Emmanuel Kant, « Le conflit des facultés », in *Œuvres philosophiques II. Les derniers écrits*, édition française sous la direction de Ferdinand Alquié, Paris, Gallimard, 1986.

ressources nécessaires au bonheur de l'humanité. De détruire la démocratie.

Les derniers barrages de la civilisation menacent de céder. Le droit international est à l'agonie. L'Organisation des Nations unies et son secrétaire général sont mis à mal et diffamés. La barbarie cosmocrate progresse à pas de géant. C'est de cette réalité nouvelle qu'est né ce livre.

Le sentiment de honte est l'un des éléments constitutifs de la morale. Il est indissociable de la conscience de l'identité, elle-même constitutive de l'être humain. Si je suis blessé, si j'ai faim, si – dans ma chair et dans mon esprit – je souffre l'humiliation de la misère, je ressens de la douleur. Spectateur de la souffrance infligée à un autre être humain, j'éprouve, dans ma conscience, un peu de sa douleur, et celle-ci éveille à son tour ma compassion, suscite un élan de sollicitude, m'accable de honte aussi. Et je suis incité à l'action.

Je sais, par intuition, par l'exercice de la raison, par mon exigence morale, que tout homme a droit au travail, à l'alimentation, à la santé, au savoir, à la liberté et au bonheur.

Si la conscience de l'identité habite tout être humain, donc celle aussi des cosmocrates, comment se fait-il que ces derniers aient une action aussi dévastatrice ? Comment expliquer qu'ils combattent avec tant de cynisme, de férocité et de ruse les aspirations élémentaires au bonheur ?

Ils sont pris dans cette contradiction fondamentale : être un homme, rien qu'un homme, ou s'enrichir, dominer les marchés, exercer les pleins pouvoirs, devenir le maître. Au nom de la guerre économique, qu'ils déclarent eux-mêmes en permanence à leurs possibles concurrents, ils décrètent l'état d'urgence. Ils installent un régime d'exception, qui déroge à la morale commune ; et ils suspendent, parfois peut-être à contre-cœur, les droits humains fondamentaux (pourtant avalisés par toutes les nations de la terre), les règles morales (pourtant affirmées en démocratie), les sentiments ordinaires (qu'ils ne pratiquent plus qu'en famille ou entre amis).

Si j'exprime de la compassion, si je témoigne de solidarité à l'endroit d'autrui, mon concurrent profitera instantanément de ma faiblesse. Il me détruira. En conséquence, contre mon gré, à ma grande honte (refoulée), je suis contraint, à chaque instant du jour et de la nuit, et quel que soit le prix humain à payer, de pratiquer la maximalisation du profit et de l'accumulation, de m'assurer de la plus-value la plus élevée dans le laps de temps le plus court et au prix de revient le plus bas possible.

La prétendue guerre économique permanente exige des sacrifices, comme toute guerre. Mais celle-ci semble bien être programmée pour n'avoir jamais de fin.

Bien des théories et des idéologies de pacotille obscurcissent la conscience des hommes et des femmes de bonne volonté en Occident. Du coup, beaucoup parmi eux tiennent l'actuel ordre cannibale du monde pour immuable. Cette croyance les empêche de transformer en actions de solidarité et de révolte la honte qui est enfouie au plus intime d'eux-mêmes.

L'enjeu est donc bien de détruire d'abord ces théories.

La mission historique des révolutionnaires, telle que l'évoquent les « Enragés » en 1793, consiste à combattre en faveur de la justice sociale planétaire. Il s'agit, pour eux, de réveiller les colères contenues, de stimuler le goût de la résistance démocratique collective. Il faut remettre le monde sur ses pieds, la tête en haut, les pieds en bas. Il faut broyer la Main invisible du marché. L'économie n'est pas un phénomène naturel. Elle n'est qu'un instrument, qu'il convient de mettre au service d'un but unique : la recherche du bonheur commun.

Pétri du sentiment pénible de son infériorité, de son indignité, découvrant que ni la faim ni la dette ne sont inévitables, l'homme honteux du tiers-monde peut, lui aussi, prendre conscience et se lever. Souffrant de son déshonneur, l'affamé, le chômeur, l'homme humilié ravale sa honte aussi longtemps qu'il croit sa situation immuable. Il se transforme en combattant, en insurgé, en révolté dès lors que l'espoir pointe, dès lors que la prétendue fatalité révèle ses failles. La victime devient alors acteur de son destin. C'est à la mise en œuvre de ce processus que ce livre veut contribuer.

Ce sont Benjamin Franklin et Thomas Jefferson qui, les premiers, ont formulé le droit de l'homme à la recherche du bonheur. Repris par les « Enragés » de Jacques Roux, cette revendication est devenue le principal moteur de la Révolution française. Pour eux, l'idée de bonheur individuel et collectif résumait un projet politique, qu'ils voulaient d'application immédiate et concrète.

Quels sont les obstacles qui se dressent aujourd'hui devant la réalisation du droit de l'homme à la recherche du bonheur ? Comment démanteler ces obstacles ? Comment assurer un libre cours à la recherche du bonheur commun ? Ce livre tente de répondre à ces questions.

Voici son plan.

Dans l'histoire universelle des idées, la Révolution française a introduit une rupture radicale. Elle a concrétisé politiquement les préceptes philosophiques des Lumières et du rationalisme libérateur. Quelques-uns de ses principaux acteurs, notamment les « Enragés », ont évoqué l'horizon de tous les combats présents et à venir pour la justice sociale planétaire. Intitulé « Du droit au bonheur », la première partie leur donne la parole. Mais elle décrit également le mouvement de reféodalisation actuelle du monde entreprise par les sociétés capitalistes privées transcontinentales, le régime de violence structurelle qu'elles instituent et les forces encore obscures qui se dressent contre elles. Une section importante y est consacrée à l'agonie du droit.

La deuxième partie est consacrée à l'exposé général des rapports de cause à effet entre la dette et la faim, ces armes de destruction massive déployées contre les plus faibles. La faim ? Elle pourrait être vaincue à brève échéance par l'imposition de certaines mesures à ceux qui manient ces armes.

Affligée par une famine chronique et par l'effondrement du prix du seul produit d'exportation qu'il est susceptible de voir monnayer en devises – les grains de café –, le peuple éthiopien souffre, mais s'organise. À l'autre bout du monde, au Brésil, une révolution silencieuse est en marche : victime lui aussi de la sous-alimentation permanente d'une grande partie de ses habitants et d'une dette écrasante, ce pays est en train de forger des instruments inédits de libération. Je consacre les troisième et quatrième parties à ces expériences inédites de lutte ou de résistance.

Les sociétés transcontinentales privées, détentrices des technologies, des capitaux, des laboratoires les plus puissants que l'humanité ait connus, sont la colonne vertébrale de cet ordre injuste et mortifère. La cinquième partie de mon livre met en lumière leurs pratiques les plus récentes.

De la connaissance naît le combat, du combat la liberté et les conditions matérielles de la recherche du bonheur. La destruction de l'ordre cannibale du monde est l'affaire des peuples. Régis Debray écrit : « La tâche de l'intellectuel est d'énoncer ce qui est. Sa tâche n'est pas de séduire, mais d'armer[1]. » Écoutons aussi Gracchus Babeuf, qui après la fusillade du Champ-de-Mars, en juillet 1791, prononce ce discours :

« Perfides, vous criez qu'il faut éviter la guerre civile, qu'il ne faut point jeter parmi le peuple les brandons de la discorde. Et quelle guerre civile est plus révoltante que celle qui fait voir tous les assassins d'une part et toutes les victimes sans défense d'une autre !

« Que le combat s'engage sur le fameux chapitre de l'égalité et de la propriété !

« Que le peuple renverse toutes les anciennes institutions barbares ! Que la guerre du riche contre le pauvre cesse d'avoir ce caractère de toute audace d'un côté et de toute lâcheté de l'autre. Oui, je le répète, tous les maux sont à leur comble, ils ne peuvent plus empirer. Ils ne peuvent se réparer que par un bouleversement total[2]. »

Je veux contribuer à armer les consciences en vue de ce bouleversement.

---

1. Régis Debray, *Modeste contribution à la célébration du dixième anniversaire*, Paris, Maspero, 1978.

2. Albert Soboul, *Inventaire des manuscrits et imprimés de Babeuf*, Paris, Bibliothèque nationale, 1966. Cf. aussi A. Maillard, C. Mazauric, E. Walter (dir.), *Textes choisis*, Paris, Publications de la Sorbonne, 1995.

PREMIÈRE PARTIE

Du droit au bonheur

I

Le fantôme de la liberté

À Paris, l'été 1792 est de misère extrême. Dans les faubourgs, la faim rôde. Les Tuileries, le palais du roi, hantent l'imaginaire des affamés. Des bruits courent. Des montagnes de pain, des victuailles en abondance seraient entassées dans les appartements royaux…

Durant la nuit du 9 au 10 août, l'Hôtel de Ville est illuminé. L'animation y est intense. De tous les quartiers, de tous les faubourgs, les députés des sections affluent. Ils se consultent, négocient, puis à l'aube proclament la Commune insurrectionnelle de Paris. L'ancienne municipalité est dissoute.

La garde nationale est décapitée, son commandant en chef, Mandat, tué. Santerre prend sa place.

Les insurgés décident d'attaquer les Tuileries. Deux colonnes de femmes et d'hommes armés de fusils, de pics, de fourches, de poignards, encadrés par des « sans-culottes », convergent vers le palais. L'une vient du faubourg Saint-Antoine, sur la rive droite de la Seine, l'autre de la rive gauche.

171 mercenaires suisses défendent le palais. Celui-ci est quasiment vide[1]. Les Suisses seront tués jusqu'au dernier.

---

1. Louis XVI, sa famille et ses courtisans étaient, à cette heure, réfugiés au manège.

Des pillards se saisissent des trésors – meubles, lingerie, vaisselle, etc. – qu'ils découvrent au palais et les emportent. Lorsque les premiers d'entre eux, leur butin sur le dos, débouchent sur les quais de la Seine, les miliciens sectionnaires, pour la plupart jacobins, les arrêtent et les pendent aux lampadaires. Le pillage, l'atteinte à la propriété privée, fût-elle celle du roi tant détesté, sont sanctionnés par la mort. À travers cet épisode de maintien de l'ordre se donne à voir une valeur centrale – le respect absolu de la propriété privée –, véhiculée par la conscience de la nouvelle classe montante, la bourgeoisie marchande et proto-industrielle. Elle allait bientôt confisquer la révolution.

Et c'est précisément contre ces bourgeois démocrates que se dresseront bientôt les « Enragés », conduits par le prêtre Jacques Roux.

Écoutons Jacques Roux : « La liberté n'est qu'un vain fantôme quand une classe d'hommes peut affamer l'autre impunément. L'égalité n'est qu'un vain fantôme quand le riche, par son monopole, exerce le droit de vie et de mort sur son semblable. La république n'est qu'un vain fantôme quand la contre-révolution s'opère, de jour en jour, par le prix des denrées, auquel les trois quarts des citoyens ne peuvent atteindre sans verser des larmes. »

Et, plus loin :

« L'aristocratie marchande, plus terrible que l'aristocratie nobiliaire et sacerdotale, s'est fait un jeu cruel d'envahir les fortunes individuelles et les trésors de la république ; encore ignorons-nous quel sera le terme de leurs exactions, car le prix des marchandises augmente d'une manière effrayante, du matin au soir. Citoyens représentants, il est temps que le combat à mort que l'égoïste livre à la classe la plus laborieuse de la société finisse. »

Roux, encore :

« Députés de la Montagne, que n'êtes-vous montés depuis le premier jusqu'au quatrième étage des maisons de cette ville révolutionnaire, vous auriez été attendris par les larmes et les gémissements d'un peuple immense sans pain et sans vêtements, réduit à cet état de détresse et de malheur par l'agiotage et les accaparements, parce que les lois ont été cruelles à l'égard du pauvre, parce qu'elles n'ont été faites que par les riches et pour les riches… Ô rage, ô honte ! Qui pourra croire que les représentants du peuple français qui ont déclaré la guerre aux tyrans du dehors ont été assez lâches pour ne pas écraser ceux du dedans[1] ? »

À quoi sert à un analphabète la proclamation de la liberté de la presse ? Un affamé n'a que faire du droit de vote. Celui qui voit mourir de maladie, de misère sa famille ne se préoccupe guère des libertés de penser et de se réunir.

Sans justice sociale, la république ne vaut rien.

Saint-Just fait écho à Roux : « La liberté ne peut s'exercer que par des hommes à l'abri du besoin[2]. »

Le droit au bonheur est le premier des droits de l'homme. Encore Saint-Just : « La révolution ne s'arrêtera qu'à la perfection du bonheur[3]. »

En Angola, il n'existe qu'un seul hôpital pour brûlés, l'hôpital de los Queimados, à Luanda. Or, l'usage massif du napalm et des bombes à phosphore contre les populations civiles dites « hostiles » parce que atta-

---

1. Jacques Roux, *Manifeste des Enragés*, remis à la Convention le 25 juin 1793.

2. Louis Antoine de Saint-Just, *Œuvres complètes*, précédé de *Lire Saint-Just* par Michel Abensour, Paris, Gallimard, coll. « Folio-Histoire », 2004.

3. *Ibid.*

chées à l'Unità, l'un des mouvements armés luttant contre le pouvoir en place, au cours d'une guerre civile de dix-huit ans, a fait de nombreux brûlés.

Los Queimados accueille en moyenne annuelle environ 780 enfants en dessous de dix ans. 40 % d'entre eux meurent dès leur arrivée en raison de la gravité de leurs brûlures.

Leurs souffrances sont souvent telles qu'il est impossible de changer leurs pansements. Mais sans changement de pansements, les infections se développent.

Le paracétamol, la morphine, mais aussi des techniques médico-chirurgicales peu coûteuses sont les principaux remèdes en usage contre les souffrances causées par les brûlures. En Angola, ces médicaments et ces techniques manquent. Plus de 500 enfants sont ainsi morts entre 2002 et 2006 dans d'affreuses douleurs[1].

En chaque endroit du monde, les sociétés transcontinentales de la pharmaceutique adaptent leurs prix à la situation économique du lieu. Or, en Afrique noire, la plupart des pays ne disposent que d'un marché intérieur très réduit : l'immense majorité de la population est dépourvue de ressources. Les trusts pharmaceutiques préfèrent donc adapter leurs prix au pouvoir d'achat de la mince classe dirigeante autochtone. Ils préfèrent vendre peu, mais cher.

Ne formant pas un marché digne de ce nom et ne disposant d'aucun pouvoir d'achat, les familles des enfants brûlés ne sauraient évidemment se procurer les médicaments nécessaires. Quant à l'État angolais, inutile d'attendre son soutien : il est en quasi-faillite.

Pour près de 5 milliards d'êtres humains qui habitent aujourd'hui l'un des 122 pays dits du tiers-monde, les

---

1. Douleurs sans frontières, organisation non gouvernementale française, apporte une aide essentielle à l'hôpital de los Queimados.

paroles prononcées à Paris par Gracchus Babeuf en 1791[1] résonnent d'une terrifiante actualité.

On appelle « utopistes » ceux qui, au sein du mouvement révolutionnaire français, donnaient la priorité absolue à la lutte pour la justice sociale planétaire et le droit de l'homme au bonheur[2]. Ces hommes sont tous morts jeunes, et de mort violente. Saint-Just et Babeuf ont été guillotinés. Saint-Just avait 27 ans, Babeuf 37. Roux s'est poignardé à la nouvelle de sa condamnation à mort par le Tribunal révolutionnaire. Marat a été assassiné. Mais si la guillotine et le poignard ont détruit leurs corps, ils n'ont pas entamé l'espérance en une justice sociale planétaire née de leur combat. Leur esprit vit ainsi dans la conscience de millions d'hommes d'aujourd'hui, sous la forme d'une nouvelle utopie.

Le mot « utopie » vient du fond des siècles.

Chancelier d'Angleterre, ami d'Érasme et des maîtres de la Renaissance, Thomas More fut décapité le 6 juillet 1535. Son principal crime ? Chrétien convaincu, il avait publié un livre radicalement critique à l'égard de l'Angleterre inégalitaire et injuste du roi Henri VIII. Son titre : *De optimo reipublicae statu deque nova insula Utopia*[3].

Avant lui, Joachim de Flore et les premiers franciscains, Giordano Bruno et ses disciples avaient lutté

---

1. Voir page 31.

2. L'historiographie officielle a fortement négligé l'action des utopistes. Pour une critique érudite et radicale de cette historiographie, cf. Olivier Bétourné et Aglaia I. Hartig, *Penser l'histoire de la Révolution française*, Paris, La Découverte, 1989.

3. Première édition, Louvain, 1516. Cf. aussi Patrick de Laubier, *La Loi naturelle, le politique et la religion*, Paris, Éditions Parole et Silence, 2004, pp. 31 *sq.*

pour une humanité réconciliée sous l'empire du *ius gentium* et du droit inaliénable de tous les hommes à la sécurité de leur personne, au bonheur et à la vie[1].

Au centre de toutes les prédications, de tous les livres, de tous les préceptes mis en forme par Joachim de Flore, Giordano Bruno et Thomas More, il y a le droit de l'homme au bonheur.

C'est ainsi qu'à partir du substantif grec *topos* (le lieu) et du préfixe *u-* (préfixe de la négation), More avait inventé un néologisme : *U-Topia*. Le Non-Lieu. Ou plus précisément : le lieu, le monde qui n'existe pas encore.

L'utopie est le désir du tout autre. Elle désigne ce qui nous manque dans notre courte vie sur terre. Elle embrasse la *justice exigible*. Elle exprime la liberté, la solidarité, le bonheur partagé dont la conscience humaine anticipe l'avènement et les contours. Ce manque, ce désir, cette utopie constituent la source la plus intime de toute action humaine en faveur de la justice sociale planétaire. Sans cette justice, aucun bonheur n'est possible pour aucun d'entre nous.

Mais si l'utopie est – avec la honte – la force la plus puissante, elle est aussi la plus mystérieuse de l'histoire. Comment fonctionne-t-elle ?

Ernst Bloch répond : « [...] Le moindre désir que nous portons en nous est un repère significatif. Nous ne souffririons pas autant de nos insuffisances si quelque chose en nous ne nous stimulait pas. S'il n'y avait pas ces voix qui, au plus profond de nous-mêmes, cherchent à nous guider et à nous faire aller au-delà de ce qui touche à notre corps et au monde existant autour

---

1. Henri de Lubac, *La Postérité spirituelle de Joachim de Flore*, 2 vol., Paris, Le Sycomore, 1979 et 1980.

de nous. […] Nous pouvons aussi sentir les choses à la manière des enfants et espérer que la boîte fermée à clé et qui renferme le secret de nos origines s'ouvrira un jour… Ce que nous voyons ici en action est la vaste masse inachevée des tendances volontaires et perceptrices, force irrépressible des désirs, véritable esprit de l'âme utopique à l'œuvre[1]. »

L'homme est essentiellement un être non fini[2]. L'utopie habite son être le plus intime. Toujours Bloch : « Au moment de sa mort, chacun de nous aurait besoin de beaucoup plus de vie encore pour en terminer avec la vie[3]. »

Ce surplus de vie, nous ne l'aurons évidemment pas sur cette terre. Que nous reste-t-il donc à faire ? Nous en remettre à l'utopie. Ou, plus précisément, nous en remettre au désir du tout autre qui habitera chacun de ceux qui viendront après nous.

Bloch : « Au moment de notre agonie, que nous le voulions ou non, nous devons nous remettre – c'est-à-dire remettre notre moi – aux autres, aux survivants, à ceux, et ils sont des milliards, qui viennent après nous, parce qu'eux et eux seuls pourront achever notre vie non finie[4]. »

Un paradoxe gouverne l'utopie : elle commande une pratique politique, sociale, intellectuelle immanente. Elle donne naissance à des mouvements sociaux et à des œuvres philosophiques. Elle oriente des combats d'individus concrets. Et, en même temps, elle n'acquiert sa réalité qu'au-delà de l'horizon du sujet agissant.

---

1. Je traduis de l'édition originale d'Ernst Bloch, *Geist der Utopie*, Berlin, Éditions Cassierer, 1923.
2. Dans le texte original : « *Das unvollendete Sein* ».
3. E. Bloch, *Geist der Utopie, op. cit.*
4. *Ibid.*

Jorge Luis Borges dit ce paradoxe : « L'utopie n'est visible qu'à l'œil intérieur. »

Paradoxe doublement paradoxal : Borges était aveugle. Son texte porte le titre : « … *Avec des yeux largement fermés* ».

L'utopie est une force dévastatrice, mais personne ne la voit. Elle est historique parce qu'elle fait l'histoire. « Le temps, dit Borges, est la substance dont je suis fait […]. Le temps est un fleuve qui m'emporte, mais je suis ce fleuve[1]. »

Henri Lefebvre a publié son fameux livre *Hegel, Marx, Nietzsche ou le royaume de l'ombre*, au milieu des années 1970[2]. Un journaliste de Radio France l'interroge : « Je ne voudrais pas vous vexer… mais on dit que vous êtes un utopiste… » Et Lefebvre de répondre : « Au contraire… vous m'honorez… je revendique cette qualité… Ceux qui pensent arrêter leur regard sur l'horizon et se bornent à regarder ce qu'on voit, ceux qui revendiquent le pragmatisme et tentent de faire seulement avec ce qu'on a, n'ont aucune chance de changer le monde… Seuls ceux qui regardent vers ce qu'on ne voit pas, ceux qui regardent au-delà de l'horizon sont réalistes. Ceux-là ont une chance de changer le monde… L'utopie c'est ce qui est au-delà de l'horizon… Notre raison analytique sait avec précision ce que nous ne voulons pas, ce qu'il faut absolument changer… Mais ce qui doit venir, ce que nous voulons, le monde totalement autre, nouveau, seul notre regard intérieur, seule l'utopie en nous, nous le montrent. »

---

1. Jorge Luis Borges, *El Hacedor*, in *Obras completas*, Buenos Aires, 1953.
2. Henri Lefebvre, *Hegel, Marx, Nietzsche ou le Royaume de l'ombre*, Paris, Casterman, 1975.

Et, plus loin : « … La raison analytique est un carcan… L'utopie est le bélier[1]. »

Devant les membres du Comité de salut public de Paris qui seront ses juges, Saint-Just s'écrie : « Je méprise la poussière qui me compose et qui vous parle. On pourra me persécuter et faire taire cette poussière. Mais je défie qu'on m'arrache cette vie indépendante que je me suis donnée dans les siècles et dans les cieux[2]. »

Le lendemain, 27 juillet 1794, Saint-Just montait sur l'échafaud de la place de la Concorde (place de la Révolution à l'époque), à Paris.

Difficile de ranger parmi les héros triomphants les porteurs d'utopie. Ils sont plus familiers de la guillotine, du bûcher ou de l'échafaud que des meetings victorieux et des lendemains qui chantent. Et pourtant ! Sans eux, toute humanité, toute espérance auraient depuis longtemps disparu de notre planète.

---

1. Interview rediffusée sur Radio France Culture le vendredi 21 mai 2004.
2. Louis Antoine de Saint-Just, *Œuvres complètes*, édition établie par Michel Abensour et Anne Kupiec, *op. cit.*

La rareté organisée

Aujourd'hui, de nouvelles féodalités se sont constituées, infiniment plus puissantes, plus cyniques, plus brutales et plus rusées que les anciennes. Ce sont les sociétés transcontinentales privées de l'industrie, de la banque, des services et du commerce. Ces nouveaux despotes n'ont plus rien à voir avec les agioteurs, les spéculateurs sur les grains, les trafiquants d'assignats combattus par Jacques Roux, Saint-Just et Babeuf. Les sociétés capitalistes transcontinentales privées exercent un pouvoir planétaire.

J'appelle cosmocrates ces nouveaux seigneurs féodaux. Ils sont les maîtres de l'empire de la honte.

Observons le monde qu'ils ont créé.

Certes, ni la faim ni l'endettement ne sont des phénomènes nouveaux dans l'histoire. Depuis la nuit des temps, les forts ont tenu les faibles par la dette. Dans le monde féodal, caractérisé par l'absence de travail salarié, le seigneur soumettait ses serfs par la dette. Forme archaïque de la production agricole, ayant survécu jusqu'à nos jours, le système des « coupons » pratiqué par le *latifundium* équatorien, paraguayen ou guatémaltèque asservit, de la même façon, le travailleur rural[1].

---

1. Ne recevant pas de salaire, mais des coupons, le travailleur échange ceux-ci contre des marchandises dans la boutique tenue

La faim, elle aussi, accompagne l'humanité depuis son apparition sur la terre. Les sociétés néolithiques africaines, les plus anciens groupes exogames connus, vivaient de la cueillette. Leurs membres vivaient de la collecte de racines, d'herbes et de fruits sauvages d'une saison des pluies à la suivante. Ils ne connaissaient ni l'agriculture ni la domestication des animaux, et pratiquaient à peine la chasse au petit gibier. L'infanticide fut leur première institution sociale. Au début de chaque saison sèche (longue période d'environ sept mois, au cours de laquelle aucune cueillette n'était possible et où le gibier était rare), les anciens comptaient les bouches à nourrir et les provisions disponibles. En fonction d'une évaluation prospective, ils faisaient éliminer un nombre variable de nouveau-nés par leurs parents[1].

Au cœur de l'immense œuvre de Karl Marx gît une préoccupation majeure : la définition du manque. Jusqu'à son dernier souffle, Marx resta persuadé que l'homme vivrait au royaume de la nécessité pendant des siècles encore. Et le couple maudit du maître et de l'esclave n'était pas près de se dissoudre.

Marx recourt, pour traiter de cette question, à une expression difficilement traduisible en français : « *Der objektive Mangel* » (« le manque objectif »). Ce mot désigne une situation où les biens matériels disponibles sur la terre sont objectivement insuffisants pour satisfaire tous les besoins incompressibles, élémentaires

---

par le latifundiaire. Comme les coupons sont en permanence insuffisants pour assurer la subsistance de sa famille, le travailleur s'endette à vie.

1. Voir Roger Bastide, *Anthropologie appliquée*, Paris, Payot, 1971.

des hommes[1]. Du vivant de Marx (comme durant tous les siècles qui avaient précédé), le manque objectif a en effet gouverné la planète, les biens disponibles sur terre étant définitivement insuffisants pour satisfaire les besoins vitaux des hommes[2]. Toute la théorie marxiste de la division du travail, des classes sociales, de l'origine de l'État, de la lutte des classes est fondée sur cette hypothèse du manque objectif de biens.

Mais depuis la mort de Marx, et plus particulièrement durant la deuxième moitié du XXe siècle, une formidable succession de révolutions industrielles, technologiques et scientifiques a dynamisé les forces productrices. Aujourd'hui, la planète croule sous les richesses.

Autrement dit, l'infanticide, tel qu'il se pratique jour après jour, n'obéit plus à aucune nécessité.

Les maîtres de l'empire de la honte organisent sciemment la rareté. Et celle-ci obéit à la logique de la maximalisation du profit.

Le prix d'un bien dépend de sa rareté. Plus un bien est rare, plus son prix est élevé. L'abondance et la gratuité sont les cauchemars des cosmocrates qui consacrent des efforts surhumains à en conjurer la perspective. Seule la rareté garantit le profit. Organisons-la !

Les cosmocrates ont notamment horreur de la gratuité qu'autorise la nature. Ils y voient une concurrence déloyale, insupportable. Les brevets sur le vivant, les plantes et les animaux génétiquement modifiés, la privatisation des sources d'eau doivent mettre fin à cette intolérable facilité. Nous y reviendrons.

Organiser la rareté des services, des capitaux et des biens est, dans ces conditions, l'activité prioritaire des

---

1. Dans le texte original, *Mangel* veut dire aussi souffrance, amputation, déficience insurmontable.

2. Marx a vécu de 1818 au 14 mars 1883.

maîtres de l'empire de la honte. Mais cette rareté organisée détruit chaque année la vie de millions d'hommes, d'enfants et de femmes sur terre.

En ce début de IIIe millénaire, la misère a atteint un niveau plus effroyable qu'à aucune autre époque de l'histoire. C'est ainsi que plus de 10 millions d'enfants de moins de 5 ans meurent chaque année de sous-alimentation, d'épidémies, de pollution des eaux et d'insalubrité. 50 % de ces décès interviennent dans les six pays les plus pauvres de la planète. 42 % des pays du Sud abritent 90 % des victimes[1].

Ces enfants ne sont pas détruits par un manque objectif de biens, mais par une inégale distribution de ceux-ci. Donc, par un manque artificiel.

Du 14 au 18 juin 2004 s'est tenue à São Paulo, au Brésil, la Conférence des Nations unies pour le commerce et le développement. Elle fêtait le quarantième anniversaire de la fondation de la CNUCED[2]. En même temps, il s'agissait pour elle de prendre congé de son secrétaire général, Rubens Ricupero.

Dans l'univers équivoque et interlope des Nations unies, Ricupero est un homme à part. Il a un corps ascétique, filiforme, une voix douce et un regard bleu à percer des glaciers. Résistant à la dictature mili-

---

1. Robert E. Black, « Where and why are 10 millions children dying every year ? », *The Lancet*, numéro spécial intitulé « The world's forgotten children », Londres, 12 juillet 2003.

2. Fondée en 1964 sous l'impulsion d'économistes latino-américains et arabes, dont l'Argentin Raoul Prebisch (qui fut son premier secrétaire général), elle visait à aider les pays de l'hémisphère Sud à corriger l'inégalité des termes de l'échange dont ils étaient (et sont toujours) victimes sur le marché mondial. La CNUCED est logée au palais des Nations à Genève. Sa publication annuelle, le *Trade and Development Report*, fait autorité.

taire brésilienne dans sa jeunesse, opposant farouche aux cosmocrates aujourd'hui, chrétien insoumis et déterminé, il est une sorte de Jacques Roux contemporain.

Pour 86 des 191 pays membres de l'ONU, les produits agricoles représentent l'essentiel de leurs recettes à l'exportation. Mais le pouvoir d'achat de ces produits n'est plus aujourd'hui que d'un tiers ou moins de ce qu'il était lors de la fondation de la CNUCED.

122 pays du tiers-monde concentrent 85 % de la population mondiale, mais leur part dans le commerce international n'est que de 25 %.

La planète compte aujourd'hui plus de 1,8 milliard d'êtres humains végétant dans un dénuement extrême, avec moins d'un dollar par jour, tandis que 1 % des habitants les plus riches gagnent autant d'argent que 57 % des personnes les plus pauvres de la terre.

850 millions d'adultes sont analphabètes et 325 millions d'enfants en âge scolaire n'ont aucune chance de fréquenter une école.

Les maladies curables tuent chaque année 12 millions de personnes, essentiellement dans les pays de l'hémisphère Sud.

Au moment de la fondation de la CNUCED, la dette extérieure cumulée des 122 pays du tiers-monde s'élevait à 54 milliards de dollars. Elle est de plus de 2 000 milliards aujourd'hui.

En 2004, 152 millions de nouveau-nés n'avaient pas le poids requis à la naissance, la moitié d'entre eux étant appelés à souffrir d'une insuffisance dans leur développement psychomoteur.

La part dans le commerce mondial des 42 pays les plus pauvres du monde était de 1,7 % en 1970. Elle est de 0,6 % en 2004.

Il y a quarante ans, 400 millions de personnes souffraient de sous-alimentation permanente et chronique. Elles sont 854 millions aujourd'hui.

Depuis le début du nouveau millénaire, des attentats, des catastrophes, l'une plus effroyable que l'autre, secouent la planète. De New York à Bagdad, du Caucase à Bali, de Casablanca à Madrid, des milliers d'êtres humains sont déchiquetés, brûlés, des dizaines de milliers blessés.

Dans les pays de l'hémisphère Sud, les charniers des épidémies et de la faim se remplissent de victimes toujours plus nombreuses. L'exclusion et le chômage sévissent en Occident.

Les nouvelles féodalités capitalistes, d'un autre côté, ne cessent de prospérer. Le ROE (rendement des fonds propres) des 500 plus puissantes sociétés transcontinentales du monde a été de 15 % par an depuis 2001 aux États-Unis, de 12 % en France.

Les moyens financiers de ces sociétés excèdent, et de loin, leurs besoins en investissement : c'est ainsi que le taux d'autofinancement s'élève à 130 % au Japon, 115 % aux États-Unis et 110 % en Allemagne. Que font, dans ces conditions, les nouveaux seigneurs féodaux ? Ils rachètent massivement à la Bourse leurs propres actions. Ils versent aux actionnaires des dividendes faramineux et aux managers des gratifications astronomiques[1].

Mais rien n'y fait ! Les profits superflus continuent de croître.

---

1. Le 20 juillet 2004, Microsoft annonçait que ses actionnaires allaient toucher 75 milliards de dollars de dividendes durant la période 2004-2008.

La monopolisation et la multinationalisation sont des vecteurs fondamentaux du mode de production capitaliste. Nombre d'historiens considèrent même que le processus de reféodalisation, l'autonomisation du capital, la naissance de groupes financiers mondialement puissants, capables de défier l'intérêt général et les décrets normatifs de l'État, ont commencé au cœur même du processus révolutionnaire français.

Pour des raisons d'opportunité politique, parce qu'il était soucieux d'assurer l'unité nationale face à la menace étrangère, Maximilien Robespierre exclut de l'action civilisatrice et normative de la Révolution les mouvements du capital privé. C'est pourquoi Jacques Roux, Gracchus Babeuf, Jean-Paul Marat – mais jamais Saint-Just – attaquèrent violemment Robespierre. La représentation nationale finit par donner raison à ce dernier. Roux, Marat, Babeuf payèrent ainsi de leur vie leur opposition intransigeante aux puissances de l'argent.

Devant l'Assemblée nationale d'avril 1793, Maximilien Robespierre déclare : « L'égalité des fortunes est une chimère… » Dans la salle, les spéculateurs, les nouveaux riches, les profiteurs habiles de la misère du peuple, qui du bouleversement révolutionnaire ont tiré d'appréciables gains monétaires, respirent. Robespierre leur dit : « Je ne veux pas toucher à vos trésors[1]. »

Par cette déclaration, et quelles que fussent ses intentions, Robespierre ouvrait au capital privé la voie de la domination mondiale.

Les 374 plus grandes sociétés transcontinentales inventoriées par l'indice Standard and Poor's détiennent

---

1. Voir Jean-Philippe Domecq, *Robespierre, derniers temps*, Paris, Seuil, 1984.

aujourd'hui, ensemble, plus de 600 milliards de dollars de réserve. Cette somme a plus que doublé depuis 1999. Elle a augmenté de 13 % depuis 2003. La plus grande entreprise du monde, Microsoft, abrite dans ses coffres un trésor de plus de 60 milliards de dollars. Depuis le début de 2006, il augmente de 1 milliard de dollars par mois…

Éric Le Boucher constate sobrement : « Les multinationales se trouvent au sommet de considérables tas d'or […] dont elles ne savent plus quoi faire[1]. »

Pour les hommes et les femmes de bonne volonté, une solution de bon sens paraît s'imposer : pourquoi ne pas réduire le prix de vente des produits ? Façon comme une autre, pour les cosmocrates, de restituer une partie des profits accumulés. Ils pourraient aussi accroître les salaires et les primes ou créer de nouveaux emplois. Et, pourquoi pas, réaliser des investissements sociaux, notamment dans les pays de l'hémisphère Sud ?

Mais les cosmocrates ont horreur de toute idée d'intervention volontariste dans le libre jeu du marché. Et loin d'envisager de redistribuer un tant soit peu leurs profits superflus, ils continuent à supprimer par centaines de milliers les postes de travail, à réduire les salaires, à restreindre les dépenses sociales et à réaliser des fusions sur le dos des salariés.

Le capitalisme prédateur a atteint un stade inédit que ni Jacques Roux, ni Saint-Just, ni Babeuf ne pouvaient anticiper : celui de la croissance rapide et continue sans création d'emplois, sans promotion des travailleurs et sans augmentation du pouvoir d'achat des consommateurs.

En 2003, le nombre des millionnaires en dollars, tous pays confondus, s'élevait à 7,7 millions de personnes.

---

1. In *Le Monde*, 6 septembre 2004.

Par rapport à 2002, ce chiffre signale une progression de 8 %. En d'autres termes : 500 000 nouveaux millionnaires en dollars ont émergé en l'espace d'un an.

La progression était plus forte encore de 2004 à 2005 et de 2005 à 2006. Le nombre des millionnaires en dollars dépasse en 2007 les 12 millions de personnes.

Chaque année, la banque d'affaires américaine Merrill Lynch, associée au cabinet de conseil Capgemini, recense le nombre des « riches », c'est-à-dire des personnes qui possèdent plus de un million de dollars en fortune propre. Il en ressort que si les riches habitent avant tout l'Amérique du Nord et l'Europe, leur nombre va rapidement croissant en Chine et en Inde. Dans ce dernier pays, leur nombre a crû en une année (de 2002 à 2003) de 12 %, en Chine de 22 %. La progression s'est accélérée dans les deux pays durant les années 2004 à 2007[1].

Et en Afrique ? Dans la plupart des pays du continent, on le sait, l'accumulation de capitaux est faible, le produit de l'impôt quasi inexistant et les investissements publics déficients. Pourtant, en une année (de 2002 à 2003), le nombre des millionnaires en dollars originaires de l'un ou de l'autre des 52 pays d'Afrique a augmenté de 15 %. Ils sont aujourd'hui plus de 100 000. C'est ainsi que les Africains riches détiennent aujourd'hui, en cumul, des avoirs privés s'élevant à 600 milliards de dollars, contre 500 milliards en 2002. En Afrique aussi, durant les années 2004 à 2007, les patrimoines (et le nombre) des Africains très fortunés ont encore augmenté d'une façon considérable[2].

Dans la plupart des pays du continent, la faim et les épidémies ravagent les habitants : les enfants sont pri-

---

1. Merrill Lynch et Capgemini, *World Wealth Report*, New York, 2007.
2. *Ibid.*

vés d'écoles dignes de ce nom. Le chômage permanent et massif détruit les familles. Mais les très riches Africains n'investissent évidemment qu'exception-nellement dans l'économie de leur pays d'origine. Ils placent leur argent là où le rendement est maximal. Un riche Marocain, Béninois ou Zimbabwéen spéculera à la Bourse de New York ou dans l'immobilier genevois et se fichera royalement des besoins en investissements sociaux de ses compatriotes.

Parmi les prédateurs des économies africaines se trouvent une majorité de hauts fonctionnaires, ministres et présidents autochtones. Car l'accroissement spectacu-laire, sur la liste Merrill Lynch / Capgemini, du nombre des millionnaires africains (en dollars) s'explique large-ment par la corruption.

À Genève, j'ai un ami, un ancien banquier privé, qui est devenu gestionnaire de fortunes individuel. Il tra-vaille surtout avec le Maroc. Parmi ses clients de longue date, figure une personnalité qui – depuis plus de vingt ans – lui apporte tous les ans environ un million de dol-lars en liquide en vue d'un investissement en Occident. Mon ami est révolté par cet état de fait, mais n'en conti-nue pas moins à faire son métier. Il est père de famille, et comme il me le dit avec raison : « Si je romps avec ce client, il n'en cessera pas pour autant de piller son pays… il changera simplement de gestionnaire. »

Le patrimoine privé cumulé des 12 millions de mil-lionnaires en dollars s'élevait en 2007 à 32 000 milliards de dollars. Quelle différence avec les fortunes privées des agioteurs et autres spéculateurs sur les grains que dénonçait Jacques Roux à la fin du XVIIIe siècle ! En un peu plus de deux cents ans l'inégalité des conditions s'est accrue dans des proportions astronomiques. Mais comme du temps des « Enragés », l'accumulation de la fortune des riches tue les enfants des pauvres. Pour eux, la liberté et le bonheur ne sont toujours que de vains fantômes.

De Manille à Karachi, de Nouakchott à São Paulo et à Quito, dans toutes les mégapoles de l'hémisphère Sud, des centaines de milliers d'enfants sans famille ni domicile fixe errent dans les rues. Ils tentent de survivre comme ils le peuvent : en chapardant sur les étals des commerçants, en vendant leur corps ou en volant pour le compte de policiers. Certains sont des « avions », comme on les appelle dans les *favelas* de Rio de Janeiro : des transporteurs de cocaïne pour le compte d'un chef mafieux local.

Leur vie ne vaut pas un clou. Certaines associations de commerçants paient des policiers véreux pour les abattre. Des réseaux criminels forcent les fillettes à se prostituer. Parfois des policiers sadiques, par pur plaisir, les font souffrir. Peu d'entre ces « mineurs abandonnés » parviennent à l'âge de la majorité.

Petit, frêle, le regard intense derrière des lunettes à monture fine, Helio Bocaïuvo est, depuis le début des années 1990, un héros national au Brésil. Procureur de l'État de Rio de Janeiro, il a réussi à mener à bien le procès dit « du massacre de la Candelaria ». Des policiers militaires avaient égorgé et mitraillé treize enfants des rues qui dormaient sous le portail de la cathédrale La Candelaria, au centre-ville. Quatre victimes avaient moins de 6 ans, cinq étaient des fillettes.

Un petit garçon en avait réchappé. Bocaïuvo l'avait mis à l'abri en Europe (à Zurich) afin de le garder en vie et de le faire témoigner au procès.

Chose inouïe : le procès a bel et bien eu lieu. Cinq policiers, dont un capitaine, ont été condamnés à des peines de pénitencier.

Autre miracle : malgré bien des menaces et deux tentatives d'attentat, l'intrépide procureur est toujours en vie.

Je l'ai revu, en mars 2003, à la Maison des associations de Genève, à l'occasion d'une réunion du conseil de l'Organisation mondiale contre la torture (dont il est l'un des piliers). Bocaïuvo m'a dit : « L'an passé, plus de 4 000 enfants des rues ont été assassinés. La plupart d'entre eux par des policiers […]. Ce sont les chiffres communiqués par les juges des mineurs […], en fait le nombre des victimes est au moins deux fois plus élevé. »

Le sous-développement économique agit sur les êtres comme une prison. Il les enferme dans une existence sans espoir.

L'enfermement est durable, l'évasion quasi impossible, la souffrance sans fin. Très rares sont ceux qui parviennent à scier les barreaux. Dans les bidonvilles de Fortaleza, de Dacca, de Tegucigalpa ou de Karachi, le rêve d'une vie meilleure prend les traits d'un songe irréel. La dignité humaine est une chimère. La douleur du présent est une douleur pour l'éternité. Elle n'autorise apparemment aucun espoir.

Pour ces êtres, la réalité d'une société aux forces de production sous-développées, subissant sans défense les décrets des cosmocrates, se résume à quelques évidences : absence d'écoles (et donc de mobilité sociale), d'hôpitaux, de soins médicaux (et donc de santé), d'alimentation régulière, de travail rémunéré, de sécurité, d'autonomie personnelle.

« *It's hell to be poor* » (« La misère est un enfer »), dit Charles Dickens[1].

---

1. Charles Dickens, *Les Aventures d'Olivier Twist*, Paris, Le Livre de Poche, coll. « Classiques », n° 21003.

III

La violence structurelle

Dans l'empire de la honte, gouverné par la rareté organisée, la guerre n'est plus épisodique, elle est permanente. Elle ne constitue plus une pathologie, mais la normalité. Elle n'équivaut plus à une éclipse de la raison. Elle est la raison d'être de l'empire lui-même.

J'appelle violence structurelle cette cosmogonie et cette pratique nouvelles.

Longtemps, dans l'histoire des hommes, la violence a été regardée comme une pathologie, un brusque et récurrent effondrement des normes organisationnelles et morales qui fondent la société civilisée. Max Horkheimer a analysé cette pathologie. Il la nomme « éclipse de la raison » (« *Die Verfinsterung der Vernunft* »)[1], titre de l'un de ses plus célèbres essais.

Dans l'histoire, les exemples de violence extrême abondent. En voici un. Cent quarante ans avant la naissance du Christ, Scipion Émilien brise la résistance des derniers combattants de Carthage. Une guerre de rue

---

1. Écrit en exil aux États-Unis, c'est là que la première édition du livre a paru en 1947, sous le titre *The Eclipse of Reason*. De retour à Francfort, Horkheimer a retravaillé son texte et l'a édité sous le titre : *Die Verfinsterung der Vernunft*. L'édition française de la version allemande a été publiée par Payot à Paris en 1974.

sans merci a précédé sa victoire. Le conquérant romain entre dans une cité de 700 000 habitants. Il décide de la raser.

Des centaines de milliers d'habitants s'enfuient. Des dizaines de milliers d'autres sont égorgés.

Scipion Émilien passe bientôt la charrue sur l'emplacement où autrefois s'était dressée Carthage. Il répand du sel sur les sillons.

La destruction de Carthage illustre ce que Horkheimer entend par l'éclipse de la raison (romaine en l'occurrence). Car de retour à Rome, Scipion Émilien redeviendra sujet du *ius gentium*, système de droit qui structure l'empire et ses relations avec les autres peuples.

Aujourd'hui, en revanche, l'exercice de la violence extrême s'est fait culture. Elle règne en maître et en permanence. Elle est le mode d'expression ordinaire – idéologique, militaire, économique, politique – des féodalités capitalistes. Elle habite l'ordre du monde.

Loin de témoigner d'une éclipse passagère de la raison, elle produit sa propre cosmogonie et sa propre théorie de légitimité. Elle induit une forme originale de surmoi collectif planétaire. Elle est au cœur de l'organisation de la société internationale. Elle est structurelle.

Par rapport aux valeurs fondatrices des Lumières, elle témoigne d'une régression évidente – et apparemment sans retour.

Elle se révèle dans les corps décharnés des paysans congolais, dans les yeux hagards des femmes bengalis à la recherche d'un peu de nourriture pour leur famille, dans l'humiliation du mendiant errant sur la place de la Candelaria, à Rio de Janeiro, giflé à l'occasion par le policier.

Jean-Paul Sartre a magnifiquement dit les mécanismes cachés de la violence structurelle se déployant dans le monde de la rareté organisée :

« Dans la réciprocité modifiée par la rareté, l'autre nous apparaît comme le contre-homme en tant que ce même homme apparaît comme radicalement Autre. C'est-à-dire porteur pour nous d'une menace de mort. Ou si l'on veut : nous comprenons en gros ses fins – ce sont les nôtres ; ses moyens – nous avons les mêmes ; les structures dialectiques de ses actes ; mais nous les comprenons comme si c'étaient les caractères d'une autre espèce, notre double démoniaque[1]. »

La rupture de la réciprocité produit des catastrophes.

Encore Sartre : « En réalité, la violence n'est pas nécessairement un acte […]. Elle est absente en tant qu'acte de nombreux processus […]. Elle n'est pas non plus un trait de Nature ou une virtualité cachée […]. Elle est l'inhumanité constante des conduites humaines en tant que rareté intériorisée, bref, ce qui fait que chacun voit en chacun l'Autre et le principe du Mal. […] Aussi n'est-il pas nécessaire – pour que l'économie de la rareté soit violence – qu'il y ait des massacres et des emprisonnements, un usage visible de la force […]. Pas même le projet actuel d'en user. Il suffit que les relations de production soient établies et poursuivies dans un climat de crainte, de méfiance mutuelle, par des individus toujours prêts à croire que l'Autre est un contre-homme et qu'il appartient à l'espèce étrangère ; en d'autres termes que l'Autre, quel qu'il soit, puisse toujours se manifester aux Autres comme "celui qui a commencé" […]. Cela signifie que la rareté comme négation en l'homme de l'homme par la matière est un principe d'intelligibilité dialectique[2]. »

---

1. Jean-Paul Sartre, *Critique de la raison dialectique*, Paris, Gallimard, 1960, vol. I, pp. 208 *sq.*

2. *Ibid.*, pp. 221 et 222.

La violence structurelle n'est pas un concept abstrait. Elle se révèle dans le système d'allocation des ressources disponibles sur la planète.

Ralph Bunch, sous-secrétaire général de l'ONU de 1959 à 1971 et Prix Nobel de la paix en 1950, écrit : « *Peace, to have a meaning for many who have known only suffering in both peace and war, must be translated into bread or rice, shelter, health and education as well as freedom and human dignity.* » (« Pour que la paix ait un sens pour la multitude des êtres humains qui n'ont connu jusqu'ici que la souffrance – en temps de paix comme en temps de guerre –, elle doit se traduire en pain ou en riz, en habitat stable, en santé et en éducation ainsi qu'en dignité humaine et en liberté[1]. »)

Sur un immense mur blanc, surplombant la galerie des visiteurs, à l'entrée de la salle du Conseil de sécurité, au premier étage du gratte-ciel de l'ONU à New York, un tableau est affiché. Une pyramide renversée montre, dans ses deux tiers supérieurs, les dépenses militaires mondiales pour une année et, dans son tiers inférieur, le coût annuel des principaux programmes sociaux, environnementaux et de développement de l'ONU. Le tableau a été établi le 1er janvier 2000. Entre-temps les chiffres ont changé, mais la structure budgétaire mondiale est restée la même.

Nous sommes bien loin des aspirations de Bunch.

Les dépenses d'armement de tous les États du monde ont dépassé les 1 000 milliards de dollars en 2004. Depuis lors, elles ne cessent d'augmenter. Aujourd'hui, 47 % de ces dépenses sont effectuées par les États-Unis.

---

1. Texte gravé au sol de l'United Nations Plaza, à New York.

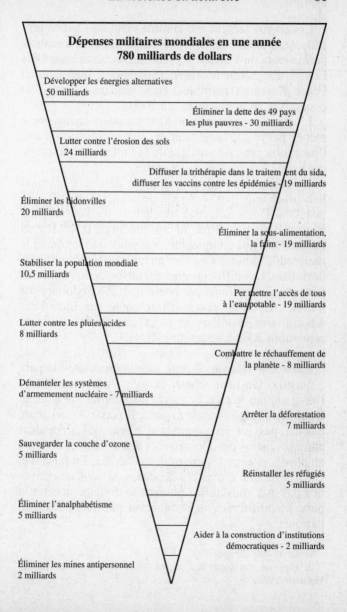

**Dépenses militaires mondiales en une année
780 milliards de dollars**

Développer les énergies alternatives
50 milliards

Éliminer la dette des 49 pays
les plus pauvres - 30 milliards

Lutter contre l'érosion des sols
24 milliards

Diffuser la trithérapie dans le traitement du sida,
diffuser les vaccins contre les épidémies - 19 milliards

Éliminer les bidonvilles
20 milliards

Éliminer la sous-alimentation,
la faim - 19 milliards

Stabiliser la population mondiale
10,5 milliards

Permettre l'accès de tous
à l'eau potable - 19 milliards

Lutter contre les pluies acides
8 milliards

Combattre le réchauffement de
la planète - 8 milliards

Démanteler les systèmes
d'armemement nucléaire - 7 milliards

Arrêter la déforestation
7 milliards

Sauvegarder la couche d'ozone
5 milliards

Réinstaller les réfugiés
5 milliards

Éliminer l'analphabétisme
5 milliards

Aider à la construction d'institutions
démocratiques - 2 milliards

Éliminer les mines antipersonnel
2 milliards

Cet accroissement est, comme celui de l'année précédente, à mettre avant tout à l'actif des cinq membres permanents du Conseil de sécurité, et notamment des États-Unis. Selon le SIPRI (Stockholm International Peace Research Institute), cette tendance devrait se poursuivre au moins jusqu'en 2009.

L'actuelle « guerre mondiale contre le terrorisme » menée par le gouvernement des États-Unis fournit une illustration presque parfaite de la violence structurelle qui habite l'ordre des cosmocrates.

Un compteur électronique géant destiné à marquer le coût, chaque jour croissant, de la guerre en Irak a été installé à Times Square, à Manhattan, par l'association Project Billboard. Situé au croisement de la 47e Rue et de Broadway, le compteur a commencé à fonctionner le mercredi 25 août 2004, avec au tableau 134,5 milliards de dollars. Le chiffre progresse à raison de 177 millions par jour, 7,4 millions par heure et 122 820 dollars par minute[1]. La seule guerre d'Irak coûte aux États-Unis 4,8 milliards de dollars par mois (période de calcul : de septembre 2003 à septembre 2004).

Érasme avait avancé cette idée intéressante : la paix a un prix. On peut acheter la paix. Autrement dit, si l'on y mettait le prix, la guerre disparaîtrait de la terre. Dans *La Complainte de la paix*, il écrit : « […] je ne calcule pas ici les sommes d'argent qui s'écoulent entre les mains des fournisseurs des armées et de leurs employés et entre les mains des généraux. En faisant le calcul exact de toutes ces dépenses, si vous ne convenez pas que vous auriez pu avec le dixième acheter la paix, je souffrirais avec résignation qu'on me chasse de partout[2]. »

---

1. *Le Monde*, 28 août 2004.
2. Erasmus von Rotterdam, *Ausgewählte Werke* [1517], Munich, Holborn, 1934.

Contre les crimes commis par George W. Bush, Ariel Sharon et Vladimir Poutine (en Irak, en Palestine et en Tchétchénie) se dressent des groupuscules fanatisés de terroristes sanglants. Au terrorisme d'État répond le terrorisme groupusculaire. Et si ses dirigeants sont souvent originaires des classes aisées d'Arabie Saoudite, d'Égypte et d'ailleurs, ses « soldats » se recrutent généralement parmi les populations les plus démunies des *shanty towns* de Karachi, des bidonvilles de Casablanca ou des hameaux désolés des montagnes de l'Hindou Kouch. L'absurdité des dépenses militaires saute dès lors aux yeux : la misère est le terreau du terrorisme groupusculaire, l'humiliation, la misère, l'angoisse du lendemain favorisant grandement l'action des kamikazes.

Une fraction des sommes investies dans la « guerre mondiale contre le terrorisme » suffirait d'ailleurs parfaitement pour éradiquer les pires fléaux qui affligent les populations laissées pour compte sur la planète. Dans son rapport annuel de 2006, le programme des Nations unies pour le développement (PNUD) estime ainsi qu'une dépense annuelle de 85 milliards de dollars sur une période de dix ans permettrait de garantir à tout être humain l'accès à l'éducation de base, aux soins de santé de base, à une nourriture adéquate, à l'eau potable et à des infrastructures sanitaires, ainsi que, pour les femmes, l'accès aux soins de gynécologie et d'obstétrique…

Mais la « guerre mondiale contre le terrorisme » rend aveugles ceux qui la conduisent.

Cette guerre n'a pas d'ennemis clairement identifiés. Elle n'a pas non plus de fin prévisible. C'est une guerre de mille ans.

Peu avant son assassinat, le 30 janvier 1948, par Naturam Godse, le Mahatma Gandhi s'adressa une dernière fois à la foule immense. Des massacres entre hindous et musulmans venaient de coûter la vie à plus de 5 000 personnes à Calcutta.

La foule criait vengeance.

Gandhi leur dit : « Vous voulez vous venger ? Œil pour œil ? [...] Procédez ainsi, et bientôt l'humanité entière sera aveugle [...]. »

Les cosmocrates et leurs auxiliaires à la Maison-Blanche, au Pentagone et à la CIA, bref, tous les responsables de la « guerre mondiale contre le terrorisme », développent une conception ontologique du mal. Ils définissent eux-mêmes, et en toute liberté, ceux qu'ils considèrent comme des terroristes. Dans cette définition, aucun élément d'ordre objectif n'intervient. Est terroriste celui que les gouvernants (américains, israéliens, russes, etc.) désignent comme tel. Ils pratiquent la guerre préventive.

Écoutons Donald Rumsfeld, secrétaire américain à la Défense : « Mon opinion est que nous sommes en guerre, en guerre mondiale contre la terreur, et que ceux qui ne sont pas d'accord avec cela sont pour la plupart des terroristes[1]. »

Aux principes de la Charte des Nations unies, de la sécurité collective, des droits de l'homme et du droit international, les cosmocrates préfèrent leur subjectivité, c'est-à-dire leurs intérêts privés.

Formidable hypocrisie ! On prétend lutter (bombarder, massacrer, etc.) pour établir la justice et la paix dans le monde, et l'on ne fait que poursuivre son intérêt personnel, privé. Car derrière les guerres préventives américaines, chacun sait qu'il y a – comme motivation

---

1. Donald Rumsfeld, déclaration à l'Associated Press, 1er juillet 2003.

première – les intérêts financiers des sociétés transcontinentales capitalistes.

Revenons sur l'attaque américaine déclenchée contre l'Irak en mars 2003.

Le sous-sol mésopotamien occupe le deuxième rang dans l'ordre des réserves pétrolières connues du monde à ce jour : l'équivalent d'environ 112 milliards de barils. Un baril, on le sait, équivaut à 159 litres. Entre Kirkuk et Bassora, les réserves irakiennes s'élèvent ainsi à 18 000 milliards de litres. Et les experts pensent que les réserves non encore inventoriées sont gigantesques.

Avant 2003, l'Irak exploitait 1 821 sources pétrolières. Prises ensemble, les quelque 800 sources exploitées sur le territoire des États-Unis fournissent autant de pétrole qu'une unique source irakienne.

Mais, plus importante encore que l'étendue des champs pétroliers, il y a la situation géologique du pétrole irakien. Dans le nord comme dans le sud du pays, il est proche de la surface. Des forages de quelques mètres suffisent donc pour faire surgir l'or noir. Et si le prix de revient d'un baril de brut est de 10 dollars au Texas et de 15 dollars dans la mer du Nord, il s'élève à moins d'un dollar en Irak…

Les sociétés transcontinentales Halliburton, Kellogg and Root, Chevron et Texaco ont, bien entendu, joué un rôle déterminant dans la préparation du hold-up américain sur les champs pétroliers irakiens. Le vice-président Dick Cheney avait lui-même été président de Halliburton, l'actuelle ministre des Affaires étrangères, Condoleezza Rice, avait dirigé Chevron, de même que l'ancien ministre de la Défense, Donald Rumsfeld. Le président George W. Bush, quant à lui, doit sa considérable fortune personnelle aux pétroliers texans.

Un autre exemple. Les sociétés transcontinentales de la fabrication et du commerce des armes de guerre, ainsi que les fonds d'investissement spécialisés dans le financement d'électronique militaire (tels que le Carlyle Group), profitent jour après jour de l'accroissement massif du budget militaire justifié par la « menace terroriste ». Or, nombre de grandes chaînes de télévision aux États-Unis, dont l'audience quotidienne s'évalue en dizaines de millions de personnes, appartiennent aux fabricants d'armes. NBC, par exemple, est la propriété du trust General Electric, l'un des plus grands fabricants mondiaux dans le domaine de l'électronique militaire…

Qui s'étonnera, dans ces conditions, que, sautant allégrement du petit mensonge ordinaire au mensonge d'État, la « guerre mondiale contre le terrorisme » recoure aussi facilement à la manipulation par la peur, au rejet de l'autre, à la xénophobie et au racisme ?

Richard Labévière écrit : « Cette manipulation est typique des régimes totalitaires […]. La guerre sans fin contre le terrorisme n'entraîne pas seulement des opérations militaires (sur tous les continents), elle génère aussi une approche carcérale qui est celle d'une pure et simple politique de l'apartheid[1]. »

Mais comment font les cosmocrates pour faire accepter leur stratégie par l'ensemble des États et des peuples du monde ? Au fondement de leur action, il y a l'équation, inlassablement répétée, « recherche de la paix » = « guerre contre le terrorisme ». Tout le monde veut la paix, donc tout le monde se plie aux exigences fixées par les cosmocrates.

---

1. Richard Labévière, *Les Coulisses de la terreur*, Paris, Grasset, 2003, p. 232.

Les sources idéologiques de cette violence totalitaire sont nombreuses et variées. Le grand rabbin Marc Raphaël Guedj de Genève, associé au pasteur Albert de Pury, en nomme quelques-unes : « Absolutiser un discours afin de capturer les consciences, sacraliser une terre, revendiquer l'exclusivité du salut, se prétendre d'essence supérieure, se considérer comme l'héritier légitime du patrimoine des autres, prendre au pied de la lettre des textes prônant la guerre sainte, ou encore messianiser les entreprises humaines, sont autant de sources potentielles de violence[1]. »

Au XIIIe siècle, avant chacune de leurs campagnes de rapine et de pillage menées contre les malheureuses familles paysannes de Pologne et de Lituanie, les chevaliers teutoniques priaient longuement, intensément – et surtout publiquement. Ils invoquaient – pour reprendre les paroles du rabbin Guedj – « l'exclusivité du salut ».

« [...] L'armée de Dieu dans la maison de Dieu, dans le royaume de Dieu [...]. Nous avons été élevés pour une telle mission [la lutte contre la terreur islamiste] [...]. [Les musulmans] nous haïssent parce que nous sommes une nation chrétienne [...]. L'ennemi est un type qui s'appelle Satan [...]. Mon Dieu est plus grand que le leur [...]. Je sais que mon Dieu est un vrai Dieu et le leur une idole. »

Qui dit cela ?

Eh bien, l'auteur de ces immortelles paroles est un des généraux d'active les plus prestigieux des forces armées américaines. C'est un soldat d'élite qui a servi

---

1. Cf. Actes du séminaire de la fondation Racines et Sources, Genève, 2004.

dans les commandos Delta en Somalie. En juin 2003, le président George W. Bush le nomma sous-secrétaire adjoint à la Défense, chargé du renseignement militaire. Son nom : général William « Jerry » Boykin[1].

Et comment ne pas être révulsé par les photos publiées par l'*International Herald Tribune*, et montrant le président George W. Bush et ses principaux complices, les mains jointes, les yeux fermés, les coudes posés sur l'immense table en bois d'acajou du *Cabinet Room*, invoquant la bénédiction de Dieu pour que réussisse le bombardement des villes surpeuplées de Mésopotamie et d'Afghanistan ?

---

1. William G. Boykin, in *The Los Angeles Times*, 16 octobre 2003.

IV

L'agonie du droit

Comment expliquer que la guerre préventive sans fin, l'agressivité permanente, l'arbitraire, la violence structurelle des nouveaux despotes règnent sans entraves ? Aujourd'hui, la plupart des barrières du droit international se sont effondrées. L'ONU elle-même est exsangue.

Selon la belle formule de Maximilien Robespierre, le droit est fait pour organiser « la coexistence des libertés ». Incapable de remplir cette fonction, le droit international est aujourd'hui à l'agonie. Pourquoi cet effondrement ?

Le droit international a pour principal objet de civiliser et de domestiquer la violence arbitraire des puissants. Il exprime la volonté normative des peuples. La Charte des Nations unies s'ouvre sur ces mots : « *We, the people of the united nations…* » (« Nous, les peuples des nations unies… »).

Mais en réalité, on le sait, les Nations unies sont une organisation d'États. Comme d'ailleurs toutes les autres grandes organisations internationales nées sur leurs marges. Et notamment l'Organisation mondiale du commerce, la Banque mondiale, le Fonds monétaire international, etc. Bref, le droit international engage d'abord, et jusqu'ici presque exclusivement, des États. De quoi est-il fait ?

Il y a d'abord les droits de l'homme. La Déclaration universelle du 10 décembre 1948 les proclame. Or, chaque nouvel État désirant adhérer à l'ONU doit accepter la Déclaration. Les droits de l'homme sont donc théoriquement contraignants. Mais en fait, ils ne le sont pas vraiment puisqu'il n'existe pas, à l'échelle mondiale, de Cour des droits de l'homme[1]. La Commission des droits de l'homme, composée de cinquante-trois États élus (pour un mandat de trois ans) par l'Assemblée générale, veille au respect de ces droits. Sa seule arme en cas de violation : le vote d'une résolution de condamnation.

Deuxième limite : inscrite dans la tradition de la Déclaration américaine de Philadelphie de 1776 et de celle, française, de 1789, la Déclaration universelle de l'ONU (et l'exégèse qu'en ont faite ses principaux rédacteurs, Eleonore Roosevelt et René Cassin) s'attache essentiellement aux droits civils et politiques (liberté de presse, d'association, d'expression, liberté religieuse, etc.). Certes, en son article 25, la Déclaration évoque aussi l'exercice d'un certain nombre de droits économiques et sociaux (protection de la maternité, droit à l'alimentation, sécurité en cas de chômage, veuvage, vieillesse, invalidité, droit au logement, aux soins médicaux, protection de l'enfance, etc.). Mais la guerre froide, à partir du coup d'État de Prague en 1948, a gelé le débat international sur les droits de l'homme et a fait obstacle, notamment, à la reconnaissance de droits économiques et sociaux.

Jusqu'à l'implosion de l'Union soviétique, en août 1991, un homme sur trois, sur terre, vivait sous un régime

---

1. Il existe bien une Cour européenne des droits de l'homme, mais sa compétence est régionale.

communiste. Or, les régimes communistes récusaient la démocratie pluraliste, le suffrage universel et l'exercice des libertés publiques qui les fondent. Ils pratiquaient le système du parti unique, avant-garde et expression de la volonté populaire. Les régimes communistes accordaient la priorité absolue au progrès social de leurs populations. C'est pourquoi ils privilégiaient la concrétisation des droits économiques, sociaux et culturels de l'homme par rapport aux droits civils et politiques.

La Commission, chargée d'élaborer la Déclaration universelle, se réunit une première fois au printemps 1947. D'entrée de jeu, l'ambassadeur de Grande-Bretagne attaqua : « Nous voulons des hommes libres, pas des esclaves bien nourris ! »

L'ambassadeur d'Ukraine lui répondit : « Même des hommes libres peuvent mourir de faim. »

Dès le début de la guerre froide, un débat de sourds, donc, tournant à l'occasion à l'échange d'insultes, opposa les deux moitiés du monde. L'Occident accusait le monde communiste de récuser les droits civils et politiques afin d'interdire l'exercice des libertés et l'avènement de la démocratie. Les gouvernements communistes, de leur côté, reprochaient aux Occidentaux de ne pratiquer qu'une démocratie de façade et de négliger la lutte en faveur de la justice sociale.

Boutros Boutros-Ghali, secrétaire général de l'ONU de 1992 à 1995, eut l'intuition de la conférence de Vienne. Deux ans après la chute de l'Union soviétique, il convoqua dans la capitale autrichienne la première conférence mondiale sur les Droits de l'homme. Grâce à sa subtilité, son énergie, sa patience informée, la réconciliation entre les deux visions des droits de l'homme se produisit. C'est ainsi que la Déclaration de Vienne (1993) consacre l'équivalence entre les droits civils et politiques, d'une part, les droits sociaux, économiques et culturels, de l'autre.

« Un bulletin de vote ne nourrit pas l'affamé », a écrit Bertolt Brecht.

Sans droits économiques, sociaux et culturels, les droits civiques et politiques restent largement inopérants. Mais aucun progrès social durable n'est possible sans liberté individuelle, sans démocratie.

Tous les droits de l'homme sont désormais réputés universels, indivisibles et interdépendants. Aucune hiérarchie n'existe entre eux.

À la Déclaration universelle de 1948 sont venues s'adjoindre six grandes conventions (contre la torture ; contre la discrimination des femmes ; contre le racisme ; pour les droits des enfants ; pour les droits économiques, sociaux et culturels ; pour les droits civils et politiques). La majorité des États les ont ratifiées.

Certaines de ces conventions sont accompagnées de protocoles additionnels qui permettent aux êtres humains qui s'estiment lésés de s'adresser directement au comité chargé de l'application de ladite convention. Tel est le cas, par exemple, pour la convention contre la torture : le torturé ou sa famille peuvent demander réparation devant le comité.

Les décennies passant, une multitude d'autres conventions ont été signées par un nombre variable d'États : contre la production et l'exportation des mines antipersonnel, contre la pollution atmosphérique, contre les armes biologiques et chimiques, pour la protection du climat, des eaux et de la biodiversité, etc.

La Cour pénale internationale poursuit, de son côté, les responsables des crimes de guerre, des crimes de génocide et des crimes contre l'humanité[1].

---

1. On appelle crime de guerre toute violation grave de l'une des dispositions contenues dans l'une ou l'autre des quatre Conventions de Genève (et de leurs deux protocoles additionnels) de 1949 ; les

Le Conseil de sécurité et l'Assemblée générale génèrent par ailleurs en permanence du droit international. Ni la Charte ni qui que ce soit ne les a habilités de le faire. Mais ils le font quand même, et leurs résolutions fondent un droit coutumier. Exemple : le droit à l'ingérence est né d'une résolution du Conseil de sécurité. Lorsqu'un gouvernement viole gravement les droits de son peuple (ou d'une minorité composant ce peuple), la communauté internationale a un droit d'intervention et un devoir de protection. Les Kurdes d'Irak doivent leur survie à une telle résolution[1].

Depuis 1945, l'Assemblée générale a ainsi voté plus de 700 résolutions majeures, le Conseil de sécurité plus de 130.

En plus du droit international proprement dit, il existe le vaste arsenal du droit dit humanitaire. Sa base est constituée par les quatre Conventions de Genève de 1949 et leurs deux protocoles additionnels (sur le traitement des prisonniers de guerre, les droits des populations civiles en temps de guerre, les obligations des puissances occupantes, les devoirs des belligérants en cas de conflits non étatiques, etc.).

Bref, du point de vue des textes et de la jurisprudence, le droit international proprement dit et le droit international humanitaire sont en évolution constante et rapide. Alors, pourquoi assistons-nous à l'effondrement de la capacité normative du droit international ?

D'abord, bien sûr, se mesurent par là les effets redoublés d'une économie globalisée soumise à la dictature des cosmocrates, dirigeants des principales sociétés

---

crimes contre l'humanité sont définis d'une façon exhaustive dans le statut de la Cour pénale internationale signé à Rome en 1998.

1. La résolution du Conseil de sécurité de 1991 interdit au gouvernement de Bagdad le survol et toute intervention militaire au nord du 36ᵉ parallèle.

transcontinentales privées du monde. Pour rentabiliser au maximum et dans le temps le plus réduit possible leurs capitaux, les nouveaux féodaux n'ont besoin ni des États ni de l'ONU. L'Organisation mondiale du commerce, l'Union européenne et le Fonds monétaire international leur suffisent : ils en ont fait les exécuteurs dociles de leurs stratégies. Or, je l'ai dit, les principaux sujets du droit international sont les États, ces mêmes États dont les pouvoirs de souveraineté fondent comme neige au soleil dans le cadre de l'économie globalisée. D'où la perte radicale d'efficacité normative du droit international statutaire ou conventionnel.

Mais il est une autre raison à l'agonie du droit international, et donc de l'ONU. Celle-ci est plus difficile à apercevoir.

Au sein même de l'appareil d'État américain, principal bras armé des cosmocrates de toutes nationalités, une mutation s'est produite.

En 1957, Henry Kissinger, cinquante-sixième secrétaire d'État des États-Unis, publiait sa thèse de doctorat, sous le titre : *A world restored : Metternich, Castlereagh and the problems of peace 1812-1822*[1]. Il y développait la théorie impérialiste qu'il mit ensuite en application de 1969 à 1975, en tant que membre du Conseil national de sécurité, et de 1973 à 1977 comme secrétaire d'État. Sa thèse centrale : la diplomatie multilatérale ne produit que le chaos. Le strict respect du droit à l'autodétermination des peuples et de la souveraineté des États ne permet pas de garantir la paix. Seule une puissance planétaire a les moyens matériels et la capacité d'intervenir partout et rapidement en période de crise. Elle seule est capable d'imposer la paix.

Henry Kissinger est certainement l'un des mercenaires les plus cyniques de l'empire de la honte.

1. Boston, Éditions Houghton Mifflin.

Pourtant, lors d'une conférence au Centre d'études stratégiques de l'Institut universitaire des hautes études internationales, tenue au sous-sol de l'hôtel Président-Wilson, à Genève, en 1999, il a analysé de façon fort pénétrante le conflit meurtrier de Bosnie. En l'écoutant, j'ai senti le doute monter en moi. Et s'il avait raison ?

Pendant vingt et un mois, Sarajevo avait été encerclée, bombardée par les Serbes : 11 000 morts, des dizaines de milliers de blessés, pratiquement tous des civils. Parmi eux, une majorité d'enfants. Incapacité totale des Nations unies et des États européens de ramener à la raison les tueurs de Milošević. Jusqu'au jour où la puissance impériale américaine décida de bombarder les artilleurs serbes postés autour de la cuvette de Sarajevo, d'imposer la réunion de Dayton, en bref, de pacifier par la force les Balkans.

Où l'on voit que la théorie de Kissinger n'est pas totalement absurde... car les dysfonctionnements de la diplomatie multilatérale sautent aux yeux. Au cours de la décennie 1993-2003, quarante-trois guerres dites de basse intensité (moins de 10 000 morts par an) ont ravagé la planète. L'ONU n'en a empêché aucune. Quoi qu'il en soit, la théorie impériale de Kissinger est devenue l'idéologie dominante aux États-Unis.

Dans l'énoncé de Kissinger, une hypothèse est implicite : la force morale, la volonté de paix, la capacité d'organisation sociale de l'empire sont supérieures à celles de tous les autres pouvoirs. Or, c'est justement cette hypothèse qui est désormais systématiquement mise en échec et contredite par l'action de l'appareil politico-militaire américain.

Théo Van Bowen, rapporteur spécial de la Commission des droits de l'homme sur la torture, a pris la parole le mercredi 27 octobre 2004 devant l'Assemblée générale de l'ONU à New York. Dans un silence absolu, devant une salle saisie d'effroi, il a méticuleusement énuméré les méthodes de torture appliquées par la puissance occupante en Irak et en Afghanistan à l'encontre des prisonniers de guerre ou des simples suspects : privation de sommeil pendant de longues périodes ; enfermement dans des cages où le captif ne peut ni se tenir debout, ni s'asseoir, ni s'étendre ; transfert de détenus dans des prisons secrètes ou dans des pays où les plus atroces méthodes de mutilation sont pratiquées ; viols et humiliations sexuelles ; exécution feintes ; morsures de chiens ; etc.

Le 18 septembre 2004, le président américain a signé un ordre présidentiel secret qui autorise la formation de commandos opérant en dehors de toute loi nationale ou internationale. La tâche de ces commandos ? Arrêter, interroger, puis exécuter partout dans le monde les « terroristes ». Dans son livre *Chain of Command : From September 11 to Abu Ghuraib*, l'ancien grand reporter du *New York Times*, Seymour Hersh, donne des exemples précis de l'action de ces commandos[1].

Plus étonnant encore : le président américain décide désormais librement lesquels des détenus, capturés par les autorités américaines, bénéficient de la protection des Conventions de Genève, de leurs protocoles additionnels et des principes généraux du droit humanitaire – et lesquels seront livrés « légalement » à l'arbitraire de leurs geôliers.

Le 7 juin 2004, le *Wall Street Journal* publiait les éléments principaux d'un mémorandum de cent pages établi par les juristes du Pentagone. Ce texte indiquait que tous les agents du gouvernement (soldats, marins,

---

1. Seymour M. Hersh, *Chain of command : From September 11 to Abu Ghuraib*, New York, HarperCollins, 2004.

aviateurs, agents secrets, gardiens de prison, etc.) qui agissent sous l'autorité du Président et au service de la sécurité nationale jouissent d'une totale immunité judiciaire. Quand bien même ils humilieraient, violeraient, mutileraient, défigureraient ou tueraient des détenus, ils ne pourraient être poursuivis[1].

La convention contre la torture de l'ONU ou les Conventions de Genève ratifiées par les États-Unis ? Les agents secrets, gardiens de prison, policiers et soldats au service du président des États-Unis peuvent les ignorer sans risque.

L'argument des juristes du Pentagone est le suivant : toutes les lois et conventions des Nations unies contre la torture sont rendues caduques « par l'autorité constitutionnelle, inhérente à la présidence, agissant pour protéger le peuple américain » (« *the inherent constitutional authority to manage a military campaign to protect the American people* »).

Et, plus loin : « *Bans on torture must be construed as inapplicable to interrogations undertaken pursuant to his authority as commander in chief.* » (« L'interdiction de la torture est levée pour les interrogatoires conduits sous l'autorité du commandant en chef. »)

Les crimes de guerre commis aujourd'hui par les fonctionnaires américains dans les camps de concentration du désert afghan et dans les cellules de torture d'Abu Ghuraib à Bagdad fournissent un démenti terrible à la prétention, implicite à toute théorie impérialiste, d'une supériorité morale du pouvoir impérial, quand bien même ces crimes sont jugés. Protégé et encouragé par ce même pouvoir impérial, le gouvernement d'Ariel

---

1. C'est le conseiller juridique du Président de l'époque (et actuel ministre de la Justice), Alberto Gonzales, qui a suscité ce mémorandum. Depuis le 20 janvier 2005, Alberto Gonzales est ministre de la Justice.

Sharon opprime de la pire manière quatre millions d'êtres humains en Palestine. Le régime de Vladimir Poutine, autre grand allié des cosmocrates, assassine des dizaines de milliers de Tchétchènes. Depuis 1995, 180 000 civils ont été tués par l'occupant russe, soit 17 % de la population totale de Tchétchénie.

Mais comment s'y prennent les nouveaux despotes féodaux et l'appareil politico-militaire qui les sert pour paralyser l'action des Nations unies ?

Le gouvernement de Washington finance 26 % du budget ordinaire de fonctionnement de l'ONU, l'essentiel du budget spécial pour des opérations de maintien de la paix (les 72 000 Casques bleus actifs dans 18 pays) et une grande partie des budgets des vingt-deux organisations spécialisées. Quant au Programme alimentaire mondial, qui a nourri 91 millions de personnes en 2004, Washington y contribue à hauteur de 60 %, essentiellement en livrant des aliments prélevés sur les surplus américains.

Depuis septembre 2000, j'exerce mon mandat de rapporteur spécial des Nations unies pour le droit à l'alimentation. Ce statut ne fait pas de moi un fonctionnaire. Il me garantit l'immunité et l'indépendance la plus absolue.

J'observe l'appareil. Je constate que pratiquement aucun fonctionnaire au-dessus du grade P-5 – où qu'il soit placé dans le système vaste et complexe des Nations unies, et quelle que soit sa nationalité d'origine – ne bénéficie de la moindre promotion sans l'aval exprès de la Maison-Blanche.

J'ouvre ici une parenthèse : les gouvernements de l'Union européenne, et notamment celui de la France, ne se préoccupent pratiquement pas, ou alors d'une façon bien maladroite, des engagements et promotions de leurs nationaux et alliés au sein du système des Nations unies. C'est ainsi que si la France joue souvent, au Conseil de sécurité et à l'Assemblée générale, un rôle offensif et indépendant, son influence est pratiquement nulle au sein de l'appareil.

Au sous-sol de la Maison-Blanche, en revanche, un bureau abrite une équipe spécifique composée de hauts fonctionnaires et de diplomates. Elle est chargée de suivre la carrière et les faits et gestes de chacun des principaux dirigeants des Nations unies ou de leurs organisations spécialisées[1]. Quiconque ne marche pas droit a peu de chances de survivre dans le système. Tôt ou tard, il sera éliminé par un oukase ou tombera dans une chausse-trappe dressée par la cellule en question.

Prenons un exemple. Le Kosovo est aujourd'hui un protectorat international[2]. Ayant autorisé en 2001 le recours à la force (par OTAN interposée) contre les occupants serbes, les Nations unies y exercent aujourd'hui une sorte de souveraineté temporaire. Mais les troupes qui y sont stationnées, l'administration civile et les ressources budgétaires du Kosovo proviennent de l'Union européenne.

Le haut représentant de la communauté internationale à Priština, commandant à la fois les forces militaires internationales et l'administration civile, est proposé

1. Les Nations unies connaissent trois types de fonctionnaires. Dans la catégorie la plus basse, celle des *General services*, figurent tous les employés techniques (secrétaires, chauffeurs, policiers, spécialistes de la maintenance, etc.). La catégorie des *Professionals* ou « cadres » (économistes, juristes, scientifiques, etc.) est subdivisée en cinq classes, P-1 à P-5. Les dix-sept secrétaires généraux assistants, les sous-secrétaires généraux, les directeurs de classe I et de classe II, le secrétaire général lui-même relèvent d'une troisième catégorie. C'est sur eux que veille avant tout la Maison-Blanche…

2. Pour connaître les racines de la guerre du Kosovo, voir Wolfgang Petritch, *Kosovo, Kosova*, Klagenfurt, Wiesner, 2004.

par le Conseil des ministres de l'Union européenne. Son choix fait l'objet d'une ratification de pure forme par le secrétaire général de l'ONU.

En 2003, l'Allemand Michael Steiner, ancien conseiller diplomatique du chancelier Schröder, est arrivé au terme de son mandat de haut représentant. L'Union européenne a désigné pour lui succéder Pierre Schori.

Schori a été l'ami le plus intime et le confident d'Olof Palme. Ministre de la Coopération et de l'Immigration, député européen, enfin ambassadeur de Suède auprès de l'ONU à New York, il est aussi un des diplomates les plus compétents et les plus respectés d'Europe.

Fureur de la cellule souterraine de la Maison-Blanche !

Il faut dire que dans sa jeunesse, Pierre Schori avait manifesté – avec Olof Palme et la quasi-totalité des dirigeants socialistes suédois – contre l'agression américaine au Vietnam. Taxé d'« antiaméricanisme » par la cellule, la Maison-Blanche exigea bientôt le retrait de sa candidature. Et Kofi Annan reçut quatre visites successives de Colin Powell…

La menace était explicite : si le secrétaire général ratifiait le choix européen, les États-Unis cesseraient tout contact avec la haute représentation à Priština.

Comme souvent, Kofi Annan dut céder au chantage. Il refusa de ratifier la nomination de Schori.

Toute critique de la guerre menée contre le « terrorisme », de ce que j'appelle la violence structurelle ou contre une quelconque violation du droit international, est impitoyablement châtiée par la Maison-Blanche sur proposition de la cellule.

C'est ainsi que, cantonnées désormais dans leurs activités les plus techniques – combat contre les épidémies, distribution de nourriture, aide à la scolarisation des enfants pauvres, etc. –, les Nations unies sont aujourd'hui terriblement affaiblies.

En juin 2007, elles ont fêté leur 62ᵉ anniversaire. Mais elles pourraient bien ne pas lui survivre très longtemps.

V

La barbarie et son miroir

À l'empire des cosmocrates et de leurs auxiliaires politiques s'oppose aujourd'hui le terrorisme du Djihad islamique, d'Al-Qaida, des Groupes islamistes armés algériens (GIA), du Gama'a al-Islamyya égyptien, du Mouvement salafiste pour la prédication ou autres organisations du même type. Ces mouvements sont aujourd'hui les seuls adversaires réellement efficaces – sur le plan militaire en tout cas – de la violence structurelle pratiquée par les cosmocrates et leurs mercenaires des forces armées américaines.

Régis Debray résume la situation : « Le choix est entre un empire exaspérant et un Moyen Âge insupportable[1]. »

Ici, une précision s'impose : je recours au terme « islamiste » parce qu'il est entré dans le langage courant tant dans le monde arabe qu'en Occident. Inutile de dire que les massacres aveugles d'enfants, de femmes, d'hommes, l'obsession de la théocratie et le racisme antijuif et antichrétien sont totalement contraires à la foi musulmane ou aux enseignements du Coran.

Depuis la nuit des temps, les peuples se révoltent.

---

1. Régis Debray, « Les États unis d'Occident, tout va bien… », *Marianne*, Paris, 14 juin 2004.

Au premier siècle de notre ère, un ancien berger thrace, capturé par les Romains et devenu gladiateur, s'échappa de sa caserne-prison de Capoue, avec soixante-dix de ses compagnons. Spartacus appela à la révolte les esclaves de l'Empire romain. À la tête de plusieurs dizaines de milliers de révoltés, il battit successivement plusieurs armées romaines. Il brûla des *latifundia*, libéra les esclaves sur son passage et tenta de gagner la Sicile. Mais en l'an 71, sa marche triomphale se brisa sur les légions commandées par Licinius Crassus, près du bourg de Silare, en Lucanie. Faits prisonniers, Spartacus et des milliers de ses combattants furent crucifiés tout au long de la via Appia.

En une unique nuit de septembre 1831, les murs de Varsovie se couvrirent d'affiches, jusque sous les fenêtres du feld-maréchal Paskievitch, bourreau russe de la Pologne. En lettres latines et cyrilliques, il était écrit : « Pour notre liberté et pour la vôtre ». Peu de soldats de l'armée d'occupation russe comprirent le message. L'insurrection fut écrasée dans le sang. (Il fallut attendre 1989 et la victoire pacifique de Solidarność pour que la violence coloniale russe lâche prise en Pologne.)

Plus près de nous, du FLN algérien au Front Farabundo Martí du Salvador et à l'ANC sud-africain, de l'UPC camerounaise au Front sandiniste du Nicaragua, la liste des mouvements armés de libération est impressionnante. Beaucoup d'entre eux ont été écrasés par leurs ennemis. D'autres ont été victorieux, mais se sont abîmés, une fois arrivés au pouvoir, dans la corruption ou la bureaucratie. D'autres encore – tel l'EPFL érythréen (*Eritrean People's Liberation Front* – Front populaire pour la libération de l'Érythrée) – ont connu d'effroyables dérives bonapartistes. Mais tous, d'une façon éclatante ou de manière plus discrète, ont été porteurs d'espoir.

Tous les mouvements que je viens de nommer, et en premier lieu les révolutionnaires de 1789 en France, se sentaient investis d'une mission universelle. Tous étaient convaincus qu'ils ne luttaient pas seulement pour la libération de leur territoire et de leur peuple, mais pour le bonheur, la dignité de tous les hommes. Les valeurs qui inspiraient leur sacrifice engageaient l'humanité tout entière.

Écoutons à nouveau Robespierre : « Français, une gloire immortelle vous attend ! Mais vous serez obligés de l'acheter par de grands travaux. Il ne nous reste plus qu'à choisir entre le plus odieux des esclavages et une liberté parfaite [...]. À notre sort est attaché celui de toutes les nations. Il faut que le peuple français soutienne le poids du monde et qu'il se défende en même temps contre les tyrans qui le désolent [...]. Que tout s'éveille, que tout s'arme ! Que les ennemis de la liberté rentrent dans les ténèbres ! Que le tocsin sonné à Paris soit entendu partout[1] ! »

En août 1942, Missak Manouchian succéda à Boris Holban à la tête du groupe des francs-tireurs de la MOI (Main-d'œuvre immigrée). Les occupants nazis avaient placardé dans Paris une affiche rouge où apparaissaient les visages de certains membres du groupe et leurs noms. Comme tous ceux-ci étaient d'origine étrangère, arméniens ou polonais surtout, les nazis tentaient de faire accroire que la résistance armée à la terreur n'était que le fait des étrangers.

En novembre, un traître livra le groupe à la Gestapo. Manouchian et plus de soixante de ses camarades,

---

1. Discours prononcé au Club des jacobins le 9 août 1792. Voir Jean-Philippe Domecq, *Robespierre, derniers temps, op. cit.*

hommes et femmes – dont les vingt-trois de la fameuse « Affiche rouge » –, furent arrêtés.

Ils furent atrocement torturés par les Allemands, puis fusillés au mont Valérien, le 21 février 1944.

La nuit précédant son exécution, Manouchian écrivit à sa femme : « Je n'ai pas de haine pour le peuple allemand. »

Avant la bataille de Matanzas, qui devait lui coûter la vie, José Marti nota dans son carnet : « *Patria es humanidad* » (« Notre patrie est l'humanité[1] »).

Augusto César Sandino avait conduit la première guerre populaire de libération nationale du Nicaragua. En janvier 1934, le dernier marine américain avait quitté la ville de Managua. Le soir du 22 février 1934, sortant du palais du gouvernement, Sandino se dirigea vers la cathédrale. Pedro Altamirano l'accompagnait. Les tueurs de Somoza les attendaient au carrefour de la Vitoria. Mortellement blessé, Sandino s'effondra. Altamirano se pencha sur lui. Sandino murmura alors : « Nous avons voulu apporter la lumière au monde[2]. »

Je me souviens d'un jour lointain de mars 1972. Je me trouvais à Santiago du Chili. C'était l'époque de l'offensive des révolutionnaires vietnamiens sur le 17e parallèle. Descendant dans le hall de l'hôtel un matin, je tombe sur une immense affiche que les employés du Crillon avaient confectionnée pendant la nuit. Ils y avaient peint en grandes lettres rouges cette interrogation : « Quelle plus belle preuve de la puissance de l'esprit humain que cette offensive ? » Massacrés, napalmisés, bombardés, leurs villages incendiés,

---

1. Les carnets de José Martí sont réunis en dix-neuf volumes par l'Institut cubain du livre, La Havane. Le tome IV a été publié en 1980.

2. *La Pensée vivante de Sandino : lettres, textes et correspondances*, présentation par Jean Ziegler, introduction de Sergio Ramirez, Paris, Éditions La Brèche, 1981.

leurs hôpitaux détruits, leurs enfants mutilés, leur pays agressé par l'armée la plus puissante du monde, les combattants vietnamiens avaient trouvé le courage de passer à l'offensive. L'onde de choc de leur action avait traversé les mers. Elle atteignait maintenant la conscience de dizaines de milliers de travailleurs sur la rive occidentale du Pacifique. Elle nourrissait leur espoir et leur redonnait force après le découragement passager qui s'était emparé d'eux après la première campagne de sabotage des patrons camionneurs chiliens (janvier 1972) contre le gouvernement démocratiquement élu de Salvador Allende.

Les mouvements islamistes font-ils rêver les peuples ? Évidemment non.

Qu'ont-ils à proposer ? La chari'a, les mains coupées des voleurs, la lapidation des épouses soupçonnées d'adultère, la réduction des femmes au statut d'êtres infrahumains, le refus de la démocratie, la régression intellectuelle, sociale, spirituelle la plus abominable.

Depuis plus de trente ans, le peuple martyr de Palestine souffre d'une occupation militaire particulièrement féroce et cynique. Qui sont aujourd'hui les résistants palestiniens les plus efficaces face au régime colonial de Sharon fondé sur le terrorisme d'État ? Ce sont les militants du Hamas et du Djihad islamique, ces hommes et ces femmes qui, s'ils triomphaient, plongeraient la société palestinienne, plurireligieuse et pluriethnique, dans le fondamentalisme le plus terrifiant.

Depuis le début de la première agression russe, en 1995, je l'ai dit, 17 % de la population de Tchétchénie ont été massacrés par les tueurs de Vladimir Poutine. Dans l'impunité la plus totale, les troupes russes commettent les crimes les plus atroces : tortures des détenus jusqu'à ce que mort s'ensuive ; arrestations arbitraires et exécutions nocturnes; « disparitions » pures et simples des jeunes gens; extorsion de fonds aux familles qui souhaitent récupérer le corps mutilé de leur enfant.

Or, qui sont les adversaires les plus efficaces des sbires de Poutine? Eh bien, ce sont les wahhabites (jordaniens, saoudiens, turcs, tchétchènes) de Schamil Basajew, commandant les bases des *Boiviki*, ces résistants installés dans les montagnes du Sud.

Des libérateurs, les wahhabites? Si d'aventure ils s'installaient à Grozny, le peuple tchétchène subirait le joug d'une épouvantable théocratie.

Et que dire du souvenir laissé dans la mémoire collective maghrébine et africaine par Nabil Sahraoui, alias Mustapha Abu Ibrahim, Amara Saïf, dit « Abderrezak el-Para », et Abdelaziz Abbi, dit « Okada el-Para », les trois chefs défunts du Mouvement salafiste pour la prédication? Le premier, né en 1966 à Constantine, était un théologien érudit, féru d'informatique, les deux autres des brutes sanguinaires, déserteurs de l'armée algérienne. Le nom de ces trois hommes est à jamais associé aux tueries, aux tortures et aux pillages infligés aux bergers et aux paysans des deux côtés du Sahara.

Abdelaziz Al-Moukrine avait été le chef d'Al-Qaida pour la péninsule arabique. Par un curieux hasard, il fut abattu le même jour que Nabil Sahraoui, le 18 juin 2004. Al-Moukrine est mort dans un quartier chic de Ryad, Sahraoui dans une forêt de Kabylie.

Al-Moukrine restera-t-il dans les consciences comme un Che Guevara ou un Patrice Lumumba arabe? Certainement pas! Son seul legs, ce sont ces cassettes remplies de prêches confus et haineux, tous ces corps broyés abandonnés sur le pavé des villes saoudiennes après l'explosion de camions piégés et de bombes artisanales remplies de clous.

Le terrorisme islamiste nourrit la violence structurelle et la guerre permanente qui sont au fondement de l'empire de la honte. Il conforte la logique de la rareté organisée. Il la légitime en quelque sorte.

L'empire, de son côté, exploite la terreur islamiste avec une habileté admirable. Ses marchands d'armes, ses idéologues de la guerre préventive en tirent un profit certain.

Des années-lumière séparent évidemment les djihadistes des combattants pour la justice sociale planétaire. Le rêve du djihad est un rêve de destruction, de vengeance, de démence et de mort. Celui des fils et des filles de Jacques Roux (de Saint-Just, de Babeuf), une utopie de la liberté et du bonheur commun.

La violence irrationnelle des djihadistes est un miroir de la barbarie des cosmocrates. Le mouvement démocratique est seul en mesure de vaincre cette double folie.

L'autonomie des consciences est la plus belle conquête des Lumières. Regroupées et coalisées, ces consciences sont en effet capables de créer une vague de fond pouvant éroder, voire balayer, l'empire de la honte.

Les armes de la libération sont celles héritées des révolutionnaires américains et français de la fin du XVIIIe siècle : les droits et libertés de l'homme et de la femme, le suffrage universel, l'exercice du pouvoir par délégation révocable. Ces armes sont disponibles, à portée de main. Quiconque pense le monde en termes de réversibilité et de solidarité doit s'en saisir sans tarder. « En avant vers les racines », dit Ernst Bloch[1].

---

1. Ernst Bloch, *Droit naturel et dignité humaine*, Paris, Payot, 1976.

Un impératif moral nous habite. Emmanuel Kant le définit ainsi : « N'agis à chaque instant que selon la maxime dont – par ta propre volonté – tu voudrais qu'elle devienne une loi universelle[1]. » Car Kant rêvait d'« un monde d'une essence tout autre » (« *Eine Welt von ganz anderer Art*[2] »). Et ce monde peut naître de l'insurrection des consciences autonomes coalisées.

Restaurer la souveraineté populaire et rouvrir la voie de la recherche du bonheur commun constituent aujourd'hui l'impératif le plus urgent.

1. Emmanuel Kant, *Kritik der Vernunft*, Gesamtausgabe, Preussische Akademie, 1902, vol. II, chap. IV (*Critique de la raison pure*, Paris, Gallimard, « Bibliothèque de la Pléiade », 1980).

2. *Ibid.*

DEUXIÈME PARTIE

Des armes de destruction massive

I

La dette

Les peuples des pays pauvres se tuent au travail pour financer le développement des pays riches. Le Sud finance le Nord, et notamment les classes dominantes des pays du Nord. Le plus puissant des moyens de domination du Nord sur le Sud est aujourd'hui le service de la dette.

Les flux de capitaux Sud-Nord sont excédentaires par rapport aux flux Nord-Sud. Les pays pauvres versent annuellement aux classes dirigeantes des pays riches beaucoup plus d'argent qu'ils n'en reçoivent d'elles, sous forme d'investissements, de crédits de coopération, d'aide humanitaire ou d'aide dite au développement.

En 2006, l'aide publique au développement fournie par les pays industriels du Nord aux 122 pays du tiers-monde s'est élevée à 58 milliards de dollars. Durant la même année, ces derniers ont transféré aux cosmocrates des banques du Nord 501 milliards de dollars au titre du service de la dette. Celle-ci est l'expression même de la violence structurelle qui habite l'actuel ordre du monde.

Point n'est besoin de mitrailleuses, de napalm, de blindés pour asservir et soumettre les peuples. La dette, aujourd'hui, fait l'affaire.

Jubilé 2000 est une vaste association de chrétiens issus des pays européens les plus divers. À l'occasion du passage au nouveau millénaire, ces femmes et ces hommes ont lancé une campagne publique d'une rare efficacité afin de rendre transparents à la conscience occidentale les crimes commis au nom de la dette.

Pour cette association, la contrainte exercée par les créanciers (du FMI, des banquiers privés) sur les femmes faméliques, les hommes et les enfants d'Afrique, d'Asie du Sud, des Caraïbes et d'Amérique latine équivaut à un déni de souveraineté.

L'époque de la domination par la dette fait suite, sans transition, à l'époque coloniale. La violence subtile de la dette s'est substituée à la brutalité visible du pouvoir métropolitain. Un exemple. Au début des années 1980, le FMI a imposé un plan d'ajustement structurel particulièrement sévère au Brésil. Le gouvernement a dû réduire massivement ses dépenses. Il a, entre autres, interrompu une campagne nationale de vaccination contre la rougeole. Une épidémie effroyable de rougeole s'est alors déclarée au Brésil, en 1984 exactement. Des dizaines de milliers d'enfants non vaccinés sont morts.

La dette les a tués.

Jubilé 2000 a calculé qu'en 2006, toutes les cinq secondes, un enfant de moins de 10 ans meurt à cause de la dette[1].

La dette profite à deux catégories de personnes : les cosmocrates (les créanciers étrangers) et les membres des classes dominantes autochtones. Regardons d'abord du côté des créanciers.

---

1. Sur la naissance et la stratégie de Jubilé 2000, voir Conférence des évêques du Brésil (CBB), *A vida acima da divida*, Rio de Janeiro, CBB, 2000.

Ils infligent aux pays débiteurs des conditions draco-niennes. Les gouvernements du tiers-monde doivent en effet payer, pour leurs emprunts, des taux d'intérêt cinq à sept fois plus élevés que ceux qui sont pratiqués sur les marchés financiers. Mais les cosmocrates imposent d'autres conditions encore : privatisations et vente à l'étranger (aux créanciers justement) des quelques rares entreprises, mines, services publics (télécommu-nications, etc.) rentables, privilèges fiscaux exorbitants pour les sociétés transcontinentales, achats d'armes for-cés pour équiper l'armée autochtone, etc.

Mais la dette profite massivement aussi aux classes dominantes des pays débiteurs. C'est ainsi que nombre de gouvernements de l'hémisphère Sud ne représentent que les intérêts d'une mince fraction de leur peuple, les classes dites « compradores ». Que désigne ce mot ? Deux types de formations sociales.

Premier type : au temps de la colonisation, le maître étranger a eu besoin d'auxiliaires autochtones. Il leur a accordé des privilèges, confié certaines fonctions, donné une conscience (aliénée) de classe. La plupart du temps, celle-ci a survécu au départ du colonisateur et est devenue la nouvelle classe dirigeante de l'État postcolonial.

Deuxième type : la plupart des États de l'hémisphère Sud sont aujourd'hui économiquement dominés par le capital financier étranger et les sociétés transcontinen-tales privées. Les puissances étrangères emploient sur place des directeurs et des cadres locaux qui financent des avocats d'affaires locaux, des journalistes, etc., et qui ont à leur solde (quoique discrètement) les princi-paux généraux et les chefs de la police. Ils forment un deuxième ensemble comprador.

Comprador est un mot espagnol qui signifie « ache-teur ». La bourgeoisie compradore est la bourgeoisie

« achetée » par les nouveaux féodaux. Elle défend les intérêts de ces derniers, et non pas ceux du peuple dont elle est issue.

Hosni Moubarak, raïs d'Égypte, préside un régime prévaricateur et corrompu. Sa politique intérieure comme sa politique régionale sont entièrement dictées par les décrets et les intérêts de ses tuteurs américains. Pervez Moucharraf règne sur le Pakistan. Les services secrets américains le protègent et le tiennent. C'est directement à Washington qu'il prend quotidiennement ses ordres. Et que dire des classes latifundiaires du Honduras et du Guatemala, des classes dirigeantes d'Indonésie et du Bangladesh ? Leurs intérêts sont intimement liés à ceux des sociétés transcontinentales actives dans leurs pays. Elles se moquent des intérêts élémentaires, des besoins vitaux de leurs peuples.

Au Soudan, les différents consortiums pétroliers entretiennent financièrement différentes fractions de la classe dirigeante compradore. Omar Bongo, au Gabon, et Sassou N'Guesso, à Brazzaville, ne resteraient pas bien longtemps au pouvoir sans l'argent, le conseil, la protection que leur accorde ELF, la société transcontinentale de pétrole d'origine française.

L'aliénation culturelle des élites de certains pays du tiers-monde n'en finit pas de surprendre par sa profondeur.

Je me souviens d'une soirée dans une somptueuse villa du Kwame N'krumah Crescent, dans le quartier Asokoro, à Abuja. J'y étais l'hôte à dîner du directeur général d'un des principaux ministères de la Fédération du Nigeria. D'origine haussa, l'homme était cultivé, sympathique et disert. C'était un proche du président Olusegun Obasanjo.

Le directeur général se plaignait – probablement à juste titre – de la lourdeur de sa charge de travail. Tout

à coup, son épouse, elle aussi native de Kano, l'interrompit : « ... Oui, c'est vrai, tu travailles trop ! Mais
heureusement que nous allons très bientôt en *home
leave*. » En clair : dans quelques jours nous serons
« chez nous », au calme, en vacances, dans notre appar-
tement de Montagu Place, au cœur de Londres. La
dame était intarissable sur la vue qu'elle avait depuis
son balcon londonien sur le petit square et les arbres,
sur la richesse des programmes cinématographiques de
Soho, sur l'excitation qu'elle ressentait aux courses à
Derby...

Home leave est une expression coloniale typique,
très en faveur dans les milieux des fonctionnaires britanniques du Colonial Office durant plus d'un siècle.
Or, l'expression est courante aujourd'hui chez certains
dirigeants du Nigeria[1]. Marbella, Algesiras, Cannes, le
cap Saint-Jacques sont les lieux de séjour privilégiés
des classes compradores du Maroc, l'un des pays les
plus pauvres, les plus corrompus aussi de l'hémisphère
Sud. Certains des plus luxueux quartiers de Miami sont
peuplés presque exclusivement de familles de riches
avocats d'affaires, ou de directeurs de sociétés multinationales étrangères, issus de la Colombie ou de l'Équa-
teur. Sur Brickell Bay Drive, les classes compradores
des Caraïbes, notamment, ont leurs restaurants, leurs
clubs et leurs bars bien à elles.

Il faut avoir entendu certaines des conversations
des dames des grandes familles guatémaltèques ou
salvadoriennes, parlant de leurs domestiques indiennes
ou des péons de leurs *fincas* sur la côte ! Le mépris le

---

1. Le peuple haussa n'est pas en cause. J'ai vécu une situation
analogue des années auparavant, dans une luxueuse demeure
yoruba à Lagos.

plus abyssal pour leur propre peuple transparaît dans chacune de leurs phrases.

Les classes compradores, formellement au pouvoir dans leur pays, sont mentalement et économiquement totalement dépendantes des sociétés transcontinentales et des gouvernements étrangers. Ce qui ne les empêche pas de tenir, à l'usage exclusif de leur peuple, des discours patriotiques enflammés.

L'Organisation mondiale du commerce (OMC) siège au 157 de la rue de Lausanne, à Genève. Pour des raisons professionnelles, je dois assister à certaines de ses réunions. Le représentant du Honduras aime à y parler du « droit sacré » de la nation hondurienne aux quotas d'exportation des bananes honduriennes. Georges Danton ne trouverait pas d'accents plus bouleversants. La réalité est que pratiquement toute l'industrie de la banane du Honduras est aux mains de la compagnie Chiquita (l'ancienne United Fruit) nord-américaine et que l'ambassadeur lit probablement un texte – avec talent, je l'admets – que lui a préparé le département des relations publiques du quartier général new-yorkais de celle-ci…

Le Honduras est l'un des pays les plus démunis du monde : 77,3 % de ses habitants vivent dans la pauvreté absolue[1]. Plus de 700 enfants des rues ont été abattus par les escadrons de la mort à Tegucigalpa, la capitale, et San Pedro Sula, le centre industriel, entre février 2003 et août 2004[2]. La situation des enfants des rues a

---

1. Commission économique de l'ONU pour l'Amérique latine et les Caraïbes, *Synthèse – panorama économique de l'Amérique latine 2002-2006*, Ciudad de Mexico, 2007.

2. Document d'Amnesty International, section française, Paris, 6 septembre 2004. Cf. aussi Raphaëlle Baïl, « En toute impunité, le Honduras liquide ses parias », in *Le Monde diplomatique*, octobre 2004.

encore empiré aujourd'hui (cf. rapport Honduras, Terre des Hommes, Osnabrück, 2007).

Au sein des classes compradores, la caste des officiers autochtones joue généralement un rôle important. Le Honduras en fournit encore une bonne illustration. Le général Gustavo Álvarez, chef d'état-major dans les années 1980, une brute à moustache, était à cette époque, selon les sources de l'opposition démocratique, le chef occulte du bataillon 316. Ce bataillon est tenu pour responsable de l'assassinat ciblé de quelque 200 Honduriens opposés à ce que leur pays soit utilisé comme « porte-avions » des États-Unis contre le Nicaragua sandiniste. À l'époque, Álvarez était en étroit contact avec John D. Negroponte – dit « le Proconsul » –, ambassadeur américain à Tegucigalpa entre 1981 et 1985. L'administration Reagan a décerné la Légion du mérite au général Álvarez, en 1983, pour avoir « encouragé la démocratie ». Quant à John D. Negroponte, il a été nommé ambassadeur à Bagdad en juin 2004.

Les classes compradores sont en place depuis si longtemps, leur discours patriotique est si agressif, que bien des peuples les acceptent comme des dominants « naturels ». Ils ont du mal à percevoir le rôle qu'ils jouent auprès de leurs maîtres cosmocrates.

Pour les classes dominantes des pays dominés, la dette présente de nombreux avantages. Les gouvernements du Mexique, d'Indonésie, du Guatemala, de la République démocratique du Congo, du Bangladesh doivent-ils entreprendre la construction d'infrastructures, de barrages, de routes, d'installations portuaires, d'aérodromes ? Doivent-ils ouvrir un minimum d'écoles et d'hôpitaux ? Deux solutions s'offrent à eux. Ou bien ils lèveront des impôts au moyen d'une fiscalité progressive, ou bien ils contracteront un emprunt auprès d'un consortium de banquiers étrangers.

Payer des impôts ? Quelle horreur !

S'endetter ? Rien de plus facile !

Une grande majorité des gouvernements du tiers-monde étant entièrement dominés par les intérêts des classes compradores, c'est avec une régularité de métronome qu'ils choisissent la deuxième solution. Et les banquiers étrangers accourent au moindre signe.

Mais l'endettement apporte nombre d'autres bienfaits aux classes dominantes autochtones. Ce sont elles qui profitent en premier lieu des investissements d'infrastructures lourdes financées par l'emprunt. Avec les crédits étrangers, l'État construit, en effet, en priorité des routes d'accès à leurs *latifundia*, aménage des ports pour faciliter l'exportation du coton, du café et du sucre – mais investit également dans l'ouverture de lignes aériennes intérieures, la construction de casernes et… de prisons.

Le service de la dette (paiement des intérêts et des tranches d'amortissement) absorbe la plus grande part des ressources du pays endetté. Il ne reste plus rien ensuite pour financer les investissements sociaux : l'école publique, les hôpitaux publics, les assurances sociales, etc.

Lorsque l'insolvabilité menace, le garrot se resserre. Les créanciers se font pressants. Les sbires du FMI arrivent de Washington. Ils examinent la situation économique du pays, rédigent une *letter of intent* (lettre dite « d'intention »). Le gouvernement du pays garrotté devra accepter « librement » un nouveau tour de vis.

De nouvelles coupes budgétaires devront être opérées. Où coupera-t-on ?

Jamais dans le budget de l'armée, des services secrets ou de la police. Ces institutions sont essentielles pour garantir la sécurité de l'investissement étranger. L'armée, les barbouzes et les policiers protègent toujours les cosmocrates prédateurs et leurs installations contre les menaces, d'où qu'elles viennent. Le FMI ne touchera jamais non plus à la fiscalité. Des impôts indirects, et d'abord à la consommation, d'accord : ne frappent-ils pas en premier lieu les pauvres ? Mais un impôt progressif sur le revenu (ou même sur le patrimoine), quelle hérésie ! Le FMI n'est pas là pour aider à la redistribution du revenu national. Il a été créé pour serrer la vis et assurer le versement régulier des intérêts de la dette.

Un grand nombre de pays de l'hémisphère Sud sont gangrenés par la corruption. Et c'est avant tout sur les crédits versés au Trésor public par les banques étrangères que les ministres, généraux et hauts fonctionnaires du Maroc, du Honduras, du Bangladesh, du Cameroun prélèvent les sommes qui seront ensuite transférées sur leurs comptes personnels auprès des banquiers privés genevois ou dans les grandes banques d'affaires de Londres ou de New York.

Revenons à la fameuse lettre « d'intention ». Lorsque l'insolvabilité menace, le pays débiteur est donc contraint (par le FMI) à réduire les dépenses inscrites au budget d'État. Qui en souffre ? D'abord les gens modestes, bien entendu. Le latifundiaire du Brésil, le général indonésien n'ont cure de la fermeture des écoles : leurs enfants étudient dans des collèges de France, de Suisse ou des États-Unis. La fermeture des hôpitaux publics ? Ils s'en moquent : leurs familles se font soigner à l'hôpital cantonal de Genève, à l'hôpital américain de Neuilly ou dans les cliniques de Londres ou de Miami.

Le poids de la dette pèse sur les pauvres et sur eux seuls.

Afin d'expliciter la configuration de la dette dans les pays du Sud, je reproduis ci-après un certain nombre de tableaux. Je les emprunte au Comité pour l'abolition de la dette du tiers-monde (CADTM), organisation non gouvernementale d'origine belge, fondée et animée jusqu'à ce jour par Éric Toussaint. Professeur, mathématicien, syndicaliste, Éric Toussaint étudie l'évolution de la dette des pays du Sud avec une précision et une patience de bénédictin. Grâce à lui et aux jeunes gens et jeunes femmes qui l'assistent, le CADTM s'est imposé aujourd'hui comme un véritable contre-pouvoir face aux institutions issues des accords de Bretton Woods et au Club de Paris[1]. Toussaint et son équipe de chercheurs font preuve d'un talent pédagogique considérable[2]. À titre d'exemple, je reproduis ci-après les tableaux établis par Éric Toussaint en 2003. La structure de la dette extérieure – avec la possible exception du Brésil et de l'Argentine – des pays mentionnés n'a pas fondamentalement changé.

À l'étude de cette domination, il apparaît qu'il serait totalement erroné de penser que seuls les pays très pauvres, à l'économie peu développée et aux revenus

---

1. Fondé en 1956, le Club de Paris réunit les représentants des dix-neuf plus puissants pays créanciers. Ils siègent au ministère des Finances, à Bercy.

2. Cf. Éric Toussaint, *La Finance contre les peuples*, Bruxelles, Éditions CADTM, 2004. Voir aussi la revue trimestrielle du CADTM, *Les Autres Voix de la planète*, notamment le n° 22, 1er trimestre 2004, et le dossier pédagogique *La Dette du tiers-monde*, qu'il a publié avec le soutien de l'Union européenne, Bruxelles, 2004.

fragiles, sont étranglés par la dette. Avec une dette extérieure de plus de 240 milliards de dollars US, correspondant à 52 % de son produit intérieur brut, le Brésil est ainsi le deuxième pays le plus endetté de l'hémisphère Sud. Le Brésil est la onzième puissance économique de la planète. Ses avions, ses voitures, ses médicaments sont à la pointe des progrès technologiques et scientifiques. Nombre de ses universités publiques ou privées comptent parmi les meilleures du monde. Pourtant, 44 millions des 176 millions de Brésiliens vivent en état de sous-alimentation chronique. La malnutrition et la faim tuent chaque année, directement ou indirectement, des dizaines de milliers d'enfants brésiliens.

La dette extérieure du tiers-monde et des pays de l'ancien bloc soviétique en 2003		
	Montant de la dette en milliards de dollars	**Intérêts et amortissements obligatoires en 2003, en milliards de dollars**
Amérique latine	790	134
Afrique subsaharienne	210	13
Moyen-Orient et Afrique du Nord	320	42
Asie du Sud	170	14
Asie de l'Est	510	78
Ex-bloc soviétique	400	62
Total	**2 400**	**343**
Source : CADTM		

Qui sont les créanciers de cette dette ?

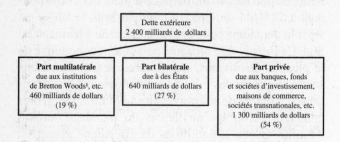

Bien que l'immense majorité des pays concernés paient scrupuleusement les tranches de remboursement, leur dette extérieure ne cesse d'augmenter.

Observons les chiffres pour les deux dernières décennies :

Années	Montant de la dette en milliards de dollars	Service annuel (intérêts et amortissement) de la dette
1980...............	580	90
1990...............	1 420	160
1996...............	2 130	270
1997...............	2 190	300
1998...............	2 400	300
1999...............	2 430	360
2000...............	2 360	380
2001...............	2 330	380
2002/2003........	2 400	395
Source : CADTM		

---

1. Les institutions de Bretton Woods comprennent notamment la Banque mondiale et le FMI. Bretton Woods est un bourg du New Hampshire (USA) où, en 1944, ces institutions ont été fondées.

Comment expliquer ce phénomène? Les raisons sont nombreuses. La première : les pays débiteurs sont fréquemment des pays producteurs de matières premières, notamment agricoles. Ils doivent importer l'essentiel des biens industriels (machines, camions, médicaments, ciment, etc.) dont ils ont besoin. Or, sur le marché mondial, au cours des vingt dernières années, les prix des biens industriels ont plus que sextuplé[1]. Les prix des matières premières agricoles (coton, sucre de canne, arachide, cacao, etc.), en revanche, n'ont cessé de chuter. Certains prix, comme celui du café ou du sucre de canne, se sont carrément effondrés. C'est ainsi que, pour financer le service des intérêts de la dette, et donc éviter la faillite et l'impossibilité dans laquelle ils se trouveraient d'importer les biens industriels essentiels, les pays débiteurs doivent contracter de nouveaux emprunts.

Autre raison. Le pillage des trésors publics des pays du tiers-monde (et de nombre de pays ex-soviétiques), la corruption rampante, la prévarication organisée en toute complicité avec certaines banques privées suisses, américaines, françaises font des ravages. La fortune privée du défunt dictateur du Zaïre, aujourd'hui République démocratique du Congo, le maréchal Joseph Désiré Mobutu, s'élève à environ 8 milliards de dollars. Ce butin est caché dans certaines banques occidentales. En 2006, la dette extérieure de la République démocratique du Congo s'élevait de son côté à 15 milliards de dollars.

Haïti est le pays le plus pauvre d'Amérique latine et le troisième plus pauvre du monde[2]. Durant son règne de plus de vingt-quatre ans, le clan des Duvalier

---

1. En dollars constants.

2. Si l'on retient le revenu par tête d'habitant comme critère de classement.

a dérobé dans les caisses publiques, et transféré sur ses comptes privés dans les banques occidentales, 920 millions de dollars. Or, la dette extérieure de Haïti s'élève aujourd'hui à peu près à cette somme.

Troisième raison. Les sociétés transcontinentales de l'agroalimentaire, les banques internationales, les sociétés transcontinentales des services, de l'industrie et du commerce contrôlent aujourd'hui de vastes secteurs des économies des pays de l'hémisphère Sud. La plupart du temps, elles réalisent des profits astronomiques. La plus grande partie de ceux-ci est chaque année rapatriée au siège, en Europe, en Amérique du Nord ou au Japon. Une fraction seulement de ces bénéfices est réinvestie en monnaie locale sur place.

Les accords conclus par la société transcontinentale avec le pays d'accueil prévoient le plus souvent le « retransfert » des profits en devises. Exemple : une société étrangère installée au Pérou fait ses profits en sols, mais refuse évidemment de transférer des sols. Son directeur ira donc solliciter la banque centrale à Lima. Celle-ci mettra à sa disposition des dollars librement transférables.

Quatrième raison. La plupart des sociétés transcontinentales travaillant dans le tiers-monde utilisent des brevets détenus par la holding de la société. C'est ainsi, par exemple, que Perulac et Chiprodal, les sociétés de Nestlé au Pérou et au Chili, dépendent de la holding Nestlé, inscrite au registre du commerce du petit bourg de Cham, canton de Zoug, en Suisse. L'usage de ces brevets est rémunéré par ce qu'on appelle des royalties. Comme les profits des entreprises, ces royalties sont transférées en Europe, au Japon, en Amérique du Nord ou vers les paradis fiscaux des Caraïbes, et non pas en monnaie locale, mais en devises.

Enfin, dernière raison : pour le marché mondial des capitaux, les États (entreprises, etc.) du tiers-monde constituent des débiteurs à haut risque. En toute logique, les grandes banques occidentales imposent donc aux débiteurs du Sud des taux d'intérêt incomparablement plus élevés qu'à ceux du Nord. Ces intérêts exorbitants contribuent évidemment à l'hémorragie des capitaux subie par les pays du Sud.

Comme un corps humain perd son sang à la suite d'une agression et d'une blessure grave, les pays de l'hémisphère Sud voient leur substance vitale détruite par le pillage des créanciers et de leurs complices, les classes compradores. En voici un exemple, que je crois particulièrement éclairant.

Dans les années 1970, la dette extérieure cumulée des États d'Amérique latine s'élevait à environ 60 milliards de dollars. En 1980, elle se chiffrait à 240 milliards. Dix ans plus tard, cette somme avait plus que doublé : 483 milliards de dollars. En 2001, la dette extérieure de l'Amérique latine oscillait autour de 750 milliards de dollars[1]. Cette dette est à l'origine d'un transfert vers les créanciers d'une moyenne de 24 milliards de dollars chaque année, depuis trente ans. Bref, pendant trois décennies, le continent a dû consacrer chaque année au remboursement de la dette entre 30 et 35 % des revenus tirés de l'exportation de ses biens et services[2].

En principe, l'obtention d'un crédit doit permettre au pays qui en fait la demande d'investir et donc de

---

1. Sur l'origine et l'évolution de la dette extérieure des différents pays sud-américains, cf. Marcos Arruda, *External Debt*, traduit par Peter Lenny, Londres, Pluto Press et Transnational Institute, 2000.

2. Maurice Lemoine, « État national et développement », exposé présenté aux Rencontres socialistes internationales de Rio de Janeiro, 2-4 août 2001. Maurice Lemoine est rédacteur en chef du *Monde diplomatique*.

financer le développement de ses propres infrastructures et de ses forces productives en général. Grâce à ce développement, il remboursera sa dette. Mais cette logique se pervertit en cours de route. Et aujourd'hui, les pays du tiers-monde versent des intérêts toujours plus élevés, remboursent partiellement leur dette… et s'appauvrissent toujours davantage.

La dette extérieure agit comme un cancer qui ne serait pas traité. Elle s'accroît sans cesse. Inexorablement. Ce cancer empêche les peuples du tiers-monde de sortir de la misère. Il les conduit à l'agonie.

Que se passerait-il si un pays refusait de servir la dette, d'en verser les intérêts aux banquiers du Nord ou au FMI ?

Il n'existe pas de procédures de faillite (de cessation de paiement, etc.) pour les États en défaut de paiement. Sur ce point, le droit international est muet. Mais dans la pratique, un pays insolvable est traité exactement comme une entreprise privée ou un individu affligé d'insolvabilité totale ou partielle.

Prenons un exemple. Il y a près de deux décennies, le gouvernement péruvien conduit par Alan García, considérant que la situation financière catastrophique du pays ne lui permettait plus d'honorer dans sa totalité le service de sa dette extérieure, contractée auprès des institutions de Bretton Woods et des banquiers privés étrangers, a décidé de n'honorer cette dette qu'à hauteur de 30 % de sa valeur totale. Quelles en furent les conséquences ?

Le premier bateau battant pavillon péruvien, chargé de farine de poisson, accostant au port de Hambourg fut saisi par la justice allemande à la demande d'un consortium de banques créancières allemandes. À l'époque, la république du Pérou possédait une flotte aérienne internationale de qualité. Eh bien, les premiers appareils atterrissant à New York, à Madrid, à Londres dans les jours qui suivirent l'annonce de la réduction unilatérale des paiements des amortissements et des intérêts de la dette péruvienne furent séquestrés sur requête des créanciers en question.

En bref : à moins d'être en mesure de s'enfermer dans l'autarcie totale – et, ce faisant, d'accepter de se couper de toute espèce d'échanges internationaux –, aucun pays endetté du tiers-monde ne peut, aujourd'hui, choisir la voie de l'insolvabilité intentionnelle.

Une grande disproportion existe, dans la plupart des 122 États de l'hémisphère Sud, entre les dépenses budgétaires affectées aux services sociaux et celles qui sont attribuées au service de la dette. Voici quelques exemples :

Part du budget allouée aux services sociaux de base et au service de la dette[1]		
Pays	**Services sociaux**	**Service de la dette**
Cameroun	4,0 %	36,0 %
Côte-d'Ivoire	11,4 %	35,0 %
Kenya	12,6 %	40,0 %
Zambie	6,7 %	40,0 %
Niger	20,4 %	33,0 %
Tanzanie	15,0 %	46,0 %
Nicaragua	9,2 %	14,1 %

1. La période couverte par l'analyse est 1992-1997. Source : CADTM.

L'absence de services sociaux (et d'emplois) signifie misère et humiliation pour les familles. Cette angoisse du lendemain est parfois adoucie par les transferts monétaires d'un fils, d'une fille, d'un parent émigré. Mais cette ressource est bien insuffisante pour résoudre le problème. Aujourd'hui, dans le monde, un travailleur (travailleuse) sur trente-cinq est un émigré. En 1970, les émigrants transféraient chez eux 2 milliards de dollars. En 1993, cette somme s'élevait à 93 milliards de dollars[1]. Cela est totalement insuffisant pour prétendre résoudre le problème.

La détérioration des infrastructures sociales est particulièrement révoltante lorsqu'on considère le destin des dizaines de millions d'enfants exclus durablement de l'école. Dans les 191 États membres des Nations unies, 113 millions d'enfants de moins de 15 ans n'ont pas accès à l'école. 62 % d'entre eux sont des filles.

Les Européens aiment passer leurs vacances à Marrakech, Agadir, Tanger ou Fès. Au royaume du Maroc, 42 % des adultes ne savent ni lire, ni écrire. 32 % des enfants entre 6 et 15 ans sont exclus de toute forme de scolarisation.

L'UNICEF a fait ce calcul[2] : donner accès à l'école à tous les enfants de 6 à 15 ans dans le monde coûterait à l'ensemble des États concernés environ 7 milliards de dollars supplémentaires par an, pendant dix ans. Cette

---

1. L'Organisation mondiale pour les migrations (Genève), qui donne ces chiffres, ne considère, il est vrai, que les transferts officiels (réalisés à travers le système bancaire, Western Union, etc.). Si l'on prend en compte les transferts non officiels (versements de la main à la main, etc.), le chiffre double. Voir aussi Brunson McKinley, « Make the best of the money that migrants send home », in *International Herald Tribune*, 12 août 2004.

2. UNICEF, *La Situation des enfants dans le monde*, New York, 2003.

somme est inférieure à ce que dépensent annuellement les habitants des États-Unis pour leurs achats de produits cosmétiques. Ou encore : elle est moindre que les dépenses effectuées en un an par les Européens (habitant l'un des quinze États membres de l'Union européenne d'avant le 1er mai 2004) pour se procurer des crèmes glacées.

La république et canton de Genève est un superbe petit territoire situé au bord d'un lac dont les eaux sont alimentées par le Rhône et, de plus loin, par les glaciers des Alpes valaisannes. Fondée en 1536, elle compte environ 400 000 habitants, relevant de cent quatre-vingt-quatre nationalités différentes. Son territoire national est d'à peine 247 kilomètres carrés. J'y vis, et y fais souvent des rencontres agréables. Mais il y a peu, j'en ai fait une franchement inquiétante.

Nous sommes le vendredi 7 mai 2004, en fin d'après-midi. Directeur du bureau de liaison entre l'ONU et l'UNESCO, Georges Malempré fête son départ à la retraite au rez-de-chaussée de la villa Moynier. Fleurs, discours, chaleur humaine…

Derrière les hautes portes-fenêtres, la bise agite les vagues noires du Léman. Malempré est un homme profondément sympathique et courageux : durant quarante ans, il s'est totalement dévoué à la promotion scolaire des enfants dans les pays les plus pauvres. Une foule d'amis est venue d'un peu partout dans le monde honorer Georges, son épouse, ses filles. L'ancien directeur général de l'UNESCO, Federico Mayor, plus vivant que jamais, fait un discours tout en finesse. L'ambassadeur de Belgique Michel Adam et sa femme sont présents eux aussi.

Un peu à l'écart de la foule, j'aperçois un homme élégant, jeune, svelte, au regard vaguement amusé. Visiblement, il ne connaît pas les us et coutumes des tribus genevoises. Je m'approche de lui.

L'homme est français, dans la quarantaine. Il vient de débarquer de Washington il y a quelques jours. Par sa façon de parler, de s'habiller, de se mouvoir en société, il a tout du grand technocrate. Son mandat : la représentation des intérêts du FMI auprès des organisations internationales à Genève.

Il m'avertit d'emblée : « En fait, je ne m'intéresse qu'à l'OMC[1]. » La lutte contre les épidémies menées par l'OMS[2] ? Contre la faim par le PAM[3] ? Le combat de l'OIT[4] et de son directeur, Juan Sommavia, pour imposer des conditions de travail décentes ? L'OIM[5] luttant pour le bien-être des migrants ? Le Haut-Commissariat des droits de l'homme combattant la torture ? Le destin des réfugiés défendus par le Haut-Commissariat des réfugiés ?

Pas grand intérêt, manifestement. Ce qui compte avant tout, aux yeux de l'élégant mercenaire, c'est la privatisation des biens publics, c'est la libéralisation des marchés, la libre circulation des capitaux, des marchandises et des brevets issus des sociétés transcontinentales dans le cadre de l'OMC.

Intelligent, compétent, brillant dans ses analyses, C. – le petit vin blanc genevois aidant – perd peu à peu de sa retenue washingtonienne. Il a entendu parler de moi, peut-être même a-t-il survolé l'un ou l'autre de mes livres. Nous nous découvrons un ami commun au bunker de béton du numéro 18181 H Street, Northwest, à Washington.

---

1. Organisation mondiale du commerce.
2. Organisation mondiale de la santé.
3. Programme alimentaire mondial.
4. Organisation internationale du travail.
5. Organisation internationale pour les migrations.

Tout à coup il s'arrête, me regarde sans sympathie. Il lève ses mains vers le plafond. Ses yeux bruns expriment le reproche. Il me dit à peu près : « Voyez-vous... ce que vous faites ce n'est pas bien... Tous ces jeunes gens, ces jeunes filles qui vous écoutent, sont pleins d'enthousiasme. Ils voudraient pouvoir changer le monde... Je les comprends... Mais c'est dangereux... surtout quand ils tombent entre les mains de gens qui ignorent tout de l'économie mondiale et de ses contraintes... Ils vous croient... Et après ? »

Je lui fais quelques objections aimables.

Il se tourne alors vers les portes-fenêtres ouvertes et le lac. Dans la lumière déclinante du soir et l'odeur des feuilles mouillées, il ajoute : « Les lois du marché sont incontournables, immuables. Rien... Rien ne sert de rêver. »

L'homme était d'une totale bonne foi. Moi j'étais horrifié par son assurance. Et surtout par le pouvoir aveugle et sourd qu'il exerce, au sein d'une équipe, certes, sur la vie de centaines de millions d'hommes, d'enfants et de femmes d'Asie, d'Afrique et d'Amérique du Sud.

Le FMI n'administre pas seulement la dette, au moyen de lettres d'intention, de plans d'ajustement structurel, de refinancement, de moratoires et de restructurations financières. Il est aussi le garant des profits des spéculateurs étrangers. Comment procède-t-il ?

Prenons l'exemple de la Thaïlande. En juillet 1997, les spéculateurs étrangers attaquèrent la monnaie nationale, le baht, dans l'espoir de faire des profits rapides et considérables sur une monnaie faible. La Banque centrale de Bangkok préleva alors des centaines de millions de dollars sur ses réserves, et acheta des bahts sur le marché. Elle tentait de sauver sa monnaie.

Peine perdue. Après trois semaines de lutte, exsangue, la Banque centrale jeta l'éponge et fit appel au FMI.

Celui-ci imposa de nouveaux emprunts au gouvernement. Mais avec ces nouveaux crédits, Bangkok devait, en priorité, rembourser les spéculateurs privés. C'est ainsi qu'aucun des spéculateurs étrangers (requins de l'immobilier ou boursicoteurs) n'a perdu le moindre centime en Thaïlande.

Le FMI contraignit en même temps le gouvernement à fermer des centaines d'hôpitaux et d'écoles, à réduire ses dépenses publiques, à suspendre la réfection des routes et à révoquer les crédits que les banques publiques avaient concédés aux entrepreneurs thaïlandais.

Le résultat ? En l'espace de deux mois, des centaines de milliers de Thaïlandais et de travailleurs immigrés perdirent leur emploi. Des milliers d'usines fermèrent.

La nuit tombe sur le parc Mon-Repos. Les derniers cygnes rejoignent majestueusement la rive. Mon mercenaire est imperturbable : « Retournez aujourd'hui en Thaïlande… l'économie y est florissante ! »

Et les souffrances, et les angoisses endurées durant neuf ans par des centaines de milliers d'êtres humains ?

C. ne répond pas. Je peux toutefois formuler à sa place la réponse qu'il a sans doute sur la langue : « L'angoisse humaine n'est pas quantifiable, elle n'est pas un élément de l'analyse macroéconomique. N'étant pas mesurable, elle n'existe pas pour le FMI. »

Je traverse à pied le parc plongé dans la nuit jusqu'à la route de Lausanne, persuadé que la bataille sera longue, contre un ennemi plus puissant que jamais. Des centaines de millions d'êtres humains sont promis à des humiliations – mais aussi à des résistances – de longue durée.

Et qu'on ne me dise pas que l'annulation de la dette est impossible parce qu'elle mettrait en danger de mort le système bancaire mondial tout entier ! Chaque fois qu'un pays écrasé par sa dette tombe (passagèrement) dans le trou de l'insolvabilité (comme l'Argentine en 2002), le *Wall Street Journal* et le *Financial Times* nous annoncent l'apocalypse… si le système qui a conduit à la catastrophe est remis en cause. Ces manifestations sont-elles imputables à la fragilité psychologique des journalistes ?

Évidemment non. Ils obéissent à une stratégie habile. Les téléspectateurs européens, aussi passifs soient-ils, constatent quotidiennement les effets des ravages infligés par la dette. Ils sont révoltés, inquiets. Ils posent des questions. Quant aux hommes, aux femmes et aux enfants du tiers-monde, ils souffrent dans leur chair des effets du système. Il faut donc « légitimer » la dette. Comment s'y prendre ? La rendre « inéluctable »… D'où l'argument des mercenaires du capital prédateur, répété à la façon des perroquets : « Quiconque touche à la dette met en danger de mort l'économie du monde. »

Analysons un peu cette prétendue inéluctabilité. Les prédateurs néolibéraux d'aujourd'hui rencontrent un problème que n'eurent pas à affronter leurs prédécesseurs du xixe siècle et de la première moitié du xxe. Du temps du pouvoir colonial triomphant, en effet, l'argument raciste était amplement suffisant : « Les Noirs sont des fainéants, ils ne comprennent que la force… Les Arabes sont des arriérés, incapables d'organiser eux-mêmes et pour eux-mêmes une économie moderne… Et que dire des Indiens des Andes ou de la forêt guatémaltèque ? Des sauvages qui ont bien de la chance que nous nous occupions de leur café. » Mais aujourd'hui la situation a changé. Un espace cybernétique unifie le monde. Les télécommunications se sont universalisées. Elles fonctionnent en temps réel ! Internet donne accès, dans la synchronie, à des milliards d'informations dans le monde. En outre, malgré tous ses défauts, la télévision diffuse en permanence des images du monde. Le tourisme de masse induit le déplacement, certes pour un temps réduit, mais d'une façon récurrente, de centaines de millions de Blancs (et de Japonais) vers les contrées les plus exotiques. Ils y croisent la misère, l'humiliation, la faim. Dans ces conditions nouvelles, le racisme n'est plus pleinement opératoire. Il ne parvient plus à faire admettre comme légitime aux nations du Nord l'inégale distribution des richesses et des capitaux sur terre.

Il fallait donc trouver autre chose. Et c'est ainsi que les prédateurs ont avancé la théorie des « lois naturelles » qui gouverneraient le flux des capitaux. Mais cette prétendue théorie, qui conclut à l'impossibilité de remettre en cause le système d'endettement des pays du tiers-monde, ne résiste pas à l'analyse. Regardons-y de plus près.

Les versements effectués au cours des dix dernières années par les 122 pays du tiers-monde au titre du service de leur dette vers les États et les banques des pays du Nord se sont élevés à moins de 2 % du revenu national cumulé des pays créanciers.

De 2000 à 2002, une crise boursière violente a secoué la quasi-totalité des places financières, détruisant pour plusieurs centaines de milliards de dollars de valeurs patrimoniales. En deux ans, la plupart des titres cotés en Bourse ont perdu jusqu'à 65 % de leur valeur. Pour les titres de la haute technologie cotés au Nasdaq, la décote a parfois atteint 80 %. Finalement, les valeurs détruites en Bourse au cours de cette période ont été soixante-dix fois plus élevées que la valeur cumulée de l'ensemble des titres de la dette extérieure de l'ensemble des 122 pays du tiers-monde.

Pourtant, malgré l'ampleur des capitaux anéantis, la crise boursière de 2000-2002 n'a pas provoqué l'effondrement du système bancaire mondial : dans un laps de temps finalement assez court, les places financières se sont rétablies. Et loin d'entraîner dans son hypothétique chute l'ensemble des économies, des emplois et de l'épargne des nations du Nord, le système bancaire mondial a parfaitement digéré la crise. Aucun pays du Nord – pour ne pas parler de l'économie mondiale dans son ensemble – ne s'est retrouvé en difficulté. Une nouvelle crise a ébranlé durant la première moitié du mois d'août 2007 les bourses du monde. Plus de 3 000 milliards de dollars ont été détruits. Les places financières mondiales ont digéré cette perte sans problème.

Alors, pourquoi ne pas procéder à l'annulation de la dette ?

Si l'abolition inconditionnelle, unilatérale et complète de la dette extérieure des pays pauvres ne ruinerait – à coup sûr – aucune économie occidentale ni ne provoquerait l'effondrement des banques créancières, il n'est pas à exclure que telle ou telle institution publique ou privée d'Europe ou d'Amérique puisse en subir quelques dommages. Mais ceux-ci resteraient tout à fait limités, et donc parfaitement acceptables pour le système tout entier.

Dans ses « Observations essentielles sur le choix de nos délégués à l'Assemblée nationale », publiées le 1er octobre 1789, Jean-Paul Marat écrit : « Que sont quelques maisons pillées un seul jour par le peuple auprès des concussions que la nation entière a éprouvées pendant quinze siècles sous les trois races de nos rois ? Que sont quelques individus ruinés auprès d'un milliard d'hommes dépouillés par les traitants, par les vampires, les dilapidateurs publics ? […] Mettons de côté tous préjugés et voyons[1]. »

Oui, redisons-le : une annulation pure et simple de la totalité de la dette extérieure des peuples du tiers-monde n'aurait sur l'économie des États industriels et sur le bien-être de leurs habitants pratiquement aucune influence. Les riches resteraient très riches, mais les pauvres deviendraient un peu moins pauvres.

La question brûle évidemment la langue : pourquoi, dans ces conditions, les nouvelles féodalités capitalistes et leurs laquais des institutions de Bretton Woods exigent-ils dur comme fer que le moindre sou de la moindre dette soit payé au moment précis de son exigibilité ? Leur motivation n'a rien à voir avec une quelconque rationalité bancaire, mais bien avec la logique du système de domination et d'exploitation qu'ils imposent aux peuples du monde.

Le service de la dette est le geste visible de l'allégeance.

L'esclave met le genou en terre chaque fois qu'il accepte une lettre d'intention du FMI ou un plan d'ajustement structurel. Or un esclave debout est déjà un esclave dangereux, quand bien même des chaînes lourdes et rouillées entravent ses poignets, son cou et ses chevilles. Prenons l'exemple de la Bolivie.

Comment en effet négocier, au profit exclusif du maître étranger, les scandaleux contrats miniers, les concessions de terres amazoniennes, les ventes d'armement, la privatisation à des prix ridicules d'entreprises publiques profitables ou les privilèges fiscaux si la

---

1. Jean-Paul Marat, *Textes choisis*, Introduction de Lucien Scheler, Paris, Éditions de Minuit, 1945, pp. 97-98 ; les « Observations essentielles » ont paru dans *L'Ami du peuple* du 1er octobre 1789.

Bolivie jouit de la moindre autonomie financière, de la moindre souveraineté économique, de la moindre dignité politique ?

Au Venezuela, à Cuba, dans quelques pays encore – et peut-être demain en Argentine et au Brésil –, les seigneurs du capital financier mondialisé se heurtent à des résistances. Mais partout ailleurs ils ont le champ libre. Il faut donc tenter d'abattre par le blocus économique le gouvernement de Cuba, déstabiliser par le sabotage de la société nationale des pétroles PDVSA la présidence de Hugo Chavez Frias à Caracas, diffamer le président Kirchner d'Argentine et resserrer le garrot au Brésil. En bref : il faut maintenir tout en bas ceux qui sont tout en bas. Les cosmocrates s'y emploient. La survie du système et des astronomiques profits réalisés par eux en dépend.

Pour desserrer le garrot de la dette, les peuples du tiers-monde disposent de trois moyens stratégiques.

1. Les dirigeants des mouvements sociaux des peuples asservis peuvent faire alliance avec les puissants mouvements de solidarité de l'hémisphère Nord, surtout avec l'association Jubilé 2000, dont l'action énergique, notamment en Angleterre et en Allemagne, a contraint certains groupes de créanciers – et même le FMI – à faire quelques concessions minimes. C'est ainsi que les *Debt reduction strategy papers* sont nés. De quoi s'agit-il ?

Il y a plus de trente ans, les Nations unies ont avancé le concept de *least developed countries* (PMA en français – pays les moins avancés). Les habitants de ces pays sont ceux dont le revenu est le plus bas. Un ensemble de critères complexes définit les PMA. 49 pays (contre 27 en 1972, signe des temps) figurent aujourd'hui dans cette catégorie. Ils regroupent une population de 650 millions de personnes, soit un peu plus de 10 % de la population du globe. Ensemble, ces 49 pays génèrent moins de 1 % du revenu mondial. 34 de ces pays se trouvent en Afrique, 9 en Asie, 5 dans le Pacifique et un dans les Caraïbes.

Des pays sortent de la catégorie PMA, d'autres y entrent. Exemple : grâce à une politique d'investissement et de réforme agricoles, le Botswana vient de quitter le groupe. Le Sénégal vient d'y entrer.

La campagne de Jubilé 2000 est fondée sur le constat que la dette extérieure cumulée des 49 États en question représente 124 % du total de leurs PNB[1]. Ceux-ci dépensent donc beaucoup plus pour le service de leur dette que pour l'entretien des services sociaux : la plupart d'entre eux affectent annuellement plus de 20 % de leurs dépenses budgétaires au service de la dette[2]. En outre, depuis 1990, la croissance du produit intérieur brut de chacun des PMA est inférieure à 1 % en moyenne pour un taux de croissance démographique de 2,7 %, ce qui fait évidemment obstacle à toute accumulation interne de capital, à toute politique sociale. Comme des bateaux ivres, ces pays s'éloignent dans la nuit et sombrent dans l'océan de la misère.

Répondant à cette campagne, les *Debt reduction strategy papers* exigent des PMA débiteurs qui souhaitent soumettre au FMI une demande de réduction de leur dette qu'ils l'accompagnent d'un ou de plusieurs projets de réinvestissement, dans le pays, des sommes épargnées par la réduction. Mais le système

---

1. Campagne Jubilé 2000 (voir notamment son site Web : http://www.jubile2000uk.org).
2. Banque mondiale, *Rapport 2000 sur le développement dans le monde. Combattre la pauvreté*, Paris, Éditions de la Banque mondiale, septembre 2000.

fonctionne de façon très insatisfaisante. D'une part, il suscite un sentiment d'humiliation dans les pays concernés, puisque c'est le FMI qui devient le maître direct des plans de développement nationaux. D'autre part, le FMI ne donne jamais son agrément à un projet de reconversion qui ne serait pas conforme à sa propre conception de la nécessaire « ouverture des marchés » et de la non moins indispensable « vérité des prix ». Par exemple, si le pays demandeur souhaite utiliser une partie des sommes « libérées » pour subventionner les denrées alimentaires de première nécessité – et donc les rendre plus accessibles aux plus pauvres –, le FMI refusera à coup sûr.

Si, en revanche, le pays débiteur s'engage à construire une nouvelle autoroute entre l'aéroport et la capitale, le FMI acceptera sans aucun doute de lui accorder une *debt reduction* d'un montant équivalent au coût de construction de l'autoroute.

Bref, il reste beaucoup à faire pour avancer sérieusement dans cette voie.

2. L'audit de la dette

Le gouvernement d'un pays surendetté peut toujours entamer l'examen – facture par facture, transaction par transaction, investissement par investissement – de l'utilisation qui a été faite par ses prédécesseurs des crédits étrangers. Cette méthode efficace, mais compliquée, a été conçue et mise au point par des économistes brésiliens.

En 1932, un premier audit de la dette extérieure fut pratiqué par le Parlement brésilien. Le gouvernement refusa par la suite de rembourser aux banques étrangères toute somme considérée comme « illégale ». Était considérée comme telle toute dette constituée sur la base de documents falsifiés ou issue d'une surfactu-

ration, de la corruption ou d'une quelconque forme
d'escroquerie. Une dette fondée sur des intérêts d'usure
était également tenue pour nulle et non avenue.

L'opération fut éminemment bénéfique pour le Brésil. J'y reviendrai.

3. La constitution d'un « cartel des débiteurs »

La dette implique toujours un rapport de force. Le
riche impose sa volonté au pauvre. Le non-paiement
des intérêts et des amortissements est immédiatement
sanctionné par l'ordre juridique international, qui est
intégralement au service des créanciers. La constitution d'un front homogène des pays débiteurs modifie
ce rapport de force. Comme en matière syndicale, la
négociation collective accroît la marge de négociation
du faible.

C'est le conseil exécutif de l'Internationale socialiste,
s'appuyant sur le savoir-faire de nombre d'économistes
et de spécialistes bancaires, notamment européens, tous
acquis aux idées socialistes, qui a mis au point les mécanismes de la négociation collective de la réduction de la
dette. J'y reviendrai également.

Durant la saison d'hiver 2003-2004, Claus Peymann
et Jutta Ferbers ont mis en scène au théâtre Brecht de
Berlin, sur le Schiffsbauerdamm, une version moderne
et bouleversante de *Sainte Jeanne des abattoirs*. Meike
Droste, notamment, y a incarné une admirable sainte
Jeanne. J'ai assisté à la première.

Après que Jeanne eut prononcé, devant les maîtres
triomphants des abattoirs de Chicago et les cadavres
des grévistes exécutés, son discours final, un tonnerre
d'applaudissements s'est élevé de la salle.

Jeanne dit :

En haut et en bas ce sont deux langages,
Deux mesures, deux poids.
Les hommes ont même visage
Mais ne se reconnaissent plus.

Ceux qui sont en bas
Sont maintenus en bas
Pour que ceux qui sont en haut
Restent en haut.

Le sous-développement économique enferme ses vic-times dans une existence sans espoir, car leur enferme-ment est durable. Elles se sentent condamnées à vie. L'évasion paraît impossible : les barreaux de la misère barricadent toutes perspectives de vie meilleure pour eux-mêmes et, ce qui est plus douloureux encore, pour leurs enfants.

Ceux que la Banque mondiale appelle pudiquement les « extrêmement pauvres » vivent avec moins d'un dollar par jour – et, pour la plupart d'entre eux, avec beaucoup moins encore. Ils sont aujourd'hui près de 2 milliards. Leur nombre a augmenté de 100 millions en près de dix ans[1]. Pour les libérer de leur prison, l'abo-lition immédiate et sans contrepartie de la totalité de la dette extérieure de leurs pays respectifs est indispen-sable.

Voici ce qu'on appelle une « dette odieuse ».

Le Rwanda est une petite république paysanne culti-vant le thé, le café et la banane, de 26 000 kilomètres carrés, aux collines verdoyantes, aux vallées pro-

---

1. Ce chiffre est passé de 1,7 milliard à 1,8 milliard de personnes entre 1990 et 1998. Voir Banque mondiale, *Global Economic Prospects and the Developing Countries*, Washington, 2000.

fondes. Elle est située dans la région des Grands Lacs, en Afrique centrale, et est indépendante depuis 1960. Environ 8 millions de personnes issues principalement de deux ethnies – les Hutus et les Tutsis – l'habitent[1]. Le Rwanda a des frontières communes avec le Congo à l'ouest, la Tanzanie au sud et à l'est, l'Ouganda au nord.

D'avril à juin 1994, sur les collines du Rwanda, les soldats de l'armée régulière et des miliciens inter-hamwe[2] assassinèrent systématiquement les enfants, femmes et hommes de l'ethnie tutsi, ainsi que des milliers de Hutus opposés au régime. Parcourant inlassablement les villes et les villages du pays, se référant à des listes soigneusement dressées, incités à la haine par la Radio des Mille Collines, les tueurs opérèrent nuit et jour, de préférence à l'aide de machettes.

La mort était généralement précédée de tortures. Les victimes furent le plus souvent découpées avec une fureur froide, appliquée. Quant aux femmes et aux jeunes filles, elles furent presque systématiquement violées avant d'être assassinées.

Réfugiées dans les couvents, les écoles religieuses et les églises, les familles tutsis furent fréquemment dénoncées et livrées par les prêtres et les religieuses hutus.

Nuit et jour, pendant trois mois, les fleuves Kagera et Nyabarongo charrièrent les têtes tranchées et les membres coupés des suppliciés. Pour les génocidaires, il s'agissait d'éradiquer tous les êtres humains appartenant à l'ethnie minoritaire tutsi.

---

1. Une troisième ethnie, les Batwas, peuple forestier, est très minoritaire.

2. En banyarwanda, *Interhamwe* veut dire « ceux qui tuent ensemble ».

À cette époque, les Nations unies maintenaient au Rwanda un contingent de Casques bleus de plus de 1 300 hommes, composé essentiellement de Bangladeshis, de Ghanéens, de Sénégalais et de Belges. Il était placé sous le commandement du général canadien Roméo Dallaire et retranché dans des camps militaires protégés par des barbelés, ici et là à travers le pays.

À l'heure des massacres, des dizaines de milliers de Tutsis implorèrent l'aide des Casques bleus, demandant à pouvoir se réfugier dans les camps sécurisés. Mais les officiers onusiens refusèrent avec constance. Les ordres venaient de New York, du Conseil de sécurité, par l'intermédiaire du sous-secrétaire général au maintien de la paix, Kofi Annan.

Alors que le génocide avait commencé, la résolution n° 912 du 21 avril 1994 du Conseil de sécurité réduisit même de moitié le nombre des soldats onusiens au Rwanda.

Bien qu'ils fussent armés jusqu'aux dents, face à ces bandes de tueurs munis de sagaies, de bâtons à clous et de machettes, les soldats de l'ONU assistèrent passivement au massacre, se contentant de noter scrupuleusement (et de transmettre à New York) les événements et la façon dont les hommes, les femmes et les enfants tutsis étaient mis à mort. Bref, ils obéirent aux ordres criminels[1].

Entre 800 000 et 1 million de femmes, de nourrissons, d'enfants, d'adolescents et d'hommes tutsis (et hutus au sud) furent ainsi massacrés en cent jours. Sous l'œil impassible des Casques bleus des Nations unies.

De 1990 à 1994, les principaux fournisseurs d'armes et de crédits au Rwanda avaient été la France, l'Égypte,

---

1. Certains remords onusiens se firent jour tardivement : cf. Roméo Dallaire, *J'ai serré la main du diable*, Toronto, Random House, 2003.

l'Afrique du Sud, la Belgique et la République populaire de Chine. Les livraisons d'armes égyptiennes étaient garanties par le Crédit Lyonnais. L'aide financière directe venait surtout de France. De 1993 à 1994, la République populaire de Chine avait fourni 500 000 machettes au régime de Kigali. Des caisses pleines de machettes, payées sur crédit français, arrivaient encore par camions, venant de Kampala et du port de Mombassa, alors que le génocide avait déjà commencé…

Les génocidaires furent finalement défaits par l'avancée de l'armée du Front patriotique rwandais, constitué par de jeunes Tutsis issus de la diaspora ougandaise. Kigali fut prise en juillet 1994. La France, pourtant, continua à livrer des armes, par Goma et le Nord-Kivu, aux derniers génocidaires réfugiés sur la rive orientale du lac Kivu.

La France de François Mitterrand a joué, au Rwanda, un rôle particulièrement néfaste. Des officiers français ont soutenu et, le jour de la défaite venu, exfiltré les génocidaires et leurs commanditaires politiques. L'attitude de François Mitterrand étonne. Les analystes qui font autorité l'expliquent ainsi. La dictature hutu du président Habyarimana était un régime francophone ; le Front national rwandais, qui le combattait, était constitué majoritairement par des fils et des filles de réfugiés tutsis, nés en Ouganda, et donc anglophones. C'est au nom de la défense de la francophonie que François Mitterrand accorda un soutien sans faille aux tueurs génocidaires[1]. En outre, des liens d'amitié attachaient le

---

1. Voir Colette Braeckman, « Rwanda, retour sur un génocide », in *Le Monde diplomatique*, Paris, mars 2004. Patrick de Saint-Exupéry, *L'Inavouable. La France au Rwanda*, Paris, Les Arènes, 2004.

président français à la famille du défunt dictateur hutu rwandais, Juvénal Habyarimana, dont le décès dans un accident d'avion avait mis le feu aux poudres.

Le nouveau gouvernement a hérité d'une dette extérieure d'un peu plus d'un milliard de dollars. Arrivant au pouvoir dans un pays complètement dévasté et considérant qu'ils n'avaient aucune obligation morale à rembourser des crédits qui avaient servi à financer l'achat des machettes avec lesquelles on avait découpé leurs mères, frères et enfants, les nouveaux gouvernants demandèrent aux créanciers de suspendre, voire d'annuler, le remboursement. Mais, conduit par le Fonds monétaire international et la Banque mondiale, le cartel des créanciers refusa finalement tout arrangement, menaçant de bloquer les crédits de coopération et d'isoler financièrement le Rwanda dans le monde.

C'est ainsi que les paysans rwandais, pauvres comme Job, et les rares rescapés du génocide s'échinent aujourd'hui encore à rembourser, mois après mois, aux puissances étrangères les sommes qui ont servi aux massacres.

L'expression « dette odieuse » a été forgée par Éric Toussaint. Elle a été reprise ensuite par la plupart des organisations non gouvernementales et les mouvements sociaux qui luttent pour la justice sociale planétaire. Mais – ô surprise ! – au printemps 2004, elle a été reprise à son compte, et pour la première fois, par une grande puissance créancière, et non des moindres. À l'occasion d'une conférence de presse à Bagdad, le représentant des forces coalisées, Paul Bremer, a en effet parlé de la dette extérieure accumulée par le régime de Saddam Hussein comme d'une « dette odieuse ». Il s'adressait en premier lieu à la France et à la Fédération de Russie, les deux principaux créanciers de la dette irakienne. Bremer demanda même ce jour-là l'annulation de la dette de l'Irak parce que, expliqua-t-il, elle avait été contractée par un régime criminel. Il avait hâte de remettre sur les rails du profit l'économie du nouveau protectorat américain.

Au sein du Club de Paris, les discussions entre les 19 pays créanciers sont vives[1]. En 1980, le gouvernement irakien avait des réserves en devises de 36 milliards de dollars. La guerre de dix ans menée contre l'Iran a transformé l'Irak en un pays débiteur. Sa dette s'élève aujourd'hui à 120 milliards de dollars, dont 60 dus à des pays de la région, et le reste aux pays qui composent le Club de Paris. Mais à la dette proprement dite, il faut ajouter les 350 milliards d'indemnisation réclamés par l'Arabie Saoudite et le Koweit à titre de dédommagements pour l'invasion de 1990.

Sombre hypocrisie des cosmocrates et de leurs laquais politiques : ils refusent d'annuler la dette des populations « non rentables », mais déclarent « dette odieuse » (donc non remboursable) les crédits grevant les pays riches qu'ils contrôlent plus ou moins directement.

À mon avis, doivent être considérées comme « dettes odieuses » toutes les dettes extérieures des pays du tiers-monde qui induisent le sous-développement économique, la réduction des populations au servage et la destruction des êtres humains par la faim.

---

1. Pour la genèse et la composition du Club de Paris, voir p. 102.

II

La faim

Le massacre par la sous-alimentation et par la faim de millions d'êtres humains reste le principal scandale du début de ce troisième millénaire. C'est une absurdité, une infamie qu'aucune raison ne saurait justifier ni aucune politique légitimer. Il s'agit d'un crime contre l'humanité indéfiniment répété.

Aujourd'hui, je l'ai dit, toutes les cinq secondes, un enfant en dessous de dix ans meurt de faim ou de maladies liées à la malnutrition. C'est ainsi que la faim aura tué en 2007 plus d'êtres humains encore que toutes les guerres réunies conduites au cours de cette même année.

Où en est la lutte contre la faim ? Eh bien, il est clair qu'elle recule. En 2001, un enfant en dessous de 10 ans mourait de faim toutes les sept secondes[1]. Cette même année, 826 millions de personnes avaient été rendues invalides des suites d'une sous-alimentation grave et chronique. Elles sont plus de 854 millions aujourd'hui[2]. Entre 1995 et 2004, le nombre des victimes de la sous-alimentation chronique a augmenté de 28 millions de personnes.

---

1. FAO, *State of Food Insecurity in the World*, Rome, 2001, 2004 et 2006.
2. *Ibid.*

La faim est le produit direct de la dette, dans la mesure où c'est elle qui prive les pays pauvres de leur capacité d'investir les fonds nécessaires pour le développement des infrastructures agricoles, sociales, de transport et de services.

La faim signifie souffrance aiguë du corps, affaiblissement des capacités motrices et mentales, exclusion de la vie active, marginalisation sociale, angoisse du lendemain, perte d'autonomie économique. Elle débouche sur la mort.

La sous-alimentation se définit par le déficit des apports en énergie contenus dans la nourriture que consomme l'homme. Elle se mesure en calories – la calorie étant l'unité de mesure de la quantité d'énergie brûlée par le corps[1].

Les paramètres sont variables en fonction de l'âge. Le nourrisson a besoin de 300 calories par jour. De un à deux ans, l'enfant réclame 1 000 calories par jour, et à l'âge de cinq ans, 1 600 calories lui sont nécessaires. Pour reproduire quotidiennement sa force vitale, l'adulte a besoin de 2 000 à 2 700 calories, selon le climat de la région où il vit et le type de travail qu'il exécute.

Dans le monde, environ 62 millions de personnes, soit 1 ‰ de l'humanité – toutes causes de décès confondues – meurent chaque année. En 2006, plus de 36 millions sont mortes de faim ou de maladies dues aux carences en micronutriments.

La faim est donc la principale cause de mort sur notre planète. Et cette faim est faite de main d'homme. Quiconque meurt de faim meurt assassiné. Et cet assassin a pour nom la dette.

---

1. Pour la méthode d'évaluation, cf. Jean-Pierre Girard, *L'Alimentation*, Genève, Goerg, 1991.

La FAO[1] distingue entre faim « conjoncturelle » et faim « structurelle ». La faim conjoncturelle est due au brusque effondrement de l'économie d'un pays ou d'une partie de celle-ci. Quant à la faim « structurelle », elle est induite par le sous-développement du pays.

Voici un exemple de famine conjoncturelle. En juillet 2004, une mousson particulièrement violente a submergé le Bangladesh. Plus de 70 % de ce pays de 116 000 kilomètres carrés est sous l'eau. Sur les 146 millions de personnes qui l'habitent, 3 millions sont menacées depuis lors de mourir de faim. Le Bangladesh est en fait un delta composé de multiples rivières qui se jettent dans le golfe du Bengale. Ces rivières viennent des contreforts de l'Himalaya (Bhoutan, Ladakh, Népal). Lorsque arrive la mousson, leur crue se fait violente, imprévisible. Les flots arrachent arbres et maisons, détruisent les barrages, recouvrent d'une eau verte, pleine de limon, turbulente, des centaines de milliers d'hectares de terres agricoles et ravagent les quartiers riverains des villes.

En temps normal, si l'on ose dire, environ 30 000 enfants en dessous de dix ans deviennent aveugles chaque année au Bangladesh, par manque de vitamine A.

La faim structurelle comme la faim conjoncturelle sont la conséquence directe de la dette. Pour ce qui concerne la faim structurelle, c'est évident. Les rapports de causalité entre faim conjoncturelle et dette, en revanche, exigent une explication.

Revenons à la famine exceptionnelle du Bangladesh en 2004. Les deux principaux bassins hydrographiques responsables des inondations de juillet sont ceux du

---

1. Organisation des Nations unies pour l'alimentation et l'agriculture.

Brahmapoutre et du Gange. Or, il se trouve que j'ai réalisé, à la demande des Nations unies, une mission au Bangladesh en 2002. Il s'agissait précisément d'examiner les moyens propres à éviter le renouvellement de ce type de catastrophes. Dans le vaste bureau du ministre des Ressources hydrauliques à Dacca, j'ai ainsi passé des heures et des heures à étudier des graphiques, des statistiques, des projets. Eh bien, il est ressorti de cette étude que la technologie contemporaine permettrait, sans problème majeur, de domestiquer l'ensemble des fleuves du Bangladesh. Technologiquement, les inondations provoquées par la mousson seraient parfaitement maîtrisables[1]. Mais le Bangladesh étant l'un des pays les plus endettés d'Asie du Sud, l'argent pour endiguer les fleuves et briser leur courant manque.

Voici un exemple de ce que la FAO nomme la faim structurelle.

Sortant du bureau du président de la république du Brésil, au Planalto à Brasília, tard dans la soirée du 4 février 2003, un géant blond et joyeux me barre la route sur l'esplanade. Sa joie de vivre est contagieuse. Amis de longue date, nous tombons dans les bras l'un de l'autre.

Débordant d'intelligence et de vitalité, João Stédilé est le petit-fils de paysans tyroliens immigrés à Santa Catarina. Des neufs dirigeants nationaux du Mouvement des travailleurs ruraux sans terre, il est aujourd'hui le plus influent[2]. Ses empoignades avec le président Lula et le ministre de l'Agriculture sont légendaires.

---

1. J'ai décrit en détail ces mesures dans mon rapport présenté à la 60ᵉ session de la Commission des droits de l'homme de l'ONU. Voir « Bangladesh ». www.unhchr.ch/www.righttofood.org

2. MST : *Movimento dos trabalhadores rurais sem terra.*

« Que fais-tu demain matin ? me demande-t-il.

– Je reprends l'avion pour Rio, puis pour Genève.

– Pas question ! dit le Tyrolien. Demain tu iras au *lixo*[1]. Sinon, tu ne comprendras jamais rien à ce gouvernement ni à ce qui se passe ici… Il faut y aller à l'aube… sans ta voiture officielle et sans tes accompagnateurs de l'ONU… en taxi… tout seul. »

Je manquai l'aube. Me réveillant alors que le soleil était déjà haut dans le ciel, j'avalai mon café et sautai dans un taxi. À Brasília, le trafic du matin est plus infernal qu'à Paris. La chaleur tombait d'un ciel couvert et gris. L'hôtel Atlantica où je logeais étant situé dans les quartiers ouest, je mis plus de deux heures pour rejoindre la décharge municipale, située à la lisière orientale de la capitale.

Plus de deux millions d'hommes, de femmes et d'enfants vivent à Brasília. Une noria ininterrompue de camions amène vingt-quatre heures sur vingt-quatre leurs détritus à la décharge. Sur plus de trois kilomètres carrés, des pyramides d'immondices poussent vers le ciel. L'accès à la décharge est strictement réglementé. Une barrière métallique est surveillée par un poste de garde de la police militaire. Les hommes en uniforme bleu foncé sont armés de mitraillettes et de longs bâtons en caoutchouc noir.

Une *favela*, dans laquelle résident officiellement quelque 20 000 familles, s'étend entre les derniers gratte-ciel et la barrière. Un océan de cases en carton, de baraquements en bois, de huttes couvertes de tôle ondulée… Ici s'abritent les réfugiés de la faim, des victimes du *latifundium* et des trusts agroalimentaires qui monopolisent les terres du Goiás et chassent les métayers, les journaliers agricoles et leurs familles.

---

1. *Lixo* désigne la décharge publique.

Environ six cents d'entre les hommes et jeunes gens habitant la *favela* reçoivent journellement une carte d'accès à la décharge. Selon quels critères ? Je ne parviendrai pas à le savoir. Mais connaissant les us et coutumes de la police militaire, je soupçonne que la corruption joue un rôle considérable dans l'attribution des cartes.

Des myriades de gosses aux grands yeux noirs, joyeux et manifestement sous-alimentés, courent dans les ruelles du bidonville, entre les égouts à ciel ouvert, les chiens faméliques et les huttes en carton. Ils encerclent le taxi. En riant, en tapant des mains. Je fends le cercle et me dirige vers le poste de garde. Le capitaine m'attend sur le seuil. Tout sourire. Stédilé lui a téléphoné la veille.

« Nous vous attendions plus tôt », dit-il.

Dans les bras de leurs mères, les nourrissons ont les yeux, la bouche, le nez couverts de mouches violettes, virevoltantes. Il y a des excréments partout. Les essaims de mouches font l'aller et retour entre les tas d'excréments et les yeux des nourrissons.

Au Brésil, la police militaire remplit les tâches de la gendarmerie en France. Elle dépend du gouverneur de chaque État membre de l'Union. Ici, le capitaine, âgé d'environ 30 ans, affiche un visage aux traits fins, aux yeux charbonneux de mulâtre. Il est vif et compétent. Mais il cache mal son mépris pour les « pouilleux » qui traînent autour du poste de garde et s'affairent sur le terrain boueux au-delà de la barrière.

Son discours est policé, parfaitement adapté aux questions du visiteur. Mais ma visite l'intrigue.

« Vous autres, en Europe, vous êtes riches ! Vous brûlez tout !… Eh bien, nous ne procédons pas ainsi… nous sommes un pays pauvre… La décharge donne du travail à quelques-uns de ces pauvres hères… Nous n'incinérons rien… tout peut servir… Et puis vous seriez étonné de ce que nos *favelados* arrivent à faire avec un morceau de bois, un bout d'aluminium !… Le carton est vendu à des grossistes… les boîtes d'aluminium, les canettes de bière sont aplaties et vendues… le verre collecté est vendu lui aussi… Un *lixeiro* habile peut gagner jusqu'à 5 *reais* par jour…[1]. Avec les restes de nourriture, les légumes, les fruits, les déchets d'animaux, ils nourrissent leurs porcs… Le *lixo* fait vivre tout ce quartier que vous voyez ici, devant vous. » Son bras embrasse d'un vaste mouvement tout l'espace qui sépare la décharge des lointaines silhouettes blanches des gratte-ciel.

La police militaire n'entre jamais dans l'immense zone qui abrite les pyramides de détritus. « Nous sommes juste là pour donner les cartes le matin, pour contrôler l'accès à la décharge, pour éviter que des enfants y entrent. Ce serait malsain pour eux. »

Le capitaine me présente un bonhomme édenté, à la forte corpulence, d'environ 60 ans, au veston et au pantalon bruns, tachés de graisse. L'homme s'appuie sur une béquille. Il est unijambiste. Un chapeau de paille de couleur incertaine lui couvre le chef. Il a le teint blafard. Des gouttes de sueur ruissellent sur son front. Il sent mauvais. Son regard dit la veulerie. Il a une attitude de courtisan. Mon antipathie pour lui est instantanée.

« Voici le *feitor*…[2]. Monsieur est le responsable des *lixeiros*. Il indique à chaque homme l'endroit où il peut travailler… Il faut de l'autorité, vous savez ! Les bagarres sont fréquentes… »

---

1. Soit environ 1 €, au taux de 2007.
2. Du temps de l'esclavage, et jusqu'en 1888, le *feitor* était le surveillant des esclaves travaillant dans les champs de canne à sucre. Aujourd'hui, le terme équivaut à celui de contremaître.

L'homme au chapeau de paille appelle deux *pistoleiros*, deux Noirs qui, visiblement, lui servent de gardes du corps. Ensemble, nous nous engageons sur la piste conduisant aux montagnes. Notre marche, fortement ralentie par l'unijambiste triste qui avance péniblement sur sa béquille, durera environ vingt minutes, sous un soleil incandescent.

L'odeur putride me coupe le souffle.

Je sue des litres d'eau.

Du fait de l'incessant va-et-vient des camions, la piste – pourtant large et bordée de deux fossés servant d'égouts – ressemble à un ravin. Elle est trouée partout, marquée par les empreintes profondes des roues gigantesques. Les camions tanguent sous la surcharge.

Munis de longs bâtons portant à leur extrémité des crochets en fer, les vieux et les adolescents grimpent sur les pyramides. Les hommes les plus âgés sont chaussés de bottes noires en caoutchouc. Ils portent des casquettes rouges, à visière, distribuées par le vendeur de Coca-Cola posté à l'entrée de la décharge. Des rats gros comme des chats courent entre les jambes nues des adolescents. Beaucoup de jeunes sont squelettiques et n'ont plus de dents. Ils portent des sandales en caoutchouc et se blessent souvent. À mains nues, ils séparent les déchets et les entassent à des endroits précis. Un frère, un père, un cousin avance le chariot tiré par un âne. Ce sont des chariots plats montés sur deux roues à pneus usés.

Chaque chariot charge une marchandise différente : les uns croulent sous des amas de cartons et de papiers. D'autres sont surchargés de pièces métalliques. Beaucoup transportent des bouteilles et des éclats de verre. Les intermédiaires des marchands attendent à la sortie, sur le terrain vague, au-delà de la barrière.

Le plus grand nombre des chariots transportent de la nourriture. En fait, des baquets en plastique gris où voyage une sorte de bouillie malodorante, aux couleurs incertaines. Dans les baquets se mélangent de la farine, du riz, des légumes avachis, des morceaux de viande, des têtes de poissons, des os – et parfois un cadavre de lapin ou de rat. Une odeur épouvantable se dégage de la plupart des baquets.

Des nuées de mouches violettes couvrent chacun de ces chariots. Leur danse incessante produit un bourdonnement sourd. Beaucoup de mouches se fixent sur les yeux infectés des adolescents ou sur les jambes écorchées des vieux.

Je demande au *feitor* à qui est destiné le contenu des baquets.

« C'est pour les porcs », me dit-il sans conviction. Je lui glisse un billet de dix *reais*.

« Je ne suis pas un touriste. Je suis rapporteur spécial des Nations unies pour le droit à l'alimentation… Je veux savoir ce qui se passe ici », lui dis-je, d'une voix ridiculement solennelle.

Le *feitor* se moque complètement de ma mission. Mais il est sensible au billet de banque. « Nos enfants ont faim, comprenez », me dit-il comme pour les excuser. L'homme veule, avec ses deux *pistoleiros* comme gardes du corps, me deviendrait presque sympathique.

La sous-alimentation sévère et chronique détruit lentement le corps. Elle l'affaiblit, le prive de ses forces vitales. La moindre maladie le terrasse ensuite. La sensation du manque est permanente.

Mais les plus terribles des souffrances provoquées par la sous-alimentation sont l'angoisse et l'humiliation. L'affamé mène un combat désespéré et permanent pour sa dignité. Oui, la faim provoque la honte. Le père ne parvient pas à nourrir sa famille. La mère reste les mains vides devant l'enfant affamé qui pleure.

Nuit après nuit, jour après jour, la faim diminue les forces de résistance de l'adulte. Il voit venir le jour où il ne pourra même plus errer dans les rues, fouiller les poubelles, mendier ou s'adonner à ces petits travaux occasionnels qui lui permettent d'acheter une livre de manioc, un kilogramme de riz, de quoi sustenter – toujours médiocrement, certes – sa famille. L'angoisse le ronge. Il va en haillons, les sandales élimées, le regard fiévreux. Il voit son rejet dans le regard de l'autre. Souvent les siens et lui-même en sont réduits à manger les détritus tirés des poubelles des restaurants ou de celles des maisons bourgeoises.

Maria do Carmo Soares de Freitas, sociologue, et ses collaborateurs de l'Université fédérale de Bahia (Brésil) ont mené une enquête de longue durée dans le quartier Pela Porco de Salvador afin de comprendre comment les affamés eux-mêmes vivent leur situation. Avec les *Alagados*, Pela Porco est un des *bairros*[1] les plus misérables de la métropole du Nord, antique capitale de la vice-royauté lusitanienne du Brésil. Là sévissent la corruption et l'arbitraire policiers, la violence des bandes armées, le chômage endémique, le manque total d'infrastructures scolaires, sociales, de santé, et l'habitat précaire. Environ 11 000 familles y vivent. *Os textos dos famintos* est le titre du volume, non encore publié, dans lequel toute l'équipe a recueilli la parole des affamés[2].

Pour exorciser la honte, les victimes de la sous-alimentation chronique recourent à des phrases comme celles-ci : « *A fome vem de fora do corpo* » (« La faim

---

1. *Bairro* veut dire quartier.
2. Disponible en polycopié à l'Institut de santé publique de l'Université fédérale de Bahia.

vient de l'extérieur du corps »). La faim est l'agresseur, une bête qui m'attaque. Je n'y peux rien. Je ne suis pas responsable de mon état. Je ne dois pas avoir honte des loques que je porte, des pleurs de mes enfants, de mon propre corps devenu débile et de l'incapacité dans laquelle je me trouve de nourrir ma famille.

Ceux qui en sont réduits à se nourrir des déchets arrachés aux poubelles du centre-ville, ou des luxueux hôtels qui bordent la plage au sable blanc d'Itapoa, disent : « *Preciso tirar a vergonha de catar no lixo, porque pior é roubar* » (« J'ai besoin de vaincre ma honte de fouiller dans les détritus, parce que voler serait pire »).

Nombre de femmes et d'hommes interrogés appellent la faim « *a coisa* » (« la chose »). « *A coisa bater na porta* » (« La chose frappe à ma porte »). Rejeter la faim à l'extérieur de son corps, se considérer comme la victime d'une agression, se savoir blessé par un adversaire trop puissant, autant de défenses contre la honte.

Certains habitants disent aussi : « *Sentem-se perseguidos, ou pela polícia ou pela fome* » (« Je me sens persécuté, soit par la police, soit par la faim ») ou encore : « *A fome e sempre um sofrimento que fere o corpo* » (« La faim est toujours une douleur qui blesse le corps »). La bête m'attaque, que puis-je faire ? Rien ou pas grand-chose, « *porque ela é mais de que eu* » (« parce que la bête est plus forte que moi »).

Les mots « *perseguidos pela fome* » (« persécuté par la faim ») reviennent dans presque toutes les réponses.

Certaines des personnes interrogées, notamment parmi les adolescents et les adolescentes, se révoltent contre la bête. Elles veulent riposter à l'attaque, résister. « *A persõa tem ser forte, tem que fazer qualquer negócio ; não ter vergonha, não ter medo ; pedir a um e a outro, bulir no lixo, tem uns que até rouba, assalta, bole nas coisas dos outros; não pode ficar esperando as coisas cair do céu; tem que ter muita fé pra ficar com força, se levantar e andar, andar...* » (« On doit être fort, on doit riposter, faire quelque chose ; on ne doit pas avoir honte ni peur ; on doit demander de l'aide à l'un ou à l'autre ; on doit fouiller les déchets. Certaines personnes vont jusqu'à voler, attaquer les autres, se saisir des choses des autres. Personne ne doit attendre que les choses tombent du ciel. Il faut avoir beaucoup de foi pour ne pas laisser s'éteindre sa force, il faut se lever, aller de l'avant, aller de l'avant... »)

Une série particulièrement pertinente de questions posées par Maria do Carmo et les autres enquêteurs concerne « *la fome nocturna* » (« la faim nocturne »). La quasi-totalité des personnes interrogées, tous âges et sexes confondus, ont des visions nocturnes, des rêves compensatoires où apparaissent des tables couvertes de nappes immaculées, croulant sous des montagnes de fruits, de viandes et de gâteaux. Ces hallucinations consolent des privations physiques, de l'angoisse lancinante et de la douleur.

Une jeune femme interrogée dit : « *No tempo da noite, quando as crianças choram ou a violência assusta ainda mais, são produzidas insônia e visões* » (« La nuit, quand les enfants pleurent et que la violence [policière et celle des bandes armées] se déchaîne, se produisent des insomnies et des visions »).

Face à une société qui l'exclut et le prive de nourriture, l'affamé s'accroche à ces chimères. Elles le rétablissent, par l'imaginaire, dans sa dignité de sujet libre.

Deux milliards de personnes souffrent de ce que les Nations unies appellent le *hidden hunger*, la faim invisible, autrement dit la malnutrition. Celle-ci se définit par la carence en micronutriments (sels minéraux, vitamines). Ce sont ces carences qui provoquent des maladies souvent mortelles.

Les *callampas* de Lima, les *favelas* de São Paulo ou les sordides bidonvilles des *smoky mountains* de Manille sont des lieux de pestilence. Aux *smoky mountains*, où vivent un demi-million de personnes, une odeur putride remplit l'air. Des rats mordent au visage les nouveau-nés. Dans ces cabanes de tôle, les femmes, les enfants, les hommes se remplissent l'estomac avec les déchets de nourriture glanés sur des montagnes d'immondices. L'apport en calories peut donc être parfois suffisant. Mais la composition de l'alimentation, elle, révèle des carences dangereuses.

Un enfant en situation de malnutrition chronique peut ainsi manger à sa faim et néanmoins agoniser sous le coup d'une maladie due au manque de micronutriments.

Dans les 122 pays du tiers-monde où vivent, je le rappelle, près de 80 % de la population de la planète, la carence en micronutriments provoque des hécatombes[1].

Parmi les maladies les plus communes et les plus répandues provoquées par cette insuffisance, il y a le kwashiorkor, fréquent en Afrique noire, l'anémie, le rachitisme, la cécité. Les adolescents victimes du kwashiorkor ont le ventre gonflé, les cheveux qui deviennent roux, le teint jaune. Ils perdent leurs dents. Quiconque est privé en permanence d'un apport suffisant de vitamine A devient aveugle. Le rachitisme

---

1. UNICEF et Banque mondiale, *Vitamin and Mineral Deficiency. A Global Assessment Report*, New York, Genève, 2004.

empêche le développement normal de l'ossature de l'enfant.

Quant à l'anémie, elle attaque le système sanguin et prive la victime d'énergie et de toute capacité de concentration.

Prenons un nouvel exemple. Selon le rapport de la Banque mondiale de mars 2006, plus de 15 % des enfants palestiniens de moins de dix ans vivant en Cisjordanie et à Gaza sont gravement et chroniquement mal nourris.

La destruction des terres agricoles palestiniennes, le détournement des nappes phréatiques, le blocus de toutes les villes et de tous les villages de Palestine par l'armée d'occupation israélienne ont fait chuter de plus de 50 % le produit intérieur brut palestinien depuis le début de la deuxième Intifada, en septembre 2000.

Dans les écoles de l'UNRWA, à Khan Younès, Rafah et Beït Hanoun, il arrive fréquemment que les écoliers et écolières tombent d'inanition, perdent conscience du fait de l'anémie[1].

Conséquence de la malnutrition infantile, des milliers de nourrissons palestiniens subissent des dommages cérébraux irréversibles.

Analysons plus en détail les ravages causés par le manque de micronutriments[2].

La carence en fer est la cause la plus répandue de la faim invisible. Le fer est indispensable à la formation

---

1. L'UNRWA (United Nations Relief and Work Agency) est l'organisation des Nations unies qui est en charge, depuis 1948, de l'aide (avant tout scolaire et sanitaire) prodiguée aux quatre millions de réfugiés palestiniens vivant dans cinq pays du Proche-Orient.

2. UNICEF et Banque mondiale, rapport conjoint, *Vitamin and Mineral Deficiency. A Global Assessment Report*, op. cit.

du sang. Son absence provoque l'anémie, qui se caractérise notamment par une insuffisance d'hémoglobine. 1,3 milliard de personnes de par le monde souffrent d'anémie. Parmi elles, environ 800 millions sont frappées par un type d'anémie qui trouve son origine dans le manque de fer. Or, l'anémie dérègle le système immunitaire.

Il existe, certes, des types d'anémie plus bénins. Ceux-ci réduisent dans des proportions variables les capacités de travail et de reproduction de ceux qui en souffrent. Dans les pays du Sud, environ 50 % des femmes et 20 % des hommes sont frappés d'une façon ou d'une autre par une anémie due au manque de fer.

Pour la nourriture des bébés âgés de six à vingt-quatre mois, le fer est essentiel. Son absence endommage la formation des neurones cérébraux. Dans les 49 pays les plus pauvres, c'est le cas de 30 % des bébés. Ils souffriront de déficiences mentales leur vie durant.

Environ 600 000 femmes par an meurent durant leur grossesse par suite d'une carence sévère en fer. Environ 20 % de toutes les mères mourant en couches périssent des suites d'une déficience en fer.

Autre micronutriment essentiel : la vitamine A. Au sein des classes pauvres vivant dans l'hémisphère Sud, le manque de vitamine A est la principale cause de la cécité. Toutes les quatre minutes, une personne perd la vue par manque de vitamine A. 40 millions d'enfants de moins de 5 ans souffrent d'une déficience en vitamine A. 13 millions d'entre eux perdent la vue chaque année.

L'OMS a recensé la catégorie des *populations at risk*, les populations sujettes à certaines maladies (telles les infections du tractus gastro-intestinal ou des voies respiratoires) dues indirectement au manque de vitamine A.

Ces populations se composent d'environ 850 millions de personnes[1].

L'iode est, lui aussi, indispensable à l'équilibre du corps humain. Or, les femmes, les hommes et les enfants qui souffrent d'un manque d'iode sont plus d'un milliard. Ils vivent surtout dans les régions rurales de la planète, l'iodisation du sel comestible étant fréquemment entreprise, depuis une décennie du moins, par les autorités en milieu urbain. Dans le corps de la mère (et donc du fœtus), la carence en iode provoque des ravages. En 2006, près de 20 millions de bébés sont nés avec des infirmités mentales irrécupérables.

Et que dire de la vitamine B ? Quiconque n'en puisera pas dans sa nourriture quotidienne une quantité suffisante sera attaqué par le béribéri, un fléau qui détruit lentement le système nerveux.

Le manque prolongé de vitamine C provoque le scorbut.

L'acide folique est essentiel pour les femmes en couches et les nouveau-nés. Or, l'ONU évalue à 200 000 le nombre de déficiences graves et permanentes infligées, chaque année, à des nouveau-nés par manque de ce micronutriment. L'absence d'acide folique est également responsable d'une mort cardio-vasculaire sur dix dans les pays du tiers-monde.

Dans la plupart des cas, la malnutrition est causée par des carences combinées. Un enfant naissant dans une cabane du *sertão* de Pernambouc, en lisière d'une grande propriété féodale, d'un père *boia frio* et d'une mère journalière, a toutes les chances de souffrir de carences en iode, en fer et en différents types de vitamines. Plus de la moitié des personnes qui souffrent

1. *Ibid.*

de carences en micronutriments subissent des carences cumulatives.

La mort en couches de centaines de milliers de femmes sous-alimentées, la naissance par millions d'enfants mentalement déficients et la perte des capacités de travail de dizaines de millions d'hommes pèsent lourdement sur les sociétés. Et cela d'autant plus que ces femmes et ces hommes, marqués par les carences subies dans leur enfance, transmettront à leur propre descendance un « sang mauvais », frappé d'anémie et de tant d'autres malédictions issues de la malnutrition.

Pourtant, la malnutrition pourrait, sans grand problème technique à résoudre ni coûts financiers exorbitants, être rapidement éliminée de la surface de la terre. Il suffirait d'appliquer aux aliments consommés dans le tiers-monde les mêmes prescriptions qu'en Occident. À Genève, le sel que j'achète est enrichi en iode en vertu des lois en vigueur. C'est ainsi que l'anémie due au manque de fer a pratiquement disparu en Occident. Toutes les législations portant sur l'alimentation en pays industriels comportent des prescriptions très strictes sur la présence des micronutriments dans la nourriture commercialisée. De telles législations n'existent qu'exceptionnellement dans les pays de l'hémisphère Sud.

Oui, en soi, libérer des milliards d'êtres humains du martyre de la faim invisible ne poserait aucune difficulté majeure. Si ce n'est financière. Car le pouvoir d'achat de la plupart des victimes est nul. Leurs gouvernements n'ont souvent pas les moyens – ni, plus généralement, la volonté – d'enrichir en micronutriments la nourriture produite dans leur pays ou importée de l'étranger. Les organisations internationales manquent de fonds pour lancer des programmes d'éradication de la malnutrition à l'échelle planétaire[1].

Ensemble, la sous-alimentation et la malnutrition jouent un rôle déterminant dans l'éclosion d'un nombre important de maladies virales qui ne relèvent pas directement de la catégorie des *hunger-related diseases*, selon l'OMS.

Un corps martyrisé par la faim ne résiste pas aux infections car ses forces immunitaires sont déficientes. La moindre attaque du moindre virus provoque la mort.

La progression foudroyante de la tuberculose en Asie et en Afrique est due en grande partie à l'extension de la sous-alimentation et de la malnutrition.

La même chose est vraie pour la progression effroyable du sida en Afrique noire. 39 millions d'êtres humains en souffrent aujourd'hui de par le monde. 27 millions d'entre eux habitent l'Afrique noire. Les hommes, les femmes et les enfants africains frappés par le sida sont, pour la plupart d'entre eux, privés de trithérapies. L'argent leur manque[2]. Certes, le sida est dû au virus HIV et non pas au manque de calories ou à l'absence de vitamines. Il frappe les bien nour-

---

1. Il existe à Genève, depuis 2003, une fondation de droit suisse, Global Alliance for Improved Nutrition (GAIN), dont le but est de fortifier, par l'apport de micronutriments, la nourriture localement consommée dans les pays du tiers-monde. Son adresse Internet : www.gainhealth.org

2. Au Basutoland, la moitié de la force de travail agricole a été détruite par le sida. Les producteurs de maïs en Zambie et au Zimbabwe meurent par milliers, chaque année, du sida. En Ouganda, le sida tue annuellement des dizaines de milliers de paysans et leurs femmes. L'État, les familles survivantes croulent sous la charge financière et sociale que constituent des centaines de milliers d'orphelins en bas âge.

ris comme les affamés. Il n'en reste pas moins que la sous-alimentation chronique favorise l'extension de la pandémie. En Afrique noire notamment, les corps sous-alimentés et infectés sont dépourvus de toute résistance immunitaire.

Revenant d'un voyage en Afrique australe, Peter Piot, directeur de UNAIDS, l'organisation spécialisée des Nations unies chargée de la lutte mondiale contre le sida[1], écrit : « *I was in Malawi and met with a group of women living with HIV. As I always do when I meet people with HIV/AIDS and the other community groups, I asked them what their highest priority was. Their answer was clear and unanimous : food. Not care, not drugs for treatment, not relief from stigma, but food* » (« J'ai été au Malawi et j'ai rencontré un groupe de femmes infectées par le virus HIV. Comme je le fais toujours quand je suis confronté à des gens atteints du sida ou à d'autres groupes communautaires, je leur ai demandé quelle était leur première priorité. Leur réponse a été claire et unanime : la nourriture. Pas les soins, pas les médicaments contre leur maladie, pas la fin de l'exclusion, mais la nourriture »)[2].

Voici la vie de Virginia Maramba, une jeune femme habitant à Muzarabani, dans la province de Mashonaland, au Zimbabwe. Son mari, Andrew, est mort en 2003, des suites du sida, ne laissant évidemment aucun héritage (il était travailleur agricole). Virginia a deux enfants mineurs. Elle essaie de trouver du travail

---

1. Son siège est à Genève.
2. Peter Piot, in *The First Line of Defense. Why Food and Nutrition Matter in the Fight Against HIV/AIDS*, édité par le Programme alimentaire mondial (PAM), Rome, 2004.

comme journalière dans les grandes fermes appartenant à des Blancs.

Lorsqu'elle ne trouve pas de travail, elle ramasse des racines, des herbes dans les bois, au bord des grandes propriétés, et en fait une soupe pour ses enfants. Ses voisins sont aussi pauvres qu'elle.

La sous-alimentation permanente, martyrisant le corps et l'esprit de Virginia et de ses enfants, n'est pas due à une quelconque indolence. La jeune femme travaille – et dur. Fin 2003, elle s'assure un bout de terrain. Elle y plante du maïs et des haricots, des carottes, du manioc et des patates douces. Mais les pluies sont irrégulières. Virginia n'a pas d'argent pour acheter des engrais. En 2004, elle ne récoltera que 20 kilos de maïs, ce qui est à peine suffisant pour nourrir durant un mois sa famille[1]. Virginia a faim, son corps sous-alimenté ne résiste pas à l'infection.

Dans les discussions internationales sur la faim, le mot « fatalité » est omniprésent. En 1974, trois ans après son accession à l'indépendance, le Bangladesh vécut l'une des pires catastrophes de son histoire : les inondations du Gange et du Brahmapoutre provoquèrent une famine qui fit 4 millions de victimes. Henry Kissinger avança alors le concept de *basket case*, ce qui veut dire : certains pays sont si désespérément bloqués au fond de la « corbeille », de l'abîme, qu'aucun espoir n'est permis à leur endroit. Les conditions climatiques, topographiques qui sont les leurs rendent la faim d'une grande partie de leur population à jamais inévitable et empêchent tout développement économique. Leurs

---

1. Pour le récit de Virginia Maramba, voir *The First Line of Defense...*, *op. cit.*

habitants sont condamnés à vivre une vie de mendicité internationale et d'angoisse[1]. Ils sont condamnés à perpétuité.

La sombre prédiction de Kissinger est-elle recevable ? Existe-t-il des pays qui sont bloqués pour toujours « au fond de la corbeille » ? Examinons cette notion de « fatalité ».

Tous les ans, le PAM publie sa *World Hunger Map* (carte géographique de la faim dans le monde, qui devrait être accrochée dans toutes les écoles d'Europe). Différentes couleurs couvrant différents pays indiquent le taux des sous-alimentés permanents et graves. Le brun foncé signale un taux moyen de sous-alimentation supérieur à 35 % de la population. Or, cette couleur couvre de vastes zones d'Afrique et d'Asie, ainsi que certains pays des Caraïbes. Mais depuis 2001, l'un des trois pays figurant constamment en tête de ce palmarès macabre est la Mongolie.

La Mongolie est un superbe pays composé de steppes, de déserts, de montagnes et de toundra, situé au cœur de l'Asie. Il couvre 1,5 million de kilomètres carrés et est habité par 2,4 millions de personnes, des Mongols surtout, mais aussi des Kazakhs et des Bouriates. Plus de 50 % de la population sont des nomades.

L'été ne dure là-bas que deux mois et demi, de mi-juin à début septembre. Puis c'est l'automne et l'hiver. Dès la fin octobre, les températures descendent à moins 20 degrés Celsius. Elles tombent à moins 50 degrés en décembre. Pendant deux cent cinquante jours par an, le ciel mongol est d'un bleu pâle transparent. Le soleil brille.

---

1. Christopher Hitchens, *The Trial of Henry Kissinger*, Londres, Verso, 2001, p. 50.

Bordant la Sibérie, la Chine et le Kazakhstan, le pays est d'une beauté inouïe. Au nord, la taïga. À l'ouest, les monts de l'Altaï. Au sud profond, les dunes et les plateaux rocheux, balayés par les vents du désert de Gobi. Au centre et à l'est, comme des vagues sans fin, s'étendent des collines couvertes d'une herbe drue.

Une seule route asphaltée relie, sur 600 kilomètres, Oulan-Bator, la capitale, à Selenge, une ville qui se trouve à la frontière avec la Sibérie. Le chemin de fer traverse le pays du sud au nord : c'est le fameux Transsibérien, qui relie Pékin à Saint-Pétersbourg.

Aux carrefours des pistes trouées, sillonnant les steppes, se dressent des tas de pierres surmontés d'un drapeau bleu ciel, la couleur des chamans – mais aussi du bouddhisme tibétain. Suivant une antique coutume chamanique, le voyageur est invité à tourner trois fois autour du petit monticule et à y jeter trois pierres ramassées aux alentours.

En été, une brise permanente, légère, souffle sur la steppe. Dès octobre, des vents violents agitent le ciel. De novembre à mars, des ouragans de neige balaient les terres, engloutissant souvent des hommes et des bêtes.

En été, c'est l'explosion de la vie. On célèbre les mariages. Des concours de lutte, de tir à l'arc, d'acrobatie et des courses de chevaux sont organisés dans tous les *aïmag*[1]. Pareils à de longues plaintes discrètes et mélodieuses, les chants mongols résonnent alors dans l'air.

---

1. *Aïmag* signifie aujourd'hui l'équivalent de « province ». Le terme désignait originairement le « clan », le « territoire d'un clan ». La République compte vingt et un *aïmag*. Chacun est subdivisé en *soum*. L'*aïmag* de Dundgobi, par exemple, compte dix-sept *soum* (districts).

Les Mongols sont doués d'une très ancienne et vivante mémoire collective. Les symboles de leur passé sont présents partout. Or, de la fin du XIIe siècle jusqu'au début du XVe, ils ont dominé le plus vaste empire que l'humanité ait jamais connu. Il s'étendait de la Hongrie jusqu'à Java, et incluait pratiquement tout le continent asiatique (sauf le Japon)[1]. Le fondateur de l'empire fut Gengis Khan, qui mourut en 1227. Son nom signifie « roi universel ». Son petit-fils, Kublaï Khan, quitta la capitale de Karakorum et fonda Pékin.

Vivant dans leur *ger* – une sorte de tente ronde protégée du froid et des vents par d'étanches couvertures de feutre fabriquées à partir du lainage des moutons –, les Mongols possèdent un cheptel de plus de 30 millions de têtes : des chèvres (qui fournissent la précieuse laine de cachemire exportée en Chine), des moutons (de toutes races), des vaches (faméliques), des chameaux à deux bosses (appelés les « navires du Gobi »), et surtout des chevaux racés, rapides, râblés, d'une grande beauté et capables d'une vitesse au galop époustouflante.

Le lait de jument, la viande de cheval et la vodka distillée à partir des céréales importées de Russie sont les mets et les boissons préférés des Mongols.

Aussi fascinante qu'elle puisse paraître du point de vue de la richesse des traditions millénaires, des valeurs d'hospitalité et d'entraide qu'elle véhicule, la société nomade est d'une fragilité extrême. En 1999 et 2002, des hivers encore plus rigoureux que de coutume, suivis de sécheresses catastrophiques et d'invasions de criquets, ont tué près de 10 millions d'animaux[2].

---

1. Une armée mongole de 140 000 cavaliers, transportée par une flotte coréenne, échoua, en 1225, à débarquer au Japon.

2. Les Mongols appellent *dzud* un hiver particulièrement froid suivi d'un été de sécheresse.

Sur la carte du PAM, la Mongolie figure avec un taux moyen de sous-alimentation chronique et grave de 43 %. 70 % des aliments sont, aujourd'hui, importés de Chine, de Corée du Sud et de Russie.

Environ 40 % de la population vit au-dessous du seuil de l'extrême pauvreté. Ceux-là sont contraints de subsister avec moins de 22 000 tugriks par mois (soit avec moins de 22 $). Or, selon les indications gouvernementales, le minimum vital pour survivre s'élève à 30 000 tugriks par mois à Oulan-Bator.

La capitale regroupe plus de la moitié de la population, et 30 % de ses habitants y vivent depuis moins de cinq ans, réfugiés des catastrophes naturelles et de la faim dans les steppes.

La mortalité infantile est l'une des plus élevées du monde : 58 bébés morts pour 1 000 naissances en 2003.

Pour les pauvres, la situation ne cesse de se dégrader.

La pratique de l'agriculture est extrêmement difficile parce que les étés sont trop courts pour planter et pour récolter. L'irrigation est impossible sur les trois quarts du territoire, en raison du manque d'eau. Du coup, la Mongolie importe pratiquement toute sa nourriture, à l'exception de la viande et du lait. Or, les prix des produits chinois et russes importés augmentent sans cesse. Durant mon séjour, en août 2004, le prix des aliments – blé, pommes de terre, etc. – importés de Russie a subitement augmenté de 22 % en moyenne…

De 1921 à 1991, la Mongolie a vécu sous la férule soviétique. Formellement indépendant, mais néanmoins satellisé par l'URSS, le pays a souffert le martyre : camps de concentration, KGB tout-puissant, attaques incessantes contre la société traditionnelle. 30 000 lamas et moines bouddhistes ont été exécutés par les sbires de Staline, pendant les années 1930.

Mais dans ses profondeurs, la société mongole a résisté. Les clans sont restés pratiquement intacts. La solidarité est leur fondement : dans la steppe, en hiver, quand la température descend à moins 50 degrés, ou durant les étés de sécheresse, quand l'eau manque, personne n'est en mesure de survivre sans la solidarité des autres habitants des *gers* de la steppe ou des quartiers délabrés de la capitale.

Cette solidarité est omniprésente. Elle est la respiration de la société mongole.

La maison de deux étages qui me fait face a des murs délabrés de couleur jaune. Elle est située au bord d'un terrain vague dans la lointaine banlieue sud d'Oulan-Bator, au pied des premières collines sans arbres où passe la piste vers Dundgobi. Un petit escalier mène à la porte de fer.

Je me fais traduire l'inscription mongole qui orne un pan de mur extérieur : « *Children address identification Center of the Citys Governors Office* » (« Centre municipal pour l'identification des adresses des enfants »).

Un homme massif, en tenue civile, d'une cinquantaine d'années, surpris et vaguement inquiet, vient à notre rencontre. C'est le colonel Bayarbyamba, le directeur du centre. Il est suivi d'une femme d'âge moyen habillée d'un survêtement blanc, la doctoresse Enkhmaa, et d'un jeune inspecteur de police en uniforme bleu. Le soleil est déjà haut dans le ciel. Le vent agite doucement les branches de l'unique arbre planté devant la maison.

C'est le matin, mais il fait déjà plus de 35 degrés.

Un colonel de la police, directeur d'un centre d'hébergement pour enfants abandonnés ? Un moment, j'hésite à grimper le petit escalier. Mais la porte de fer est ouverte… J'entends les gazouillis des petits.

Dans tout autre pays du monde, le spectacle d'un policier en uniforme bleu chamarré m'aurait fait tourner les talons. J'aurais cru immédiatement à une mascarade pour visiteurs étrangers. Mais tout est différent en Mongolie. Oui, c'est la police d'État qui déniche les garçons et les fillettes dans les tunnels de chauffage, qui les oblige à remonter à la surface, qui les cueille sous les portes cochères, qui les amène ici… La police est, elle aussi, habitée par cette solidarité qui unit tous les Mongols. La police d'État qui fournit un abri, des douches, des toilettes, un minimum de vêtements, de la nourriture, des soins à ces enfants des tunnels qui, sans elle, seraient – dans leur majorité – promis à un dépérissement certain. Elle tente ensuite d'identifier les parents ou de localiser un quelconque membre de la famille susceptible d'assurer la garde de l'enfant. Mais ces recherches sont généralement vaines.

Les cent trente-deux enfants, garçons et filles de tous âges, qui sont abrités ici, sont en train de déjeuner dans des récipients en métal. Un repas copieux, composé de mouton bouilli et de pommes de terre.

80 % des enfants qui arrivent ici sont blessés ou malades. La plupart d'entre eux sont des « enfants des tunnels ». À leur arrivée, ils sont presque tous gravement sous-alimentés ; les affections dont ils sont le plus fréquemment frappés sont les maladies de la peau et de l'estomac.

Oulan-Bator a été construite il y a cinquante ans, selon les canons de l'architecture soviétiques d'alors. Une immense usine alimentée par du charbon, richement présent dans la toundra, fournit de l'électricité et du chauffage pour toute la ville. Afin d'assurer le chauffage collectif, des conduites passent dans d'interminables tunnels enfouis sous les rues : c'est ainsi que sont alimentés en eau bouillante les radiateurs installés dans les appartements.

Et c'est dans ces tunnels que se réfugient, dès la fin septembre de chaque année, les plus pauvres parmi les pauvres – et notamment les enfants abandonnés. Ils émergent en mai, replongent en septembre. La police de la ville les recherche, et les conduit quand elle les trouve dans l'un de ces centres.

Je suis descendu dans l'un de ces tunnels grâce à une échelle métallique. Il était rempli d'excréments. J'y ai vu des colonies de rats. La puanteur était insupportable.

La plupart des enfants sont victimes de la violence domestique. En 2004, le chômage urbain atteignait 47 % de la population active. La vodka fait des ravages dans ces conditions. Le désespoir aussi. Les enfants subissent blessures, abus sexuels et passages à tabac. Ils courent, la nuit, se réfugier dans les tunnels. Le jour, ils fouillent les poubelles.

Combien sont-ils à Oulan-Bator ?

« Environ 4 000 », me répond le colonel Bayar-byamba.

« Au moins 10 000 », estime Prasanne da Silva, un jeune Indien fortement américanisé qui dirige les opérations de la World Vision en Mongolie. World Vision est une ONG américaine d'origine presbytérienne, dotée d'un budget annuel de plus de 1 milliard de dollars, financé pour 59 % par des donateurs individuels. World Vision aide quelques-uns des trente-neuf centres d'accueil pour enfants des rues existant dans la capitale.

Je suis invité à déjeuner avec les enfants. À côté de moi, une petite fille d'environ dix ans donne à manger à un petit bonhomme maigrelet de dix-huit mois. Il engloutit des petits bouts de mouton prémâchés par la fillette. Il semble très content.

Dulgun est un adolescent de 14 ans. À cause de la chaleur, il ne porte que des shorts. Son dos est marqué par les coups. De grosses ecchymoses rouges s'étalent des deux côtés de sa colonne vertébrale.

Un autre garçon, plus jeune, a le visage couvert de croûtes.

Certains enfants nous regardent avec sympathie. D'autres ont peur. Mais tous, peu à peu, viennent nous serrer la main.

Une fille de 12 ans, du nom de Zaya, qui porte un pyjama à fleurs, a été si sévèrement sous-alimentée que son cerveau s'en est trouvé altéré. Elle pousse de petits cris incompréhensibles. Son regard trahit la douleur et la folie. Pour se déplacer, elle doit être portée par une jeune camarade.

Après le repas, les enfants se lèvent sagement, forment une ronde. Ils se tiennent la main et chantent : « Merci au cuisinier ! » La scène semble tout droit sortie d'une pièce de Brecht. D'autres chansons suivent. Zaya, qui ne peut pas se tenir debout, est placée délicatement au milieu du cercle.

Je demande à parler plus longuement avec des enfants. Bat Choimpong, le chef des services sociaux de la ville, traduira.

Les histoires des enfants sont d'une grande banalité, le récit ordinaire des destructions, des misères et des humiliations enfantines partout dans le monde.

Sondor est un garçon de 7 ans, aux grands yeux bruns et doux. Des cicatrices lui zèbrent les avant-bras et les joues. À l'abri des coups désormais, il est au centre depuis deux mois. Il aimerait tenter de rejoindre une école durant la journée. Ses deux parents sont en prison, à ce qu'il dit.

Tuguldur dit avoir 15 ans. Il fréquente la rue, et plus exactement les tunnels depuis trois ans. Ses parents ont dû vendre leur *ger* à la suite d'un endettement insurmontable. Ils vivent eux aussi dans les tunnels et dans la rue. Tuguldur ne sait pas où ils se trouvent.

Byamba est un garçon frêle, à la peau blanche, presque diaphane, de 12 ans. Il vient de l'*aïmag* d'Umgobi, au sud. Il est orphelin. Quand il avait 6 ans, ses parents sont décédés. Une grand-mère l'a recueilli à Oulan-Bator. Peu après, elle aussi est morte. Byamba a alors rejoint les tunnels. Il y a vécu pendant cinq ans, jusqu'en mai passé. Lorsque je sors, le petit bonhomme s'accroche à ma veste, quêtant la tendresse familiale qu'il n'a jamais eue.

Jolie, triste, vêtue d'une robe délavée bleu ciel et de sandales blanches, Schinorov est une jeune fille de 15 ans. Minée par le désespoir et la vodka, sa mère l'a quittée. Chômeur, son père a tenté d'abuser d'elle. Elle a rejoint les tunnels en février de cette année.

Le mardi 17 août 2004, je suis assis face au major général Purev Dash, directeur de l'Agence gouvernementale de la lutte contre les catastrophes, dans une haute maison grise au numéro 6 de la rue des Partisans, à Oulan-Bator[1]. Le major général arbore fièrement ses décorations soviétiques et mongoles, fixées sur un uniforme vert foncé. Il a des lunettes cerclées d'acier, des cheveux noirs coupés en brosse. C'est un homme de taille moyenne, éclatant d'énergie et habité par cette ironie souriante, moqueuse, si commune aux Mongols.

Il est aussi docteur ès sciences. Son adjoint, Uijin Odkhuu, est lui aussi major général et licencié en sciences. Il est petit, respectueux de son chef – et curieux des visiteurs venus de si loin.

---

1. Nom officiel : National Disaster Management Agency.

Dash énumère, à mon intention, les désastres qu'il est censé combattre.

Son premier cauchemar, ce sont les feux des steppes qui, durant les mois d'été, ravagent des centaines de milliers d'hectares, mais aussi les feux de forêts. 8,3 % de la Mongolie est couverte de taïga, cette forêt boréale qui, à travers la Sibérie, s'étend jusqu'au pôle Nord. La taïga est la plus grande zone forestière continue du monde. Les feux de steppes et de forêts sont grandement favorisés par une sécheresse qui va en s'aggravant depuis la fin des années 1990. Car si, à la fin des années 1980, les pluies déversaient en moyenne annuelle 200 millimètres d'eau, elles se font beaucoup plus rares depuis les grandes sécheresses de 1999 et de 2003. Or, Dash n'a à sa disposition ni hélicoptères ni Canadair pour combattre les feux, évacuer les familles et sauver le bétail.

Sa deuxième hantise, ce sont les épidémies qui s'attaquent aux chèvres, aux chevaux, aux moutons, aux chameaux – mais aussi aux hommes. Le plus grand ennemi des bêtes, c'est la fièvre aphteuse. Elle a fait des centaines de milliers de victimes en 2002 et 2003. Les services vétérinaires manquent de tout : vaccins, antiparasites, vitamines. Seule solution : abattre et brûler le bétail contaminé – et provoquer ainsi la ruine définitive des familles nomades.

Quant aux épidémies ennemies des hommes, c'est le spectre de la peste qui hante le major général. Les puces porteuses de la maladie se logent de préférence dans le pelage des marmottes. Or, avec les antilopes et les ânes sauvages, les marmottes comptent parmi le gibier préféré des Mongols. Elles fournissent de la graisse et leur pelage est recherché sur le marché.

Lutter contre la peste est difficile. Le major général doit se contenter de diffuser à répétition, par radio, des appels urgents aux chasseurs : « Laissez reposer la bête abattue. Sur son corps refroidi les puces meurent toutes seules. »

Autre préoccupation : l'épidémie de SRAS, venue de Chine, et qui est suspendue comme une épée de Damoclès au-dessus de la Mongolie. Ici, seul le docteur Robert Hagan, un Danois subtil et énergique représentant de l'OMS en Mongolie, offre quelque réconfort. Grâce à lui, la Mongolie est incluse depuis peu dans le système de surveillance de l'épidémie mis au point sur tout le continent asiatique par l'agence de l'ONU.

Les tempêtes de neige commencent en octobre, on l'a dit, parfois même fin septembre. Elles engloutissent les familles et les bêtes. Le major général aurait un besoin urgent de crédits pour pouvoir construire des abris d'hiver pour les bêtes. Par ailleurs, les foins sont censés nourrir celles-ci durant les huit mois d'hiver. Mais depuis l'invasion des criquets à la fin de l'année 2003, des centaines de milliers d'hectares de prairie ont été détruits. Et puis les bestioles ont dévoré l'herbe estivale des steppes, et les éleveurs n'ont, pour ainsi dire, pas pu faire leurs foins.

Pour sauver les troupeaux, il faudrait donc maintenant pouvoir importer par camion des milliers de tonnes de foin de Sibérie…

En 2003, la Direction de la coopération technique suisse du développement, conjointement avec l'Agence d'aide russe, a organisé une colonne de camions et transporté sur plus de 3 000 kilomètres de la nourriture et des foins à destination de quelques dizaines de milliers de *gers* assiégés par les neiges. Mais pour 2004, l'argent manque.

Je demande : « Qu'allez-vous faire ? »

Le major général lève les yeux au ciel. « Espérer… espérer que l'hiver sera clément. »

En Mongolie, un hiver clément est un hiver où la température ne descend pas au-dessous de moins 30 degrés.

L'Agence stocke du grain importé pour prévenir les famines. Mais elle ne peut stocker l'eau. Faute d'installations et de crédits. Or, la sécheresse épuise la nappe phréatique.

Quelques jours après ma visite au major général Purev Dash, je me trouve loin dans le Sud, dans la région de Gobi. La ville de Mandalgobi a été fondée en 1942. Un horrible bloc de béton, style soviétique, abrite les bureaux du gouverneur, Janchovdoporjin Adiya. Cet homme corpulent et jovial gouverne l'*aïmag* de Dundgobi, une région de 76 000 kilomètres carrés où nomadisent 51 000 personnes.

Dans son *aïmag*, 90 % des puits traditionnels, dotés d'une profondeur de moins de 50 mètres, sont désormais inutilisables. Il faudrait creuser des puits bien plus profonds, mais les machines de perçage et les pompes électriques manquent. En été, les gens retournent aux mares et aux rivières. Les morts par diarrhée se multiplient, surtout chez les petits enfants.

La Mongolie est-elle un *basket case*, selon les critères de Henry Kissinger ? Une mystérieuse « fatalité » expliquerait-elle les malheurs des enfants mongols ?

Évidemment non. Ces malheurs ont un nom : la dette.

Celle-ci s'élevait à 2 milliards de dollars en 2006. Ce chiffre correspond presque exactement au produit intérieur brut, c'est-à-dire à la somme de toutes les richesses produites en Mongolie durant une année.

La Mongolie est étranglée. Tous les dangers qui la menacent, tous les désastres qu'elle subit pourraient

être évités ou combattus avec une technologie adéquate.
Or, cette technologie existe sur les marchés d'Occident.
Mais elle coûte de l'argent.

Et pratiquement tout l'argent dont la Mongolie dispose est absorbé par le service de la dette.

Éthiopie : l'épuisement et la solidarité

I

Alem Tsehaye

Le vent souffle en permanence sur les hauts plateaux du Tigré. Le ciel est transparent. Le matin, quelques nuages blancs voyagent lentement vers l'ouest, en direction des forêts du Soudan. Il fait chaud. Le soleil forme un disque gris, sa lumière est aveuglante. Nous sommes à la fin de la saison sèche, dans les derniers jours de février en cette année 2004.

Le Tigré se situe entre 2 000 et 2 500 mètres d'altitude. Une terre poussiéreuse, travaillée depuis des millénaires par des femmes et des hommes aux traits fins, aux yeux d'un brun profond, aux corps élancés, à la peau mate, s'étend à perte de vue. Les hommes sont maigres, durs à la tâche.

Au milieu du IVe siècle de notre ère, des moines venus d'Alexandrie ont lentement remonté le Nil. Ils ont vaincu la première cataracte, puis la deuxième, et ainsi de suite, jusqu'au lac Tana et à la source du fleuve. Dans les contreforts du Gondar, en pays amharique et sur les plateaux du Tigré, ils ont prêché l'Évangile. Presque à la même époque, d'autres prédicateurs sont venus, parlant les langues sud-arabiques, le guèze et l'araméen palestinien. C'étaient des juifs convertis, marchands et navigateurs familiers des rives occidentales de la mer Rouge. Aujourd'hui, dans certaines communautés chrétiennes, dans les monastères appartenant à l'Église orthodoxe éthiopienne de la région d'Addigrat, on peut entendre parler le syriaque, on peut aussi être témoin de pratiques héritées des anciennes communautés judaïques.

Depuis la chute de la dictature militaire du maréchal Hailé Mengistu, soutenu par ses acolytes russes, et l'entrée des guérilleros victorieux du TPLF[1] dans Addis-Abeba, en mai 1991, l'Éthiopie est une fédération de neuf États régionaux. Chacun d'entre eux dispose de son propre gouvernement et de son propre parlement, de son budget, de ses lois régionales et, surtout, de sa propre bureaucratie.

À quelques exceptions près, les frontières des États régionaux épousent celles des ancestrales civilisations, des langues et des cultures se déployant depuis des millénaires sur les terres d'Abyssinie. Le territoire national dépasse le million de kilomètres carrés. 71 millions de personnes l'habitent.

Le Tigré constitue l'État régional le plus septentrional. À l'est, les plateaux tombent à pic dans une sorte de fossé gigantesque qu'on appelle le Great African Rift. Celui-ci longe, comme une balafre brune, pratiquement toute l'Afrique orientale, des rives méridionales de la mer Rouge jusqu'au lac Nyassa, dans le lointain Malawi.

La dépression de Danakil, qui longe tout le nord de l'Éthiopie, près de la frontière avec l'Érythrée, est une des terres les plus désolées de la planète. Elle se situe à 100 mètres au-dessous du niveau de la mer. Des troncs d'arbres calcinés, des mines de sel, des pierres fendues

---

1. TPLF : *Tigrean People's Liberation Front* (Front populaire de libération du Tigré).

par la chaleur, quelques herbes sèches, des campements nomades ici et là, une lumière aveuglante le jour, des ténèbres angoissantes la nuit, quelques puits, peu d'oasis, un ciel chauffé à blanc douze mois sur douze. Jamais de pluies dignes de ce nom.

Ce désert lunaire est parcouru par le peuple des Afars, nomades chameliers et grands commerçants de sel.

Dès le jour de notre arrivée, sur la grande route reliant Mekele, sur les hauts plateaux du nord de l'Éthiopie, à Addigrat, nous croisons deux caravanes du sel. Chacune compte entre 30 et 50 chameaux, à bosse unique, chacun chargé d'une centaine de kilogrammes de sel venu des lacs minéralisés de Danakil et découpé en plaques gris foncé. Ils marchent de leur pas chaloupé, l'un derrière l'autre, sur des milliers de kilomètres, jusqu'aux marchés d'Addis-Abeba – et parfois plus loin encore vers le sud, jusque dans les basses terres de Kaffa.

Des jeunes gens afars, aux tatouages sophistiqués, yeux rieurs et corps secs, courent en sifflant le long de la caravane. Munis d'un grand bâton, ils tentent de repousser les chameaux vers le bord de la piste. Peine perdue ! Les superbes bêtes, surchargées, indifférentes, hautaines ignorent complètement les Afars. Et c'est notre voiture tout terrain qui doit se garer sur le bas-côté de la piste. La caravane des chameaux, au rythme millénaire, nous croise.

Le Tigré est essentiellement composé d'un haut plateau sec, abrupt et rocheux. Mais à l'extrême ouest, le plateau tigréen descend en un mouvement plus doux vers les bananeraies, les champs de maïs, les forêts et les jardins subtropicaux. Ici, le Tigré borde le Soudan. Les terres y sont d'une fertilité somptueuse. Les tomates, les oignons, le sorgho, l'igname poussent en abondance. Les arbres fruitiers, les orangers, notamment, sont partout. Les manguiers donnent des fruits d'une qualité exceptionnelle.

Le gouvernement régional de Mekele tente d'inciter les paysans et leurs familles à migrer des plateaux sur-peuplés vers les basses terres de l'ouest et leurs planta-tions subtropicales. Rien de plus raisonnable ! Pendant deux ans, les pouvoirs publics aideront le migrant à défricher la forêt, planter, construire sa case. Pendant tout ce temps, sa famille restera usufruitière – comme par le passé – de sa terre et de son enclos d'origine. Si, après deux ans, l'expérience dans les basses terres est concluante, il retournera sur les plateaux chercher sa famille. Si l'implantation échoue, le paysan éclaireur reviendra définitivement chez lui. L'aventure sera ter-minée.

Seulement voilà : une malédiction ancestrale pour-suit les peuples du Tigré. Sur les terres occidentales et subtropicales, les épidémies sévissent. Malgré tous les efforts prophylactiques des pouvoirs publics, la malaria, la bilharziose, la fièvre jaune déciment les tra-vailleurs. Un parasite nommé trypanosome est parti-culièrement dangereux. Il se transmet par la mouche tsé-tsé. Il s'introduit dans le cerveau et cause la mort.

Mais telle est la volonté de vivre des Tigréens que, malgré toutes ces adversités extrêmes, de plus en plus de familles quittent leurs maisons de pierre et migrent vers l'ouest.

Sur le haut plateau rocheux du Tigré central, de nom-breuses églises rupestres, taillées dans le roc, subsistent. On en trouve cent vingt dans le seul district de Gueralta. Nous visitons celle dite d'Abreha et d'Atsebha, aussi appelée Debra Negast (« église des Rois »). Elle tient son nom de deux frères qui ont tous deux régné sur l'État cosmopolite d'Aksoum, prospère et puissant, au début du IVe siècle.

Le paysage est d'une beauté sans nom. Au pied de la falaise de grès rouge, le village tout en pierre somnole à l'ombre d'immenses sycomores. Des pics de montagne aux formes bizarres barrent l'horizon. Un gigantesque escalier de granit rouge, aux marches érodées par le vent, monte vers le portail fortifié et le tunnel qui mène à l'intérieur du rocher. La haute voûte abrite trois autels dédiés aux archanges Gabriel et Michel ainsi qu'à la Sainte Vierge. Des piliers roussis par les cierges, taillés directement dans le roc, portent la voûte.

Alem Tsehaye Adane, une veuve de guerre dans la cinquantaine[1], vit à quelques centaines de mètres du portail fortifié. Son mari, Simon Neguesse, un jeune combattant du Front populaire de libération du Tigré, a été carbonisé dans une tranchée de l'Ouest, à une date indéterminée de la fin des années 1980, victime du napalm largué depuis un bombardier Antonov soviétique.

Elle est maigre et se tient toute droite. Elle porte une robe de coton gris, des sandales et une ceinture de tissu colorée. Des tatouages bleu foncé parcourent en lignes fines son front, le contour de ses yeux, le dos de ses mains. Elle est sûre d'elle-même, rit volontiers, agit avec vivacité. Elle nous reçoit à l'intérieur de la deuxième cour de sa maison de pierre. La falaise, à droite de l'escalier monumental, protège quelques bananiers, le puits et le poulailler du vent incessant et des sables qu'il charrie.

Pourquoi la deuxième cour ? Parce qu'elle abrite la fierté d'Alem Tsehaye : les latrines !

Dès notre arrivée à Mekele, tôt ce matin, par le Fokker d'Ethiopian Airlines venant d'Addis-Abeba, Abadi Zemu Gebru, le vice-président du gouvernement régio-

---

1. En Éthiopie, l'espérance de vie est de 42 ans pour les femmes.

nal du Tigré, et Teklewoini Asefa, le directeur exécutif du REST (*Relief Society of Tigray* – Société de secours du Tigré), nous ont fait monter dans les voitures tout terrain. Par des pistes cahoteuses, nous sommes partis vers l'est, vers les falaises rouges de Gueralta.

Je suis en mission pour l'ONU. Il est parfaitement légitime que le gouvernement régional et REST souhaitent d'abord me faire rencontrer des citoyens exemplaires. Et me voici chez Alem Tsehaye Adane.

REST a été fondée aux tout débuts de l'insurrection, en 1978, pour s'occuper des mutilés de la guérilla et de l'approvisionnement des villages libérés. L'organisation devait s'occuper aussi du transport des blessés graves vers Kassala (au Soudan) ou même jusqu'à Port-Soudan, sur la mer Rouge, où, grâce aux dons de solidarité venus d'Europe, des médecins suédois, norvégiens, français, italiens et suisses opéraient vingt-quatre heures sur vingt-quatre des corps constellés de shrapnels, troués de balles explosives, brûlés au napalm : ceux des jeunes combattants et combattantes du Front. Les chirurgiens opéraient aussi les femmes et les enfants des villages incendiés par les bombardiers Antonov. REST est aujourd'hui la principale société d'entraide d'intérêt public au Tigré. C'est elle qui a financé l'installation des latrines dans l'enclos d'Alem Tsehaye.

Abadi Zemu Gebru et Teklewoini Asefa sont assis là : des miraculés. À plus de soixante ans, ils sont d'une souplesse et d'une agilité étonnantes. Chauves tous les deux, ils comptent parmi les rares fondateurs survivants du Front. Ils ont connu les jungles du Soudan, la longue période dite d'accumulation des forces, puis les marches interminables à travers les montagnes, enfin les terribles combats de rue dans les villes du plateau.

Abadi Zemu Gebru porte de grosses lunettes de myope. Une couronne de cheveux blancs entoure son crâne chauve. La manche droite de son veston est vide. Elle flotte sous la brise. Il y a plus de vingt ans, le fragment d'un obus russe lui a déchiré l'épaule. La gangrène a menacé. Aidé d'un autre camarade, son ami Teklewoini a alors aiguisé un couteau au-dessus d'un feu de bois. Il a coupé les lambeaux de chair, tranché les muscles restants et les tendons, sectionné l'os, amputé le bras à la hauteur de l'épaule. Sans aucune anesthésie.

Les Tigréens ne représentent que 7 % de la population totale de l'Éthiopie. Mais ce sont eux qui, en 1991, ont renversé le tyran. Ils dominent aujourd'hui encore la quasi-totalité des structures de pouvoir. Comment font-ils ?

D'origine marxiste, devenu entre-temps (et par pure opportunité politique) l'allié des Américains, le TPLF a décidé d'investir les institutions. C'est ainsi qu'au sein de chacun des gouvernements des neuf États régionaux formant la fédération d'Éthiopie, des Tigréens agissent soit comme ministres, soit, plus fréquemment, comme conseillers occultes. Quant au niveau fédéral, le TPLF détient depuis 1991, et certainement pour une longue période à venir, les postes-clés : ceux de Premier ministre, de ministre des Affaires étrangères, de vice-Premier ministre chargé du Développement économique, de commandants des principales unités des forces armées, de chefs des services de sécurité.

Abadi Zemu Gebru est un compagnon de voyage agréable, vif, frugal, capable d'humour et d'autodérision. Marxiste, mais marqué profondément par la millénaire culture égalitaire et antihiérarchique des plateaux, il ne pratique pas la langue de bois. « Meles ?

Vous l'avez rencontré?... Pas encore? Pas besoin!
Nous sommes tous des Meles ici, moi aussi, je suis
Meles[1]. » Et il éclate de rire...

Une nuée d'enfants rieurs, d'adolescents curieux
aux regards scrutateurs et graves envahissent bientôt la
cour. Un tout petit garçon vêtu d'un tricot trop court,
cul nu, se balance fièrement dans les bras d'Alem
Tsehaye. La veuve a six enfants, entre 18 et 25 ans, et
trois petits-enfants, dont le bonhomme joyeux qu'elle
tient dans ses bras. Leurs noms (du plus jeune au plus
âgé) témoignent tous de l'emprise sur la famille des
prêtres de l'église de Debra Negast qui surplombe le
village : Gebremariam, Amanuel, Shenun Negesse,
Yoseph, Tsiduk, Zasbia, Kushed.

Manifestement, les latrines n'ont jamais été utilisées.
Elles sont composées d'une petite plate-forme, percée
de trous et bordée de béton, surplombant une fosse
septique. Elles témoignent, monument majestueux, de
l'adhésion de la famille aux stratégies de développement décidées par le REST.

Sous le vent incessant, Alem Tsehaye répond volontiers à nos questions. Je comprends pourquoi les deux
anciens combattants, devenus membres du comité
central du Front et dirigeants de l'État régional, nous
ont conduits en priorité dans cette cour, sous l'immense
sycomore. 2004 est considérée comme une année de
« bonnes récoltes ». Ce qui, au Tigré, signifie que sur
les 4,9 millions d'habitants de l'État régional, 1 million
seulement dépendront de l'aide alimentaire internationale venue par le port de Djibouti. Or, Alem Tsehaye,
elle, nourrit son monde. Parmi les quatre-vingt-deux

---

1. Meles Zenaoui est l'ancien secrétaire général du TPLF et
l'actuel Premier ministre.

familles du village – dont douze sont placées sous la responsabilité de femmes seules –, la sienne est certainement la plus prospère… si l'on ose prononcer ce mot bien incongru sur les plateaux venteux du Tigré.

Mesurée à l'aune des catastrophes qui s'abattent sur l'Éthiopie depuis des siècles, 2004 est donc considérée comme une « bonne » année. Dans l'ensemble du pays, 7,2 millions seulement de personnes doivent leur survie à l'aide alimentaire.

Pourtant, on le sait, l'Éthiopie est située dans la zone des moussons. Et celles-ci sont de plus en plus irrégulières. Les famines se rapprochent : elles frappent à un rythme de plus en plus rapide.

En 1973, des millions d'êtres humains sont morts de faim et de soif sur les plateaux. En 1984, le nombre des victimes se chiffrait encore par centaines de milliers. Depuis lors, il est vrai, les mécanismes de pré-alerte ont été améliorés. Rue de Lausanne, à Genève, une organisation peu connue, aux responsabilités pourtant fascinantes, anticipe les ouragans, les sécheresses, les tempêtes : c'est l'Organisation météorologique mondiale. Ses satellites appartiennent à l'ONU. Grâce à elle, la riposte sur le terrain est aujourd'hui plus efficace, plus rapide qu'en 1973 ou en 1984.

Quoi qu'il en soit, en ce mois de février 2004, l'observateur est confronté à une situation absurde. Dans dix-huit zones de production du pays, la production de céréales est excédentaire. Des centaines de milliers de tonnes de tef, de maïs, de blé y pourrissent, faute de moyens de transport et d'infrastructures routières. En outre, la structure des prix, largement déterminée par la spéculation des marchands, est totalement pervertie. Les frais de production d'une tonne de maïs s'élèvent à 70 dollars en moyenne. Or, au moment où je parcours la région, les paysans reçoivent, en moyenne, 23 dollars pour une tonne. Le Programme alimentaire mondial (PAM), de son côté, finance à hauteur de 140 dollars en moyenne le transport d'une tonne de maïs depuis le port de Djibouti jusqu'au lieu de distribution.

Pour nourrir les 7,2 millions de personnes affamées, privées de ressources pendant toute une année, 900 000 tonnes de céréales seraient nécessaires.

Le 15 mars 2004, le PAM a lancé un appel international d'urgence afin que les États débloquent 100 millions de dollars en vue d'acheter en Éthiopie même 300 000 tonnes de sorgho, de blé et de maïs.

L'appel est pratiquement resté sans écho[1]. Des dizaines de milliers de tonnes de sorgho, de maïs, de blé éthiopiens ont donc continué à pourrir au soleil à quelques centaines de kilomètres des villages où agonisaient les affamés.

Du nord au sud, d'est en ouest de la vaste Éthiopie, la malaria, la tuberculose, la typhoïde et la fièvre jaune font régulièrement des ravages terribles.

Les tablettes contre la malaria sont distribuées en quantité insuffisante par les « agents de développement », ces fonctionnaires locaux du gouvernement régional. La tuberculose, elle, est l'effet de la sous-

---

1. Les États-Unis sont de loin le plus grand contributeur du PAM : 60 % de toutes les céréales distribuées en Éthiopie en 2004 proviennent des surplus américains. Ces derniers sont essentiellement composés de produits génétiquement modifiés. Mais les États-Unis refusent de financer l'achat sur place. C'est que les paysans de l'Iowa, du Kansas, de l'Indiana sont aussi des électeurs ! Et les trusts agroalimentaires qui commercialisent leurs céréales ont de puissants lobbyistes à Washington. Pour eux, chaque famine est une bénédiction : le gouvernement achètera à prix d'or les surplus produits grâce aux subventions fédérales et les expédiera en Éthiopie.

nutrition. La diffusion de la typhoïde s'explique par la pollution des fleuves, par l'infection des mares où s'abreuvent à la fois les bêtes et ceux des humains qui sont privés de puits.

Dans pratiquement chacun des enclos du village, la malaria a frappé. Excepté chez Alem. Les yeux brillants, elle me dit : « Je n'ai perdu personne… pas un seul enfant. » Dans ses bras, le petit continue de s'agiter bruyamment.

En février débute le carême. Il précède les Pâques orthodoxes. Cette fête somptueuse domine tout le cycle de la vie des chrétiens en Éthiopie. La moitié de la population est composée de chrétiens orthodoxes, l'autre moitié de musulmans. Durant le carême, les paysans jeûnent. Ce qui, en terre de sous-nutrition chronique, est vraiment un paradoxe. Pourtant, dans les petits restaurants des bourgs où nous nous arrêtons, deux menus sont régulièrement proposés – l'ordinaire (composé d'une galette de tef sauce à la viande, de poulet ou d'œufs) et l'autre, présenté en caractères plus gras, afin de signaler l'obligation morale qui s'y attache, intitulé *Fasten-food* (Menu du jeûne). Le menu du jeûne exclut tout produit animal. Pratiquement tous les clients tigréens rencontrés sur les nattes de ces restaurants avaient choisi le second menu.

L'Éthiopie vit sous le calendrier lunaire. En 2004, le carême durait cinquante-cinq jours, du 16 février au 14 avril.

Durant le carême, des boîtes en métal peintes aux couleurs vives – jaune, vert, rouge – sont dressées sur des trépieds, aux croisements des pistes. Destinées à impressionner les chrétiens, terrorisés par le salut incertain de leur âme, ces boîtes recueillent l'obole du carême.

Combien de birrs Alem y dépose-t-elle[1]? Elle refuse de répondre. Mais à son sourire entendu, je comprends qu'elle n'est pas dupe du stratagème des curés.

26 février 2004 : à l'entrée de l'Université d'Addis-Abeba, tout le monde est longuement fouillé. En raison de la « menace terroriste ». J'achète l'*Ethiopian Herald*. Une nouvelle en première page me frappe. À compter de ce jour, le PAM réduira de 30 % les rations journalières distribuées dans les camps de réfugiés sur le sol éthiopien. Originaires du Soudan, d'Érythrée, de Somalie, 126 000 réfugiés y croupissent. La nouvelle ration journalière sera de 1 500 calories par personne. Soit une ration qui est en deçà de laquelle l'ONU parle de famine[2].

Or, il va de soi que les nouvelles normes mises en œuvre dans les camps seront à coup sûr généralisées à l'ensemble de l'aide alimentaire pratiquée par l'ONU en Éthiopie.

Comment expliquer cette réduction brutale ? Le PAM a lancé en février 2004 un nouvel appel aux donateurs : sur les 142 millions de dollars nécessaires, 37 millions seulement ont été levés. La réponse des principaux États occidentaux : nous devons donner la priorité à notre politique de sécurité contre le terrorisme.

L'obsession sécuritaire, induite par la « guerre contre le terrorisme », détourne la plupart des États membres de l'ONU de la lutte contre la misère. Les fonds se tarissent. Faute de moyens financiers, l'ONU ne parvient plus à faire reculer la famine en Éthiopie.

---

1. Le birr est la monnaie éthiopienne.
2. L'OMS fixe l'apport nutritionnel minimum pour un adulte à 1 900 calories par jour.

II

La famine verte

La quasi-totalité des neuf États régionaux d'Éthiopie sont ethniquement homogènes : un peuple singulier (quelques minorités infimes mises à part) habite chacun d'eux. Un seul fait exception : le SNNPR (Southern Nations, Nationalities and People's Region). Il regroupe quarante-cinq ethnies, dont les cinq plus grandes sont d'importance à peu près égale.

Cet État se trouve à l'extrême sud de la fédération, dans les terres fertiles au climat subtropical, près des frontières kenyanes et soudanaises. Il compte plus de 100 000 kilomètres carrés, et près de 14 millions d'habitants. Sa capitale est Awassa, un bourg de tôle parsemé de quelques immeubles en béton. Sur un lac tout proche, entouré de champs de coton aux fleurs blanches, se reflète une mosquée flambant neuve, peinte en vert, don des wahhabites d'Arabie Saoudite…

L'air est lourd. L'orage gronde. L'odeur du maïs grillé emplit l'air. Tout au long de la route, des femmes tentent de vendre des sacs de charbon de bois.

La polygamie est généralisée au Sud.

Au cœur de l'État régional du SNNPR, tout autour d'Awassa et de son lac, s'étend le pays des Sidamos. Peuple de cultivateurs de café, les Sidamos comptent environ 3,5 millions d'âmes. Ce pays est d'une étonnante fécondité.

Bjorn Ljungqvist est un luthérien têtu. De stature moyenne, massif, les yeux espiègles, plein d'humour, une crinière poivre, le regard clair, il déborde d'énergie. Il est l'un de ces Scandinaves qui ont voué leur vie au combat contre la destruction des enfants. Sa femme, une Tanzanienne, médecin de profession, lui a donné trois enfants. Depuis trente ans, Ljungqvist n'a pratiquement pas quitté l'Afrique. Il est, aujourd'hui, coordinateur national de l'UNICEF pour l'Éthiopie.

À 53 ans, il a accumulé une expérience formidable. Mais inutile de tenter d'engager avec lui une discussion politique. Il n'en a cure. À l'occasion de l'un de mes hasardeux déplacements dans l'un des deux Fokker des Ethiopian Airlines, en pleine tempête, je l'interroge : « Comment vois-tu le monde ? Où va l'Éthiopie ? D'où vient ta détermination ? » L'avion tanguait d'une façon bien inquiétante, et je dois avouer que je crevais de peur. Mais Bjorn, lui, était calme comme un roc. Et manifestement, il ne comprenait rien à mes questions ni d'ailleurs à la peur que j'éprouvais à l'instant. « Ma motivation ? Mes parents m'ont, dès le plus jeune âge, appris ce qui est juste et ce qui est intolérable. [...] Il faut respecter les hommes. » La réponse me parut sommaire, mais je n'insistai pas. Tout à coup, Bjorn me regarda dans les yeux : *« You have to help these kids... don't you ? »* (« Il faut aider ces gosses... n'est-ce pas ? »)

Évidemment, camarade Bjorn !

C'est Bjorn Ljungqvist qui, en juin 2003, a installé le centre de nutrition de Yirga Alem, dans le district de Dale, État du Sidamo. Je me présente devant la grille d'entrée de ce centre un beau matin de février 2004. L'année précédente, plusieurs dizaines d'entre eux ont été fermés.

Dans la poussière, des femmes, des hommes sont assis sur leurs jambes repliées, posture traditionnelle des peuples du Sud. La chaleur est étouffante. Des chiens courent parmi eux. Chaque femme, chaque homme porte au creux de ses bras un petit être au bord de l'extinction. Des mouches assaillent les grands yeux fatigués des enfants squelettiques. Les adultes les chassent d'un geste lent.

Des enfants aux bras et aux jambes d'allumettes. Aux regards fiévreux. Certains sont couverts de haillons. Parfois, un râle s'élève de ces tas de chiffons.

Des flamboyants, des acacias, des eucalyptus jettent de l'ombre sur la place surchauffée. Le docteur Endale Negessau est le responsable du centre. Périodiquement, Etaferahu Alemayehul, son infirmière-chef, une belle femme brune, ouvre la grille. Une nouvelle famille est invitée à entrer. Dans trois grandes tentes, on a disposé des lits de camp et des nattes.

Marta Shallama, 30 ans, a trois enfants gravement sous-alimentés et un enfant sain. Tous ensemble, ils sont recroquevillés autour d'un lit dans la première tente. Leurs noms : Belynesh Kayemo, Kafita Kayemo, Mamush et Mengheshe.

À l'exception de l'enfant sain, ils se voient attribuer deux fois par jour un bol de « lait thérapeutique ». Cette boisson a été élaborée par Bjorn et ses collègues. Elle contient des protéines, des lipides, des vitamines (A, D, E, C, B1, B2) et du Niacine, mais aussi un cocktail de sels minéraux.

À la base, il s'agit d'une poudre de lait écrémé. Cette nourriture d'extrême urgence est transportée dans des sachets d'aluminium. Elle porte le nom savant de « lait thérapeutique F-1000 B-O-Nutriset ». Mélangée à de l'eau bouillie, elle se consomme par la bouche. Avec deux litres d'eau, on obtient 2,4 litres de « lait thérapeutique ». Le contenu du sachet doit être consommé au plus tard trois heures après son ouverture.

Ramener à la vie des enfants en train de mourir de faim est une opération complexe : une surveillance médicale constante est indispensable. Souvent, les enfants arrivent au centre avec des abcès dans la bouche, affectés de maladies respiratoires graves ou plongés dans le coma. L'absorption par la bouche n'est alors pas possible. On leur injectera d'abord un reconstituant vitaminique.

Une fois revenus à la vie, une fois sortis du centre, ces enfants devront un certain temps continuer à recevoir de la nourriture médicalisée. Mais après ?

L'UNICEF recommande, partout et toujours, l'allaitement par le sein. Mais dans les basses terres tropicales du Sidamo, la plupart des femmes affligées par la famine ont les seins secs comme des galets. Gravement et en permanence sous-alimentées elles-mêmes, elles sont incapables de produire le lait nécessaire à la nourriture de leurs bébés.

Afin d'aider les infirmiers et les infirmières, les agents sanitaires et les médecins aux pieds nus (souvent d'origine cubaine) à maintenir en vie les enfants sortis du centre de nutrition, Bjorn Ljungqvist et ses collègues ont écrit un manuel. Son titre : *The Management of Severe, Acute Malnutrition, a Manual for Ethiopia*. Composé de 160 pages, il propose une foule de dessins et multiplie les conseils pratiques pour stocker les sachets, contrôler le poids du bébé, assurer l'hygiène domestique, combattre les principales maladies issues de la sous-nutrition, la déshydratation par les diarrhées, l'hypoglycémie, etc. Ce manuel est traduit dans les principales langues locales. Mais sa diffusion se heurte à un problème de taille : peu de mères savent lire.

Les familles restent au centre huit jours en moyenne. Ceux des enfants qui sont affligés de maladies graves (tuberculose, etc.) y séjournent évidemment beaucoup plus longtemps.

Les trois tentes correspondent à trois phases de traitement. Les enfants et les adultes passent de l'une à l'autre et y reçoivent des soins qui, à la fin du cycle, leur permettront de quitter les lieux avec un organisme et un métabolisme rétablis. La nourriture thérapeutique développée par Ljungqvist et les siens fait de véritables miracles : à Yirga Alem, des centaines d'enfants et d'adultes ont été admis. Seuls 10 % d'entre eux n'ont pas pu être sauvés.

Dans la tente n° 3 logent les patients qui sont près de sortir. Lorsqu'ils quitteront le centre, ils recevront des sachets de poudre de lait thérapeutique qui leur permettront de faire face aux semaines à venir. Puis l'infirmière de service leur donnera les derniers conseils.

Etaferahu, l'infirmière au sourire chaleureux, lutte contre un fléau endémique : les mères reviennent trop fréquemment au centre avec les mêmes enfants, à nouveau gravement sous-alimentés. L'infirmière, alors, interroge : « Pourquoi n'avez-vous pas donné le lait aux enfants régulièrement comme nous l'avions dit ? » Gênée, la femme répond : « J'ai donné les sachets à mon mari. » Elle sait que l'infirmière va la gronder. C'est pourquoi elle ajoute dans un souffle : « Dieu me donnera d'autres enfants... mais je n'ai qu'un seul mari. »

C'est encore Bjorn qui a trouvé l'expression juste pour désigner l'absurde situation que vivent actuellement Marta Shallama, ses enfants et des milliers d'autres familles paysannes du Sidamo. Ils sont tous victimes de la « famine verte », dit-il.

Tout autour des tentes du centre de nutrition de Yirga Alem, la nature est somptueuse. Les fleurs rouges et bleues des bougainvilliers luisent à travers le branchage dense. Les feuilles des acacias sont, elles aussi, d'un

vert éclatant. Aucune trace de sécheresse, nulle part.
Le sol est rouge et gras. Des herbes sauvages poussent
à hauteur d'homme. Les sentiers sont bordés de buissons fleuris, d'orangers et de bananeraies. À quelques
centaines de mètres de Yirga Alem, une rivière charrie
une eau brun foncé. Sa force est telle qu'elle arrache
aux rives des pans de terre, des buissons entiers. Les
marchés alentour – et jusqu'à ceux de Ziwy et de
Hosanne, beaucoup plus loin vers le nord –, les étals
sont d'ailleurs couverts d'ignames, de sorgho, de haricots, de lentilles, de figues.

La première nuit après notre arrivée, quelques gouttes
de pluie sont même tombées sur les tentes.

Alors, pourquoi la famine, la sous-alimentation débi-
litante, la mort au Sidamo ?

La réponse tient en quelques mots : l'effondrement
catastrophique et brutal des cours mondiaux du café.

La région de Kaffa, voisine de celle du Sidamo,
située sur les terres subtropicales du Sud-Ouest, est le
berceau du café. C'est d'ailleurs la région de Kaffa qui
a donné son nom aux fèves brunes (sauf en Éthiopie, où
« café » se dit *buna*…).

Depuis la nuit des temps, le café joue, dans la vie
sociale des peuples abyssins, un rôle capital : la « cérémonie du café » se pratique dans presque toutes les
demeures. Elle est d'abord un rite d'accueil, d'hospitalité. Elle assure ensuite une fonction d'exorcisme,
d'expulsion des mauvais esprits : la « cérémonie du
café » protège la maison contre l'adversité.

La maîtresse de maison pile les grains, puis elle les
grille sur un petit support métallique. Celui-ci est en
argent dans les maisons aisées, en fer chez les pauvres.
Il est monté sur pieds, au-dessus d'un brasier. L'encens
se mêle au charbon. La pièce s'emplit bientôt d'une
odeur agréable…

Le café est ensuite versé dans une carafe en terre cuite. Il est infusé trois fois. Finalement, il sera servi dans de petites tasses dont la première est présentée à l'hôte étranger.

La cérémonie s'effectue dans le silence, solennellement, les gestes sont d'une grande et discrète élégance. L'invité doit boire trois tasses de suite. La tradition l'exige. Si celle-ci est violée, des malédictions s'abattront sur l'invité et sa famille, mais aussi sur la maison de l'hôte.

Le café est le principal produit d'exportation des Éthiopiens. Avec les peaux de bêtes et quelques agrumes, il est le seul bien qui permet à l'Éthiopie de prétendre s'assurer quelques devises. C'est pourquoi on l'appelle volontiers ici « l'or brun ». Or, depuis 2000, sur les marchés mondiaux, la situation du café est catastrophique : les prix d'achat au producteur se sont véritablement effondrés. En mars 2004, ils n'avaient même jamais été aussi bas depuis cent ans.

Lorsqu'on sait qu'en Éthiopie plus de 95 % des grains de café sont produits par des petits paysans travaillant en famille, on devine les conséquences.

Oxfam[1] a calculé qu'en trois ans (de 2000 à 2003) le prix d'achat d'un kilogramme de grains était tombé de 3 dollars à 86 *cents*[2]. Le ministre des Finances d'Addis-Abeba estime que, depuis le crash, le pays a perdu 830 millions de dollars à l'exportation[3]. Et c'est ainsi qu'en 2004 une majorité de paysans traditionnellement attachés à la production de café avaient renoncé à

---

1. Oxford Committee for Famine Relief.

2. Il s'agit de prix « *farm gate prices* », c'est-à-dire du prix payé par le marchand à la porte de la ferme.

3. Chiffre avancé par le ministre de l'Agriculture, lors de ma mission en Éthiopie en mars 2003. Cf. *Country-Mission Report Ethiopia*, www.unhchr.ch / www.righttofood.org.

la récolte des grains, le prix de vente ne couvrant plus (et de très loin) les frais de production.

Quelques chiffres : en 1990, l'ensemble des pays producteurs de café avaient exporté pour environ 11 milliards de dollars de grains. La même année, les consommateurs du monde entier avaient consommé pour environ 30 milliards de dollars de café. En 2004, les revenus à l'exportation des paysans cultivateurs avaient chuté à 5,5 milliards de dollars. Mais en bout de chaîne, les consommateurs avaient dépensé 70 milliards de dollars pour leur consommation[1]…

Il y a de par le monde plus de 25 millions de producteurs de café. La plupart d'entre eux sont de petits ou moyens producteurs travaillant sur de petites exploitations familiales de un à cinq hectares. 70 % de la production mondiale de café est issue d'exploitations de moins de dix hectares. En 2003, tous ces paysans, pris ensemble, ont produit environ 119 millions de sacs (un sac contenant 60 kilos de grains).

Depuis toujours, le marché mondial du café se distingue par les fortes variations du prix d'achat au producteur local. Mais des catastrophes comme celles que subissent actuellement les producteurs sont, heureusement, extrêmement rares. Durant la décennie 1980-1990, le prix moyen du café, selon l'International Coffee Organization (ICO), était d'environ 1,2 dollar

---

1. Les chiffres cités ici proviennent de l'une ou l'autre des trois sources suivantes : G. de Boeck, *Café commerce. La bourse ou la vie*, Wavre, Belgique, Magasin du Monde-Oxfam, décembre 2002 ; *Une tasse de café au goût d'injustice*, Oxfam international, septembre 2002 ; Stefano Ponte, *The Late Revolution? Winners and Losers in the Restructuring of the Global Coffee Marketing Chain*, CDR Working Paper, juin 2001, Center for Development Research, Copenhague.

par livre de grains achetée au producteur local. Il est tombé à moins de 50 *cents* aujourd'hui.

94 % du café quitte les pays producteurs sous forme de « grains verts », c'est-à-dire de grains non encore torréfiés, l'opération de la torréfaction s'effectuant en dehors du pays producteur. Le marché mondial est dominé par une poignée de sociétés transcontinentales, de celles que Noam Chomsky appelle les « gigantesques personnes immortelles ». Elles décident, en effet, de la vie et de la mort de dizaines de millions de familles paysannes réparties dans plus de soixante-dix pays, du Brésil au Vietnam, du Honduras à l'Éthiopie. La première d'entre ces « gigantesques personnes immortelles » est le trust agroalimentaire Nestlé[1].

Le nombre des seigneurs du marché mondial du café ne cesse de diminuer. Une guerre impitoyable fait rage parmi eux, les plus gros avalant les plus petits. En 2004, les cinq plus puissants seigneurs se nomment : Nestlé, Sara Lee, Procter and Gamble, Tchibo et Kraft (propriété de Philip Morris). Ensemble, ils achètent en moyenne annuelle plus de 45 % de la production mondiale de café brut, toutes catégories confondues. En outre, ils dominent presque totalement la torréfaction, la transformation et la commercialisation du café.

Dans les supermarchés européens, le consommateur est confronté à une offre extrêmement diversifiée de marques de café soluble, de café moulu ou en grains. Mais les principales d'entre elles appartiennent en fait à l'une des cinq sociétés transcontinentales. Maxwell et Jacobs appartiennent à Kraft ; Nescafé et Nespresso à Nestlé ; Procter and Gamble possède la marque Folgers ; Sara Lee, Douwe Egberts. Quant au géant Tchibo, il commercialise les marques Tchibo et Eduscho.

---

1. Cf. pp. 301-309.

Et tandis que la faim, la sous-nutrition, les amibes, la tuberculose ravagent les enfants de Marta Shallama, le chiffre d'affaires et les profits nets des seigneurs du café explosent. Les profits de Sara Lee ont ainsi augmenté de 17 % en 2000 (année où les prix d'achat aux producteurs ont commencé à s'effondrer). Ceux de Nestlé se sont accrus de 26 %. Quant à Tchibo, 2000 a été l'année la plus profitable de toute son histoire : ses profits nets ont augmenté de 47 %.

Pendant plus de trente ans, le marché du café a été régulé par un *International Coffee Agreement* (ICA). Grâce à lui, les principaux États producteurs et les géants de l'agroalimentaire espéraient assurer des prix relativement stables aux paysans. Outre les manœuvres spéculatives à Chicago, les aléas climatiques (des récoltes abondantes sur un continent telle année, catastrophiques l'année suivante), les ravages opérés par certaines maladies des buissons, et maintes autres causes étaient responsables des variations constantes des prix. Seule solution : la régulation artificielle de ceux-ci. Mais comment s'y prendre ?

L'ICA fixait des quotas d'exportation stricts aux pays producteurs. Pour ce faire, elle s'inspirait de la méthode mise au point par l'Organisation des pays producteurs de pétrole, l'OPEP. Ces quotas à l'exportation garantissaient une variation limitée du prix, entre 1,20 et 1,40 dollar par livre de café brut.

Mais en 1989, l'ICA a été liquidé par les sociétés transcontinentales du café. Pour quelles raisons ? Oxfam apporte la réponse.

Le café est produit par des paysans généralement pauvres, mais habitant des pays dont l'importance géostratégique est considérable. Aussi longtemps qu'a duré la bipolarité de la société planétaire, autrement dit que se sont affrontés sur la planète deux systèmes économiques et politiques antinomiques, il a fallu à tout prix éviter que les millions de familles de cultivateurs ne succombent à la tentation du vote ou de l'adhésion communistes. Les cosmocrates vivaient, en effet, comme un cauchemar la menace constante de voir un Brésil, une Colombie, un Salvador, un Rwanda adhérer au bloc soviétique. Et la stabilisation artificielle des prix d'achat au producteur, à travers les mécanismes compliqués de l'ICA, devait conjurer cette menace. Mais en 1989, les frontières occidentales de l'empire soviétique se sont écroulées. Bientôt, l'Union soviétique elle-même allait se défaire. Dans ces conditions, l'ICA n'était plus d'aucune utilité. C'est ainsi que le marché mondial du café est désormais exclusivement soumis au droit du plus fort. C'est-à-dire celui des cinq plus grosses sociétés transcontinentales.

Awassa est la capitale du Sidamo. Dans cette ville, les paysans vendaient leur sac de 60 kilos de grains de café arabica pour le prix de 670 birrs en l'an 2000. En 2004, ce prix était tombé à 150 birrs.

Dans la région, 2,8 millions de familles vivaient exclusivement du café. Et le Sidamo était prospère jusqu'en 2000 : ni la sécheresse meurtrière de 1973 ni celle de 1984 ne l'avaient touché. Mais aujourd'hui, les revenus du café ne couvrent plus, et de loin, les frais de production. Récolter à la main, un à un, des grains de café – qui mûrissent au rythme de la nature – exige une dextérité, une énergie et un savoir-faire considérables. Pourtant, ce travail n'est plus aujourd'hui rémunéré.

Ne gagnant plus rien, les familles paysannes ne sont plus en mesure d'acheter sur le marché local ce dont elles ont besoin pour survivre (l'huile de cuisson, les médicaments, le sel, les vêtements, etc.).

Les conséquences sur la scolarisation des enfants sont, on le devine, catastrophiques, quand on sait qu'envoyer un enfant à l'école coûte 20 birrs à une famille pendant un semestre : ni les livres ni l'uniforme scolaires ne sont gratuits. C'est ainsi qu'aujourd'hui les écoles se vident.

Ceux d'entre les paysans qui possèdent leur maison la revendent et partent en ville. Ils n'y trouveront pourtant pratiquement jamais un travail régulier et dignement rémunéré. Et la prostitution, la mendicité seront bientôt les principales sources de revenu de ces familles paysannes ruinées. Dans bien des cas, elles seront finalement détruites par la misère.

Hans Joehr est le directeur de la division « Agriculture » chez Nestlé. Mieux que la plupart des gens, il sait la violence qui s'abat sur les cultivateurs de café. Il en éprouve d'ailleurs du regret. Mais il l'attribue aux « forces globales du marché ».

Les spéculations de Nestlé (et des autres trusts de l'agroalimentaire) sur les prix de l'arabica et du robusta ? Joehr n'en a jamais entendu parler. Non, il insiste : ce sont des forces objectives qui, à l'insu de tous, meuvent les marchés. Les hommes n'y ont aucune part.

Mais Hans Joehr compatit avec les victimes et voudrait les aider. Sa proposition est lumineuse : des 25 millions de familles productrices de café existant aujourd'hui dans le monde, 10 millions au moins « doivent accepter de disparaître ». Il s'agit, on l'aura compris, d'« assainir » le marché.

Joehr conseille la « disparition » aux hommes et aux femmes excédentaires.

Oui, la disparition[1].

---

1. Hans Joehr, cité *in* Bernard Herold, « Nestlé : Initiative zur Nachhaltigkeit », in *Kaffee fertig? Wie die Kaffeekrise die Kleinbauern in den Ruin treibt*, édité par La Déclaration de Berne, ONG, Zurich, 2003.

III

La résistance

Personne n'est propriétaire de sa terre en Éthiopie. Traditionnellement, on n'en a que l'usufruit. Les moines dans leurs forteresses au sommet des montagnes et les prêtres séculiers – généralement pères de famille, portant le long bâton muni d'une croix en cuivre et le turban blanc – ne font pas exception. Ils travaillent leurs lopins sous le même soleil implacable, sous le même vent incessant que leurs paroissiens.

Dans certaines régions du pays, notamment au Wollo et au Tigré, le gouvernement fait aujourd'hui un pas timide vers la privatisation des terres agricoles : il organise la « certification » des lopins, autrement dit l'enregistrement des usufruitiers, sous la pression de la Banque mondiale.

Le refus par le gouvernement d'instaurer la propriété privée est dicté par l'histoire. Depuis la nuit des temps, et jusqu'au renversement du dernier empereur, un matin de septembre 1974, l'Éthiopie a vécu sous un régime féodal féroce. D'origine essentiellement amharique, l'aristocratie était, conjointement avec les monastères et les évêques, le propriétaire presque exclusif de la terre arable, des bois, des cours d'eau et des pâturages.

Les ras (princes), seigneurs et abbés amhariques prélevaient sur la récolte des paysans, selon les régions, jusqu'aux deux tiers des grains pour leur commerce et leur usage personnel[1]. Ces prélèvements ruinaient les producteurs, quand bien même ils fournissaient aux classes féodales les moyens de développer une culture picturale, architecturale, littéraire admirable. Sous l'empire, pratiquement tous les paysans étaient des métayers.

Le souvenir de la féodalité rurale et de ses prélèvements iniques habite profondément la mémoire collective. La révolution de 1974, rapidement confisquée par une clique militaire conduite par le colonel Hailé Mariam Mengistu, se réclamant du marxisme, nationalisa toutes les terres. Mais le Front populaire de libération du Tigré qui, en mai 1991, combattit victorieusement, au nord d'Addis-Abeba, les derniers régiments fidèles à Mengistu, a maintenu la propriété collective de la terre.

Belay Ejigu est ministre de l'Agriculture. C'est un gros homme, jovial et tonitruant. Depuis près d'une heure déjà, nous discutons calmement, autour de la tasse de café rituelle, des multiples problèmes auxquels est confrontée la production agricole en Éthiopie. Je suis accompagné de deux collaborateurs, spécialistes de la question agraire. Lorsque j'aborde le problème de la propriété privée de la terre, le ministre se dresse dans son fauteuil, frappe soudain la table basse. Il crie : « Jamais ! Vous entendez ? Jamais nous ne livrerons la terre aux spéculateurs ! » L'argument du ministre se défend : pour des paysans vivant en permanence au

---

1. Voir Alan Hobben, *Land Tenures among the Amhara of Ethiopia*, Chicago, University of Chicago Press, 1973 ; Mesfin Wolde Mariam, *Rural Vulnerability to Famine in Ethiopia, 1958-1977*, Vikas Publishing House, en collaboration avec l'Université d'Addis-Abeba, 1984.

bord de la famine, la tentation serait grande de vendre leur lopin au premier marchand somalien ou yéménite venu…

82 % des Éthiopiens vivent dans l'extrême pauvreté[1]. 50 % des enfants de moins de cinq ans sont affectés d'un poids anormalement bas (*underweight*, selon les critères de l'UNICEF). En 2006, 59 % de tous les décès d'enfants de cinq ans sont dus à la sous-alimentation. Entre 1997 et 2000, la mortalité infantile a augmenté de 25 %.

Les Éthiopiens ont la consommation de calories la plus basse de tout le continent africain : 1 750, en moyenne, par individu adulte et par jour. Les déficiences en iode, en fer et en vitamine A sont sévères[2].

69 % de tous les Éthiopiens sont exclus de l'accès permanent à une eau potable propre. À la campagne, la proportion atteint 76 %. J'ai vu les enfants du Sidamo boire sans précaution dans la rivière l'eau brune, stagnante, où s'ébattaient les bœufs, où urinaient les porcs noirs. Sur les plateaux du Centre et du Nord, des millions de femmes et de jeunes filles parcourent quotidiennement 10 kilomètres ou plus pour atteindre un ruisseau ou un puits puis rapporter à la maison les lourds seaux remplis d'eau[3].

2 millions d'Éthiopiens sont infectés par le virus du sida, ce qui est, rapporté à la population, l'un des taux les plus élevés au monde, après ceux de l'Inde et de l'Afrique du Sud.

---

1. C'est-à-dire avec moins de 1 dollar par jour (Banque mondiale, *Country Assistance Strategy for Ethiopia*, Washington, 2003).

2. FAO/PAM, *Crops and Food Supply Assessment Ethiopia*, Rome, 2004.

3. Feinstein International Famine Center, *Risk and Vulnerability in Ethiopia*, New York, 2003.

L'espérance de vie, femmes et hommes confondus, est de 45,7 ans. 2,9 % seulement de la population atteint l'âge de 65 ans.

40,3 % de tous les Éthiopiens de plus de 15 ans sont analphabètes. 12 % seulement de la population a accès aux soins médicaux.

Les femmes et les jeunes filles, souvent d'une beauté éblouissante, souffrent d'une discrimination sexuelle et sociale cruelle. Dans pratiquement toutes les ethnies, on pratique le mariage des filles à peine pubères. Le premier rapport sexuel intervient souvent dès la première menstruation venue. La très jeune fille devient mère dès l'âge de 12, 14 ou 15 ans. À 25 ans, elle aura déjà mis au monde entre 8 et 10 enfants…

La femme éthiopienne est triplement exploitée : à la maison, aux champs et sexuellement. Une fille de 15 ans, mariée de force, ne recevra jamais, bien entendu, une formation scolaire complète. Elle ne vivra jamais une adolescence lui permettant de nouer librement des amitiés, de découvrir le monde, de se construire une personnalité autonome. De la case du père où, ensemble avec sa mère et ses sœurs, elle accomplit les travaux ménagers les plus durs, elle passera directement aux travaux forcés imposés par le mari.

L'UNICEF a réalisé une enquête dans les régions orientales du pays, là où sont installés les clans d'origine somalienne : l'infibulation y mutile plus de 70 % des jeunes filles. Dans les autres régions, l'excision domine.

Le plus grand et le plus ancien hôpital pour femmes et enfants souffrant de fistules a été créé, il y a plus de trente ans, à Addis-Abeba par une femme médecin éthiopienne, aidée par des femmes britanniques. Il est aujourd'hui un modèle pour tout le continent, où les

étrangers, les habitants d'Addis-Abeba vont tous pauvrement vêtus, chaussés de sandales usées ou pieds nus. Beaucoup sont en haillons. Sous-alimentés, souvent invalides ou aveugles, des vieillards se traînent, appuyés sur leur bâton. Le passage d'un autobus public tient du miracle : le véhicule branlant est immédiatement pris d'assaut par la foule qui, souvent, attend depuis des heures sous la pluie.

Sur la crête des montagnes qui, à plus de 3 000 mètres d'altitude, encerclent le cratère, poussent des eucalyptus. Pendant la saison des pluies, cette région des plateaux du Centre est d'une beauté inouïe : de lourds nuages traînent au-dessus des collines, contrastant avec le vif éclat des fleurs, la terre ocre et grasse d'où monte une vapeur légère. L'air est chargé des odeurs les plus diverses. Dès que le tonnerre se met à gronder et les éclairs à zébrer le ciel, annonçant une nouvelle trombe d'eau, les passants se réfugient précipitamment, en riant, vers des abris de fortune, généralement l'un des innombrables troquets/bordels qui bordent les rues.

Vers 19 heures, le jour décline. Lentement, le crépuscule s'installe. Dans le parc de la cathédrale Saint-Georges, une cloche retentit. La foule des mendiants s'agite, ondule comme une eau calme brusquement dérangée par le vent. Les mendiants, accompagnés de leurs enfants, se lèvent précipitamment et se dirigent, à travers l'escalier monumental, vers le portail. Ils glissent sans bruit le long des piliers, sous les hautes voûtes. De ces milliers de gorges un murmure s'élève, celui de la prière. Les Éthiopiens, aussi pauvres et démunis soient-ils, sont des êtres d'une grande dignité, d'une pudeur et d'une discrétion impressionnantes. La prière terminée – elle dure deux, trois heures selon les lieux –, une rangée de prêtres se poste devant l'autel principal.

Ce sont de vieux dignitaires à la barbe fine, portant de longues robes de soie noire, des souliers ornés de broderies d'or. On aperçoit aussi de jeunes diacres au regard intense. La cloche tinte à nouveau : les prêtres élèvent, à hauteur des yeux, la double croix des coptes. Les prêtres étendent leur bras droit à mi-corps, la croix tournée vers la foule, d'un geste empreint de dignité. Pas un mot. Leurs regards se perdent au-dessus de la foule, dans la pénombre de la cathédrale. Quelques cierges donnent une lumière incertaine. La foule défile. Chacun, l'un après l'autre, baise la croix. Puis, parvenu à la hauteur du dernier prêtre, il dépose sur un plateau d'argent la plus grande partie des quelques sous mendiés pendant la journée.

La nuit, maintenant, a envahi la cathédrale. Les derniers cierges se consument. D'un pas traînant, les derniers mendiants, les plus âgés, se retirent. Des gardiens arrivent, frappant les dalles de marbre de leur bâton clouté afin d'accélérer le départ des retardataires. Avec un bruit sec, le lourd portail du sanctuaire se referme ; puis on le verrouille pour la nuit. Dehors, la pluie s'est remise à tomber. Des vieillards, des orphelins, des familles entières s'installent pour dormir. Dans la boue, le brouillard, le froid. Des groupes d'enfants pouilleux, en haillons, s'agglutinent près du mur d'enceinte – puis s'assoupissent doucement. Certains mourront cette nuit encore.

La sécheresse et les autres catastrophes climatiques, l'érosion des sols, leur épuisement sont des phénomènes naturels. Pas les famines ! Pourquoi les famines ? L'agriculture éthiopienne compte parmi les moins productives du monde. J'ai voyagé pendant des semaines sur les pistes du Nord et du Sud. Pendant sept heures d'affilée entre Addis-Abeba et Awassa, je n'ai pas vu un seul tracteur. La technologie contemporaine est presque totalement absente des plateaux – et même des basses terres. La charrue porte souvent encore un socle de bois. Tirée par deux bœufs fatigués que les paysans se louent les uns aux autres, elle doit passer cinq ou six fois sur le sol pierreux afin de parvenir à le retourner et à le rendre accueillant à la semence.

Les engrais sont rares. Il faudrait les acheter auprès de l'État au prix du marché mondial. Peu de paysans en ont les moyens monétaires. Or, le sol s'appauvrit à vue d'œil. Chaque nouvelle sécheresse détruit un peu plus la mince couche d'humus…

Jean-Claude Esmieu, l'énergique chef de la mission de l'Union européenne à Addis-Abeba, m'explique : la majeure partie des familles, victimes survivantes de l'atroce famine de 1984, n'ont à ce jour pas encore récupéré leur niveau (social, économique) et leurs capacités productives d'avant la catastrophe.

Quelques routes militaires au Tigré et l'axe asphalté d'Addis-Awassa exceptés, les infrastructures routières sont quasiment inexistantes. En moyenne nationale, les villages sont situés à près de 10 kilomètres du chemin carrossable le plus proche. Dans nombre de régions, atteindre le marché le plus proche tient de l'exploit.

L'Éthiopie est le château d'eau de l'Afrique orientale. Outre le Nil Bleu, douze fleuves considérables y prennent leur source. En 2003, Belay Ejigu et ses ingénieurs du génie rural avaient même prévu d'irriguer 4 000 hectares de terres. Ils n'ont réussi à en irriguer que le quart, soit 1 000 hectares. Pourquoi ? Par manque d'argent. Mais aussi, il est vrai, parce que les paysans regardent avec méfiance les plans d'eau, les réservoirs, les canaux. Les mouches tsé-tsé s'y fixent. « Les canaux apportent la mort », me dit un paysan d'Addigrat.

En bref, l'agriculture de subsistance éthiopienne n'assure qu'une vie précaire. Selon les chiffres que me donne Jean-Claude Esmieu, qui depuis trente ans dirige, avec détermination et talent, des délégations de l'Union européenne en Afrique, en 2006, près de 53 % des fermes éthiopiennes ne sont pas véritablement viables.

Or, malgré ce concours d'adversités, la société éthiopienne est debout. La détermination, la volonté de survivre, la dignité dont font la preuve tant de paysannes et de paysans rencontrés m'ont même profondément impressionné. Quel est le secret de cette endurance ?

Un réseau dense d'associations, qui irrigue la société. Il en existe des milliers, de divers types : associations de voisinage, réunissant leurs membres autour de la fameuse cérémonie du café ; associations d'entraide économique, organisées autour des métiers ; associations religieuses vouées à un saint particulier (chrétien ou musulman) ; association des chasseurs karos, tenant plus de la société secrète que du Code civil ; association de paysans gérant en commun tel puits ; société d'utilité publique assurant la bonne marche des services publics (ordures, etc.) d'un *kebele* (quartier urbain), etc.

Trois types d'associations sont particulièrement importants. On les rencontre partout, ou presque : l'*idir*, l'*iqub* et le *deba*.

L'Idir est l'association funéraire. Dans la vie sociale et dans l'imaginaire collectif, la mort occupe une place tout à fait centrale. Elle est très fortement ritualisée. Les funérailles sont un grand moment dans la vie sociale des vivants. Une famille qui perd l'un des siens est obligée d'inviter pour la veillée, qui durera sept jours, toute sa parenté proche et lointaine, ses voisins, les collègues de travail du défunt. La même cérémonie, avec les mêmes invités, recommencera après quarante jours, puis une année plus tard.

La famille en deuil tire réconfort et consolation de cette présence massive. La foule est recueillie, discrète. Elle entoure les survivants, leur parle à voix basse. Pendant sept jours et sept nuits, un murmure étouffé, constant, remplit l'enclos. Mais les funérailles coûtent cher. Certes, les tombes chrétiennes sont généralement d'une grande simplicité. Les sépultures musulmanes aussi. Ce qui grève durement le budget familial, en revanche, ce sont ces interminables repas de deuil qu'il faut offrir aux consolateurs. L'Idir fait ainsi fonction de caisse de prévoyance en cas de décès. Les hommes et les femmes y cotisent dès leur adolescence, et pendant toute leur vie active, afin d'être en situation de recevoir, à l'heure de la mort d'un proche, l'argent nécessaire à la couverture des frais funéraires.

En 2003, les pluies étant tombées presque normalement, la vie économique a repris. J'ai été témoin de deux cérémonies funéraires organisées dans la région de Gueralta, au début du mois de mars 2004. Rassemblant plusieurs milliers de personnes chacune, on y prenait congé de défunts morts et enterrés, l'un depuis dix ans, l'autre douze. Pourquoi ce retard ? Parce que, les années précédentes ayant été marquées par une disette aiguë, les cotisations n'étaient pas rentrées en volume suffisant. Les caisses des idirs étaient vides – et les cérémonies d'adieux n'avaient pu avoir lieu.

L'Iqub est un type d'association qui joue le rôle d'une banque. Car il n'existe pas d'établissements bancaires à proprement parler en zones rurales (ni banque de développement, ni crédit agricole, ni aucun institut au service des paysans), et c'est pourquoi, dans les campagnes et dans les *kebele* sévissent les usuriers.

L'Iqub assure en fait un réseau de microcrédit. On y emprunte une somme modeste pour acheter deux ou trois poules, un âne, des semences, les briques pour la maison… Les experts européens et américains du PNUD sont émerveillés : les débiteurs remboursent régulièrement malgré la misère et toute cette adversité. Les débiteurs paient le plus souvent les intérêts et le remboursement du principal au jour et à l'heure fixés.

Andreas Eshente, philosophe de profession, a passé la moitié de sa vie d'exilé aux États-Unis. D'une grande vivacité, il ne ménage pas ses critiques à l'égard du gouvernement. Aujourd'hui, il est recteur de l'Université d'Addis-Abeba. Outre celle de la capitale, dont le rectorat et la faculté de droit sont installés dans un ancien palais d'Hailé Sélassié, l'Éthiopie compte sept universités régionales. Le nombre total d'étudiants s'élève à 60 000. 16 % seulement d'entre eux sont des filles. Quant à l'Université d'Addis-Abeba elle-même, elle abrite 12 000 étudiants.

Andreas Eshente a mis au point un système astucieux. Les étudiants financent eux-mêmes leurs études (y compris les frais de subsistance et de logement) par le biais d'un crédit concédé par l'Université. Tous les bénéficiaires du prêt s'engagent à rembourser, au cours des sept premières années de leur vie professionnelle, 42 % au moins de leurs frais d'études. Le système fonctionne à la perfection. Les défauts de paiement sont presque inexistants. Car c'est l'un des traits les plus marquants de la civilisation éthiopienne : on y est fidèle à la parole donnée. C'est ainsi que les Éthiopiennes et les Éthiopiens paient scrupuleusement leurs dettes.

L'Iqub comme l'Idir existent depuis la nuit des temps. Aucun des maillons de ce réseau de microcrédit n'a encore fait faillite (du moins à la connaissance des experts du PNUD qui m'en ont parlé).

Le Deba est l'association qui s'apparente le plus à un syndicat ou à une organisation corporatiste. Les cultivateurs du café, les travailleurs du cuir y défendent ensemble leurs intérêts corporatistes contre les fonctionnaires de l'État, les spéculateurs et les marchands.

Toutes ces associations, quel que soit le nombre de leurs membres ou les buts sociaux qu'elles poursuivent, sont dirigées par des assemblées où tous les « chefs de ménage » jouissent de droits identiques. Lorsqu'un groupement est trop étendu – la société d'utilité publique de tel *kebele* d'Addis-Abeba, de Dire Dawa, de Harar ou d'une autre ville importante –, c'est une assemblée de délégués se réunissant périodiquement qui prend les décisions, approuve les comptes et planifie les activités futures. La démocratie de base et une solidarité sociale rigoureuse sont les deux secrets de la permanence et de l'efficacité, tant psychologiques que sociales, de tous ces réseaux d'entraide.

Partout, dans le tiers-monde, les grandes cultures ancestrales, bien que mises à mal par la rationalité marchande, offrent aux populations un réservoir précieux de sens. La mémoire collective, les structures étendues de parenté, les cosmogonies singulières, les multiples obligations de solidarité entre les êtres apportent cohérence et sûreté de soi aux sociétés du Sud. Le cas éthiopien en témoigne. Pourtant, en dépit de son extraordinaire vitalité, de sa résistance, de son courage aussi, le peuple éthiopien est aujourd'hui à bout de forces.

La dette est en train de l'étrangler lentement.

Le service de la dette a coûté 167 millions de dollars à l'État éthiopien, en 2006 : c'est plus que toutes les dépenses effectuées en une année pour l'ensemble des services de santé nationaux, provinciaux et municipaux. 12 % du revenu national brut ont été ainsi absorbés pour servir les intérêts de la dette. Du coup, 6 %

seulement du revenu national ont été investis dans les engrais, l'irrigation, le génie rural ou la commercialisation des produits agricoles.

À quand un peu de bonheur pour le peuple éthiopien ? En tout cas pas aussi longtemps que subsistera la dette.

QUATRIÈME PARTIE

Brésil : les voies de la libération

I

Lula

Une formidable révolution démocratique, anticapitaliste et pacifique est en cours au Brésil. De son issue dépend non seulement le destin d'un peuple de 180 millions d'âmes, mais celui d'un continent tout entier. Dans une large mesure, elle décidera également de l'avenir du mouvement démocratique, populaire et anticapitaliste mondial.

Comme la plupart des nations d'Amérique latine, le Brésil souffre de la mainmise des sociétés transcontinentales privées. Sa dette extérieure, de plus de 240 milliards de dollars, représente 52 % du produit intérieur brut. Plus de la moitié de la richesse nationale du pays (industries, commerces, mines, terres, routes, barrages) appartient aux seigneurs du Nord.

Cette révolution est presque entièrement ignorée en Europe. Et son issue est incertaine.

On se souvient de la scène centrale de *La Vie de Galilée*, la pièce de Brecht. Elle se déroule le 22 juin 1633 à Rome : ce jour-là, Galilée affronte le tribunal de l'Inquisition et le cardinal Bellarmin. Pendant ce temps, au palais de l'ambassadeur de la République de Florence, Andrea Sarti, le disciple, Federzoni, l'ouvrier, et Virginia, la fille, discutent des événements. Ils débordent d'admiration pour Galilée, leur héros qui, dans leur esprit, fait changer le cours de l'histoire, apportant au monde la lumière de la science. Tout à coup, Galilée apparaît sur le seuil. Il est fatigué, à moitié aveugle. À l'enthousiasme des présents, il oppose cette parole : « Malheur au pays qui a besoin de héros[1]. »

Brecht a évidemment raison. Il n'en reste pas moins qu'une mystérieuse dialectique existe entre des personnes singulières et le peuple, entre certaines volontés subjectives et la conscience collective. Dans certaines situations conjoncturelles, cette dialectique peut infléchir le cours des événements.

Sans Luiz Inácio Lula da Silva – sa trajectoire intime, son histoire familiale, ses souffrances personnelles, son obstination –, l'actuel processus révolutionnaire brésilien n'aurait pas pris la direction qu'on lui connaît aujourd'hui. Et c'est avant tout la voix et le destin de Lula que ce chapitre explore[2].

En ces mois de l'été austral, de rares orages éclatent sur les hauts plateaux de Goiás. Soudain, le ciel se couvre d'une couche épaisse de nuages sombres. Quelques instants plus tard, le plafond noir du ciel se déchire. Il libère un déluge. La terre rouge des sentiers et des jardins se transforme alors en une boue épaisse qui emprisonne le pied du marcheur. Mais le fracas et les éclairs ne durent que peu de temps. Rapidement, la lumière dorée de l'après-midi est de retour sur le toit cuivré de la cathédrale. Elle illumine les flaques d'eau constellant l'esplanade du Planalto, le palais pré-

---

1. Texte original : « *Nein, unglücklich das Land, das Helden nötig hat.* » *In* Bertolt Brecht, *Das Leben des Galilei*, Francfort-sur-le-Main, Suhrkamp Verlag, 1978, p. 532 (*Gesammelte Stücke*).

2. Je me réfère ici essentiellement à mes notes personnelles, prises non pas durant mes conversations avec Lula, mais établies généralement le jour même.

sidentiel, et fait briller les carrosseries des somptueuses limousines noires qui glissent le long des avenues.

Le soleil rouge descend derrière les silhouettes de béton et de verre. À Brasília, en été, la nuit tombe dès 19 heures. Dans le vaste bureau du président de la République, où des raies rouges percent les lamelles des stores, l'audience dure déjà depuis plus de deux heures. Luiz Inácio Lula da Silva parle de son enfance et de son adolescence, marquées par les privations et par la faim.

Râblé, l'œil brillant, souvent ironique, il fixe avec attention ses visiteurs. Son visage buriné de *Nordestino* solide et patient est mangé par une barbe grise. Sa voix est chaleureuse. De sa main gauche mutilée – il lui manque un doigt – il souligne par de vastes mouvements l'une ou l'autre des paroles qu'il vient de prononcer et qui lui paraissent particulièrement importantes. Son caractère est d'abord fait de détermination et de tendresse. C'est un homme profondément sympathique.

Au Brésil, 2 % des propriétaires possèdent 43 % des terres arables. Beaucoup de ces terres sont laissées en friche ou exploitées de façon irrégulière : selon l'Institut national de la colonisation et de la réforme agraire (INCRA), environ 90 millions d'hectares de terres arables ne sont pas cultivés. Le *latifundium* archaïque, hérité de l'époque coloniale, coexiste avec l'exploitation agricole (et d'élevage) moderne, dotée de capitaux considérables et d'une mécanisation efficace. Nombre de ces très grandes propriétés sont gérées par des sociétés transcontinentales privées, souvent d'origine américaine, japonaise ou européenne.

Mais, tandis que le Brésil est aujourd'hui l'un des exportateurs de céréales les plus importants du monde, des dizaines de millions de ses habitants sont gravement et en permanence sous-alimentés.

Lula est né, en 1945, dans le petit bourg de Caetes, district de Garanhuns, État de Pernambouc. Comme des millions d'autres familles peuplant les terres sèches du Nordeste, ses parents vivaient en économie de subsistance précaire, cultivant leur petit lopin, habitant dans une cabane et louant leur force de travail aux latifundiaires du bourg, à l'occasion de la récolte de la canne à sucre.

Aristide Inácio da Silva et sa femme Euridice Ferreira de Melo, appelée dona Lindu, ont eu huit enfants. Lula fut le dernier.

Hier comme aujourd'hui, au Pernambouc, vingt-sept familles contrôlent 25 millions d'hectares de terres rouges. La plupart de ces familles descendent en droite ligne des anciens clans esclavagistes et féodaux qui avaient reçu leurs titres de propriété des mains des rois du Portugal, aux XVIe et XVIIe siècles. L'État compte 80 millions d'hectares arables. Or, les plantations de canne à sucre, ainsi que les *enghenos* (moulins à sucre) des grands propriétaires latifundiaires, monopolisent les terres les plus fertiles.

L'océan vert de la canne à sucre commence à moins de 50 kilomètres de Recife. La terre rouge, grasse et fertile où pousse la canne est la malédiction du peuple. Elle entoure comme un cercle de fer les villages et les petites cités de l'intérieur. Car les plantations de canne empêchent les cultures vivrières. Du coup, au Pernambouc, plus de 85 % des aliments courants sont importés. La mortalité infantile y est l'une des plus élevées au monde (proche de celle de Haïti)[1]. Des cen-

---

1. Aujourd'hui, la mortalité infantile est presque aussi importante qu'en 1945, année de naissance de Lula : en 2006, sur 1 000 enfants nés vivants, 119 sont morts avant l'âge de 5 ans.

taines de milliers d'enfants sont invalides dès leur plus jeune âge. Le manque de protéines empêche le développement normal des cellules du cerveau.

Les latifundiaires, eux, vivent somptueusement dans leurs palais de Recife, leurs *fazendas* de rêve, leurs appartements de front de mer d'Ipanema à Rio de Janeiro – ou de l'avenue Foch à Paris.

Au Brésil, on dénombre 4,8 millions de travailleurs ruraux « sans terre ». Beaucoup d'entre eux sont sur les routes, ces hommes louent leur force de travail comme travailleurs migrants, ils n'ont souvent pas de domicile fixe. D'autres habitent des villages, des bourgs ruraux, ou vivent en bordure des grandes propriétés, dans des cabanes. Ils ont accès, dans ce cas, à un minimum de services sociaux.

Le Centre et le Nord-Est brésiliens, en particulier, sont familiers de la figure du *boia frio*. Le matin de chaque jour de la semaine, les travailleurs sans terre affluent sur la place poussiéreuse du bourg. Les *feitores*, contremaîtres des latifundiaires, viennent choisir parmi eux ceux qui, durant un jour, une semaine, seront engagés pour un travail précis sur une propriété de la région. Avant de quitter sa cabane à l'aube pour se rendre sur la place où a lieu le recrutement, la femme du *boia frio* prépare une gamelle de haricots noirs, de riz, et de quelques patates. S'il est engagé par le *feitor*, le journalier devra travailler comme un « bœuf » (*boia*). S'il est refusé, il passera sa journée à attendre, à attendre sur la place, à l'ombre du séquoia, à attendre, attendre encore… Dans les deux cas, il mangera « froid » (*frio*).

Le père de Lula était un *boia frio*.

Lula avait 5 ans quand son père, miné par le désespoir, quitta sa famille. Il s'exila à Santos, le grand port sur l'Atlantique, dans l'état de São Paulo. Un voisin, possédant un transistor, lui avait appris que les autorités portuaires étaient en quête de débardeurs pour charger les sacs de café sur les navires et qu'elles promettaient de payer des salaires réguliers.

Le *latifundium* est une bête vorace. En 1952, Lula était un petit garçon trapu de 7 ans, aux cheveux noirs bouclés, au regard sombre. Les *pistoleiros* d'un grand propriétaire forcèrent dona Lindu à leur vendre le cabanon et le lopin, avec ses plantes de manioc et ses petits bananiers. Le prix ? 100 *reais*, l'équivalent à l'époque de 50 euros. Dona Lindu fit alors ce qu'avaient fait avant elle des centaines de milliers de mères de famille *nordestinas* tout au long des deux siècles écoulés : avec ses enfants, elle partit vers le sud, à la recherche de son mari.

On appelle *pau de ara* les individus en loques qui voyagent sans argent, avec pour toute richesse une gourde d'eau et quelques galettes de manioc, et qui se déplacent en s'accrochant au pont des camions en partance vers le sud.

De l'intérieur du Pernambouc jusqu'au littoral de São Paulo, le voyage dure treize jours. *Pau de ara* veut dire « griffes de perroquet ». Les voyageurs s'accrochent, tels des perroquets, aux sacs de sucre raffiné ou aux troncs de bois tropicaux empilés sur le véhicule… Pour prix du transport, les chauffeurs de camion se contentent généralement d'une ou de quelques bouteilles de *cachaça* ou d'une poignée de *reais*. Lors des arrêts nocturnes, comme les chauffeurs, les passagers *pau de ara* dorment emmitouflés dans des couvertures, près du camion, à même le sol.

Arrivés dans la *baixada* de Santos, Lula et José Ferreira da Silva, son frère le plus âgé, se mirent à la recherche de leur père. Ils errèrent dans les bidonvilles et sur les quais, interrogeant les dockers. Puis ils finirent par découvrir le domicile paternel : une jeune femme, avec ses deux petits enfants, les accueillit. Aristide Inácio da Silva avait tourné la page et fondé une nouvelle famille. Il refusera désormais tout contact avec Lula, dona Lindu et les autres membres de son ancienne famille.

Dans la biographie qu'il lui a consacrée, Frei Betto écrit : « Lula ne parlera plus jamais, à personne, de cette blessure[1]. »

En 1956, dona Lindu et les siens s'installent dans deux pièces sombres, derrière un bar, dans un quartier sordide de São Paulo. Les ivrognes et les locataires se partagent les uniques toilettes.

Lula raconte : « J'ai été un enfant heureux. Ma mère m'aimait. Elle était tout pour moi. Comment elle a réussi à nous nourrir et à assurer notre survie, je n'en sais rien[2] ! »

Dona Lindu travaille alors comme couturière, jour et nuit.

Deux souvenirs seulement témoignent de l'humiliation sociale subie par le jeune Lula. Le premier : « Nous n'avions pas de chaises à la maison pour faire asseoir les visiteurs. » Le second : « Vers 14 ans, un ami m'a offert mon premier billet de cinéma. Mais on me refusa l'entrée. Je n'étais pas assez bien habillé[3]. »

La misère est omniprésente. Minées par la sous-alimentation chronique, deux de ses sœurs meurent d'infections bénignes.

À 12 ans, Lula gagne son premier salaire dans une teinturerie. Il doit laver, repasser les vêtements, assu-

---

1. Frei Betto, *Lula, um operário na presidência*, São Paulo, Casa Amarela, 2003.
2. *Ibid.*
3. *Ibid.*

rer les livraisons. Plus tard, il travaillera comme garçon de course dans un bureau du centre-ville. À 14 ans, le miracle se produit. Grâce à son frère aîné, José Francisco, manœuvre dans une usine de São Bernardo do Campo, une cité industrielle de l'État de São Paulo, Lula décroche un poste d'apprenti dans une usine métallurgique. Il travaille de 7 heures du matin à 19 heures le soir. Tous les jours. Sauf le dimanche.

En 1964, à l'âge de 19 ans, il devient ouvrier tourneur aux usines Industria Villares de São Bernardo do Campo. Un jour, alors qu'il remplace un collègue sur une machine à découper les feuilles d'aluminium, la machine se dérègle : Lula y laissera le petit doigt de la main gauche.

C'est l'époque de la dictature militaire[1]. Celle-ci est entièrement au service des grandes sociétés multinationales étrangères et des oligarchies financières et latifundiaires locales. Les généraux répriment férocement les revendications salariales. La misère des couches populaires s'aggrave.

Les grèves sauvages se succèdent. Elles n'ont pas de direction politique solide puisque pratiquement toutes les organisations syndicales et démocratiques ont été détruites par la police secrète. Lula participe aux actions de résistance pacifiques et aux grèves.

Ses dons exceptionnels d'organisateur se révèlent à cette époque. Son intelligence aiguë, son extraordinaire vitalité l'imposent alors comme le leader naturel des métallurgistes, d'abord d'Industria Villares, puis de toutes les usines de São Bernardo do Campo. Mû par un profond sentiment de justice, Lula se tient toujours en première ligne de la lutte.

---

1. Elle a duré de 1964 à 1985.

Les patrons réagissent par le lock-out. Bientôt privé de tout revenu, Lula vit dans une effroyable pauvreté. Au cours de cette période intervient un second épisode dont Lula refusera toujours de parler. Devant Frei Betto, il n'a mentionné ce drame qu'en quelques mots, et n'y est jamais revenu.

Lula a alors une jeune épouse. Elle est enceinte, au huitième mois, de son premier enfant. Elle contracte une infection. La fièvre monte dangereusement. Elle souffre le martyre, délire toute une nuit. À l'aube, aidé d'un camarade du syndicat clandestin, Lula la conduit à l'hôpital public de São Bernardo do Campo. Le médecin de garde exige un dépôt d'argent. Ni Lula ni son collègue n'ont le moindre sou. Le médecin refuse l'admission. La femme et le bébé qu'elle porte mourront dans un corridor de l'hôpital.

À l'époque, l'archevêque de São Paulo, le cardinal Paulo Evaristo Arns, protège efficacement les prêtres ouvriers et les syndicalistes. Arns a créé un mouvement qui aura une influence décisive sur Lula et ses compagnons : la Pastoral Operária. Cette institution s'occupe de l'alphabétisation, de la formation intellectuelle et spirituelle des ouvriers, notamment des *pau de ara*, ces émigrés du Nordeste réfugiés dans l'aire métropolitaine de São Paulo.

L'après-midi du 13 mars 1979, dans le stade Vila Euclides de São Bernardo do Campo, plus de 80 000 métallurgistes en grève sont réunis. Selon les décrets en vigueur sous la dictature, cette grève est illégale. Les grévistes écoutent leurs dirigeants, dont un jeune barbu de 24 ans, Luiz Inácio Lula da Silva. Ils s'attendent à chaque instant à voir arriver les troupes de choc de la police fédérale et à assister à l'arrestation de leurs leaders.

Un homme frêle, à la soutane blanche, au crâne dégarni, s'approche alors du camion, dont le pont sert de tribune aux orateurs. Dom Claudio Hummes, évêque de São Bernardo, dit, d'une voix douce (et ses paroles sont répétées de rang en rang jusqu'au fin fond de l'immense stade) : « L'Église appuie la grève parce qu'elle la considère comme juste et pacifique. Elle espère que tous vous resterez unis autour de vos dirigeants librement élus… Je ne suis pas ici pour vous dire ce que les travailleurs doivent décider, mais pour appuyer les valeurs évangéliques que vous défendez… Par ma présence ici, je veux aussi éviter que vos familles souffrent des conséquences négatives de la grève[1]. »

La dictature se réclamant avec insistance des valeurs catholiques, il lui fut évidemment difficile de criminaliser cette grève.

En janvier 1980, à l'occasion d'une réunion clandestine de la Pastoral Operária, un homme exceptionnel croise le chemin de Lula : Carlo Alberto Libano Christo. En religion : Frei Betto. Né à Belo Horizonte en 1944, Frei Betto, prêtre dominicain, est un des principaux théologiens de la libération d'Amérique latine. De stature frêle, portant de grosses lunettes, l'œil malicieux, il est doué d'un humour corrosif et d'une volonté de fer. Frei Betto est de la même génération que Lula. Les deux hommes deviennent amis dès leur première rencontre.

Frei Betto sort alors de prison. Pour le mouvement populaire dont est issu Lula, il est une légende vivante. Pour comprendre celle-ci, quelques rappels sur l'histoire tumultueuse du Brésil du dernier quart du xxᵉ siècle sont indispensables.

---

1. Frei Betto, *Lula…, op. cit.*, p. 48.

À Rio de Janeiro, au temps de la dictature militaire, les tortionnaires des services secrets de l'aviation officiaient dans les hangars de la base aérienne Santos-Dumont, au centre de la ville. Ceux des services de la marine martyrisaient leurs victimes au sous-sol de l'état-major de la Marine, une vaste bâtisse blanche de huit étages située à quelques centaines de mètres de la Praça Quince et des salles de cours de l'Université Candido Mendes où il m'est arrivé d'enseigner.

Chaque nuit, les commandos de l'armée, munis de listes de suspects, circulaient en civil à Flamengo, Botafogo, Copacabana, et dans les interminables et misérables faubourgs de la *Zona norte*, là où s'étendent les cases sur pilotis des *favelas* et les quartiers ouvriers.

De l'embouchure de l'Amazone à la frontière uruguayenne, la résistance à la dictature était active. La plupart des étudiants, prêtres, professeurs et syndicalistes résistants – hommes et femmes – luttaient dans deux organisations différentes : l'Action de libération nationale, dirigée par Carlos Marighella[1], un magnifique mulâtre au courage indomptable, et Var-Palmarès (Vanguarda Revolucionária-Palmarès)[2]. Les deux organisations menaient la guérilla urbaine, surtout dans le Sud, s'immergeant dans les océans humains des mégapoles de São Paulo, Belo Horizonte, Porto Alegre et Rio de Janeiro. Leurs pertes étaient effroyables.

En 1969 déjà, la police secrète était parvenue à infiltrer à São Paulo un réseau d'Action de libération nationale. Sous la torture, un jeune homme, membre du réseau, avait avoué le lieu et l'heure du rendez-vous

---

1. Cristiane Nova et Jorge Nóvoa, *Carlos Marighella, o homem por trás do mito*, São Paulo, Éditions de l'Université d'État de São Paulo (UNESP), 1999.

2. Palmarès est le nom d'un *quilombo* célèbre du nord du Brésil, une république d'esclaves insurgés qui, au XVIIIe siècle, avait tenu tête pendant soixante-dix ans à l'armée portugaise et coloniale.

fixé par Marighella. Le 4 novembre au soir, dans un quartier de la périphérie, quatre-vingts agents du DOPS (département de l'ordre politique et social, le service secret de la police fédérale), mitraillette au poing, dressèrent l'embuscade. Carlos Marighella et ses deux adjoints furent abattus sur le trottoir.

Quatre prêtres dominicains avaient appartenu au réseau de soutien aux groupes combattants de Marighella dans l'aire métropolitaine de São Paulo : Tito, Lorendo, Yvo et Betto. Le lendemain de la mort de Marighella, la maison des pères dominicains, située dans le quartier de Perdice, à São Paulo, fut envahie par les agents du DOPS. Les quatre prêtres furent arrêtés, atrocement torturés et condamnés à de longues années de prison.

Tito connut un destin particulièrement douloureux. Peu après l'arrestation des dominicains, des combattants de la guérilla enlevèrent, à Rio de Janeiro, l'ambassadeur de Suisse. Ils négocièrent sa libération contre celle d'un certain nombre de prisonniers politiques, dont Tito. Tito et les autres détenus de la liste furent alors conduits à Cuba. De là, Tito rejoignit la maison des dominicains à Paris. Il y bénéficia d'une assistance psychologique, mais ne put jamais oublier les scènes d'horreur vécues à la prison Tiradentes de São Paulo. Des cauchemars le hantèrent. Il quitta Paris pour Lyon. Obsédé par ses souvenirs, il s'y suicida[1].

Quant à Frei Betto, il occupe aujourd'hui, au palais du Planalto, à Brasília, le bureau voisin de celui du chef de l'État.

---

1. Deux livres témoignent de ce destin : *Les pierres crieront*, écrit par des dominicains à partir des notes laissées par Tito ; Frei Betto, *Les Frères de Tito*, Paris, Éditions du Cerf, 1984.

Paradoxe. Le président de l'État qui couvre plus de la moitié du continent latino-américain et abrite la onzième économie la plus puissante de la planète ne se reconnaît aucune filiation politique précise !

À ma question, Lula éclate de rire : « Mes origines politiques ? Eh bien, je ne m'en souviens pas. J'aime prier. J'aime lire ce qu'écrit saint François d'Assise… Avant de manger, je fais le signe de la croix. J'ai eu trop souvent faim, vous savez… Le 1er mai, dans l'église Matriz de São Bernardo do Campo, je ne manque jamais la Missa do Trabalhador… J'aime voir le prêtre lever le calice et l'hostie au-dessus de l'assemblée et écouter ses paroles : "… ce vin et ce pain, fruits de la peine et du travail des hommes"… Quant aux théories politiques, il faut demander à Marco Aurelio ! »

Lula désigne du regard son conseiller pour les affaires internationales, assis sur le fauteuil en face de nous. Cruellement, il ajoute : « Nos brillants intellectuels connaissent toutes ces théories infiniment mieux que moi ! » Marxiste de haut vol, ancien professeur à l'Université de Paris-Vincennes, Marco Aurelio García se tient prudemment sur la réserve.

Pourquoi avoir fondé le Parti des travailleurs au tout début des années 1980 ? Lula a cette réponse surprenante : « Parce que pendant toute notre histoire, jamais les travailleurs n'avaient voté pour des travailleurs… Dans l'esprit des paysans et des ouvriers, des préjugés terribles paralysaient toute action autonome commune. » Dans un livre paru en 2002, Lula explique : « *… os preconceitos de classe embutidos nos corações e mentes dos próprios trabalhadores, induzidos a não acreditar en sua capacidade de se assumir como sujeito histórico.* » (« … des préjugés de classe, embusqués dans les cœurs et les esprits des travailleurs eux-mêmes, nous faisaient douter de notre capacité à nous comporter comme des sujets historiques »)[1].

Les travailleurs des classes dominées composent plus de 80 % de la population brésilienne. Mais pendant des siècles, ils ont intériorisé les préjugés formulés à leur égard par les classes dirigeantes : ils ont sincèrement cru à leur incapacité à se gouverner par eux-mêmes.

Cette époque est aujourd'hui bien révolue : le 27 octobre 2002, Luiz Inácio Lula da Silva a été élu président de la République fédérative du Brésil par plus de 52 millions de voix, le plus grand nombre de suffrages jamais obtenu par un président brésilien[2].

Le PT n'est pas un parti mais un front. Des mouvements sociaux, des chapelles intellectuelles, des syndicats, des organisations de base en tous genres – des groupes de femmes, des associations régionales, des mouvements religieux, etc. – le constituent. Un remarquable stratège veille à la bonne tenue démocratique du dialogue interne : l'ex-commandant de la guérilla José Dirceu… En 2004, José Dirceu est par ailleurs *ministro da Casa Civil*, l'équivalent, dans le système brésilien, du Premier ministre en France. Résistant légendaire, il fut arrêté par la police politique, puis échangé contre l'ambassadeur des États-Unis au Brésil enlevé par la guérilla. À Cuba, il subit des opérations de chirurgie esthétique. Pourvu d'une nouvelle identité et d'un nouveau visage, il revint au Brésil pour reprendre la lutte armée à l'intérieur de l'État de São Paulo.

---

1. Cf. « O perigo oculto das vanguardas intelectuais » (Le danger occulte qui émane des avant-gardes intellectuelles), *in* Candido Mendes, *Lula, a opção mais que o voto*, Rio de Janeiro, Garamond, 2002, pp. 211 *sq*.

2. Et le plus grand nombre de voix obtenu par un président démocratiquement élu, après Ronald Reagan, qui, à l'occasion de son second mandat, avait obtenu encore plus de suffrages.

Tous les principaux mouvements issus de la société civile, nés de la résistance à la dictature et aux régimes prévaricateurs et néolibéraux qui l'ont suivie, se reconnaissent dans le PT : la CUT (Centrale unique des travailleurs), le MST (Mouvement des paysans sans terre), l'ANAMPOS (Articulation nationale des mouvements populaires), et bien d'autres mouvements qui, ensemble, réunissent des dizaines de millions d'adhérents. La CUT, à elle seule, comprend plus de 20 millions d'ouvriers et d'employés.

Le réalisme du *Nordestino* habite Lula : « Nous sommes au gouvernement, pas au pouvoir, me dit-il. Pour changer les structures sociales d'un pays, ni un président ni un parlement ne sont suffisants. Il faut le peuple. » Sous-entendu : la victoire sur l'oligarchie interne et les vampires étrangers dépend de la mobilisation et de la détermination des mouvements sociaux, populaires et démocratiques.

Voici comment Luiz Inácio Lula da Silva échappa à la mort.

Dans la nuit du vendredi 18 avril 1980, il s'était rendu à l'hôpital Assuncia de São Bernardo do Campo, en compagnie d'Airton Soares, pour rendre visite à deux de leurs camarades blessés au cours d'une attaque de la police contre une permanence du syndicat.

Lula se savait sous surveillance policière et s'attendait à être arrêté d'un jour à l'autre. En le raccompagnant à son domicile, à 2 h 30 du matin, Airton lui proposa de le cacher dans le coffre de sa vieille Alfa Romeo et de l'évacuer vers une cachette située dans une ville de l'intérieur de l'État de São Paulo.

Lula refusa et rentra chez lui. Dans la petite maison de deux étages où il habitait avec sa deuxième épouse, Marisa, et leurs deux fils mineurs, dormaient, cette

nuit-là, sur le tapis du salon, Frei Betto et le syndicaliste Geraldo Sigueira.

Frei Betto raconte : « J'entendis le bruit typique des
voitures de police qui freinèrent brusquement devant la
maison [...]. Les agents crièrent le nom de Lula. Je mon-
tai en courant l'escalier du premier étage et frappai à la
porte de la chambre à coucher : "Lula, les hommes sont
là !" Dehors les agents criaient : "*Senhor Luiz Inácio !
Senhor Luiz Inácio ! Lei de Segurança Nacional !*"

« À peine sorti du sommeil, Lula ouvrit la porte de sa
chambre et me dit de ne pas me préoccuper des cris des
agents. Dona Marisa, en revanche, insista pour qu'il se
lève et s'habille. Je descendis. À travers la fenêtre du
rez-de-chaussée, j'aperçus six hommes en civil armés
de mitraillettes. Ils restaient plantés devant la porte. Je
remontai et dis à Lula : "Descends et demande à ces
hommes de te montrer leurs cartes de police."

« Lula descendit et ouvrit la porte.

« Les policiers montrèrent leurs cartes.

« Lula prit congé de sa femme et de ses amis. En
sortant, il dit : "*Olhem, cabeça fria*... Écoutez, gardez
la tête froide, occupez-vous de ma famille. Ce qui est
important, c'est d'aller jusqu'au bout de cette lutte."
Puis il sortit[1]. »

Au cours de cette même nuit, dans toute la ceinture industrielle de São Paulo, des centaines de syndicalistes, femmes et hommes, furent arrêtés. Mais les
agents commirent une erreur majeure : ils n'arrêtèrent
ni Betto ni Geraldo. Ils ne coupèrent pas non plus le
téléphone dans la maison. C'est ainsi qu'aussitôt après
que les voitures eurent disparu, les deux amis alertèrent
le cardinal Arns et l'évêque Hummes qui, à leur tour,
informèrent la presse étrangère. Amnesty International

---

1. Frei Betto, *Lula...*, *op. cit.*, pp. 61 *sq.*

adopta Lula comme prisonnier du mois. Et dès le mois de mai, la dictature dut céder : Lula fut libéré[1].

La première chose que Lula fit en rentrant à la maison, ce fut d'ouvrir les deux cages aux oiseaux suspendues dans le salon. Avec beaucoup de satisfaction, il regarda les canaris s'envoler par la fenêtre[2].

Le soir du 4 février 2003, assis en face du président dans son immense bureau du Planalto aux fauteuils rouges, je reviens sur ces événements. « Ils sont venus me chercher la nuit », me raconte le président. « Ils », c'était les hommes du commissaire Romeu Tuma, l'un des plus redoutables sbires de la dictature militaire. « Comme j'ai été soulagé », ajoute-t-il en souriant. Je ne comprends pas : la torture, les pires humiliations n'étaient-elles pas le lot des prisonniers politiques ? « Si, si, j'ai été soulagé, insiste Lula, je ne pensais pas être arrêté, j'étais persuadé que j'allais être abattu, comme tant de nos camarades, par les escadrons de la mort. »

---

1. En 1980, un tribunal militaire le condamna à trois ans et demi de prison pour « subversion », peine qu'il n'accomplit jamais, grâce à la mobilisation populaire.

2. Frei Betto, *Lula...*, *op. cit.*, p. 64.

II

Programa Fome zero

Au moment de l'entrée de Lula au palais du Planalto, le 1er janvier 2003, la situation sociale et économique du peuple brésilien était catastrophique : 53 millions de personnes seulement vivaient au-dessus du minimum vital. 80 millions étaient dans l'incapacité de s'assurer chaque jour 1 900 calories au moins, apport nutritionnel minimal selon l'OMS. 119 millions de gens vivaient avec un revenu inférieur à 100 dollars par mois.

Avec l'Afrique du Sud, le Brésil est aujourd'hui encore le pays le plus inégalitaire de la terre[1].

Dans les bidonvilles se pressent les victimes de l'exode rural, fruit d'une structure de propriété agraire proprement meurtrière. Ces bidonvilles s'introduisent dans les interstices urbains et cernent les mégapoles[2]. La faim ravage leurs habitants. Dans les petites bourgades rurales et dans les campagnes, où vit 42 % de la population, le kwashiorkor, la cécité par manque de vitamine A, l'anémie, les diarrhées mortelles dues à la pollution de l'eau font chaque année des centaines de milliers de victimes – surtout parmi les enfants.

---

1. PNUD, *Rapport sur le développement*, New York, 2003.
2. Candido Mendes, *Lula..., op. cit.*, chapitre « *Os irmaos siameses-o latifúndio improdutivo e a especulação financeira* », pp. 209 *sq.*

6,5 % de tous les habitants du Brésil vivent dans des abris de tôle ou de carton totalement insalubres. 40 % des Brésiliens vivent sans eau courante, sans égouts adéquats[1].

Le Brésil est l'un des plus grands pays exportateurs de produits agricoles du monde. Mais ces exportations sont presque entièrement contrôlées par les trusts agroalimentaires, majoritairement entre les mains de groupes étrangers. Sur le papier, le pays est autosuffisant du point de vue alimentaire, mais en réalité, des millions d'hommes, d'enfants et de femmes souffrent de sous-alimentation chronique et de maladies liées à la faim.

Combien sont-ils ? Le gouvernement fédéral parle de 22 millions de personnes gravement (et en permanence) sous-alimentées. Une enquête indépendante, menée en 2002 par des chercheurs mandatés par le PT, a conclu à l'existence de 44 millions d'affamés. Dom Mauro Morelli, évêque de Caxias, État de Rio de Janeiro, et président du Conseil de sécurité alimentaire, évalue à 53 millions le nombre des victimes de la sous-alimentation permanente et grave. Ce chiffre est repris par la Pastoral de la Criança et par la Conférence nationale des évêques.

Outre la sous-alimentation, la malnutrition frappe les travailleurs migrants et leurs familles, les métayers surexploités, les familles des tout petits propriétaires et l'immense peuple bigarré et anonyme des *favelas* des mégapoles du Centre et du Sud. Selon l'UNICEF (2007), 9,5 % des enfants brésiliens de moins de 10 ans ont une taille anormalement petite pour leur âge. On dit qu'ils souffrent « *stunted growth* ». Le manque de vita-

---

1. Cf. rapport *Brésil 2004* de Miloon Kothari, rapporteur spécial des Nations unies sur le droit au logement, Genève, ONUG, 2004.

mine A, de fer, d'iode a des conséquences désastreuses :
les enfants tombent fréquemment d'inanition à l'école,
et sont le plus souvent incapables de se concentrer pendant un laps de temps suffisant. Dans ces conditions,
leur capacité d'apprendre est proche de zéro. Quant aux
adultes, ils sont souvent trop faibles pour travailler la
terre ou exercer avec régularité et constance un emploi
salarié – fût-il modeste.

Derrière la gare centrale de Rio de Janeiro – comme
dans d'autres villes du Sud et du Centre –, il existe
depuis peu un restaurant populaire appelé *Bethino*,
du nom d'Herberto de Souza, dit Bethino, initiateur
en 1982 de la première campagne nationale contre la
faim. Il est financé par l'État et géré par une entreprise
privée.

Le bâtiment est composé de deux étages comportant
chacun une vaste salle aux couleurs et à l'ameublement
agréables. L'accueil qu'y réservent les serveuses,
toutes habillées de bleu, y est sympathique et chaleureux. Quelques prédicateurs évangéliques traînent dans
le hall d'entrée, près des caisses. Vêtus de chemises
blanches, ils décochent des sourires enjôleurs aux gens
qui attendent là… et qui semblent complètement les
ignorer.

Pour un réal par jour (50 *cents* américains), une personne peut s'assurer ici un menu substantiel de trois
plats. Le restaurant est ouvert cinq jours par semaine.
Le consommateur peut y venir une fois par jour. Il doit
manger son repas sur place.

Dans les longues files d'attente qui se forment dès
l'aube sur le trottoir, j'ai vu des femmes d'âge moyen
à peine capables de marcher, à la peau grise, aux cheveux rares. Certains enfants ont le ventre gonflé par le
kwashiorkor ou les vers. Presque tous ont des dents en

très mauvais état. Les hommes à la peau sombre, variolée, dont la taille ne dépasse pas le mètre cinquante, ne sont pas rares...

Si la situation est terrible dans de nombreuses *favelas* de Rio, elle n'est guère meilleure à Recife. Les services sociaux de la préfecture (municipalité) de Recife tiennent le registre de dix mille *menores carentes*, ces gosses abandonnés par leurs familles et qui tentent de survivre dans la rue. La mairie leur distribue parfois des vêtements, et, trois fois par semaine, une soupe. Depuis 2003, le préfet (maire) est un magistrat élu du PT, un ancien instituteur, compétent, révolté, chaleureux, mais bien démuni.

De la fenêtre de son bureau, on aperçoit le Capiri qui coule lentement vers la mer. Des *favelas* le bordent. « La moitié de notre population vit dans l'extrême précarité, sans travail régulier, sans alimentation suffisante, sans logement décent... Le chômage, la faim détruisent souvent les familles... Beaucoup d'enfants sont battus, abusés sexuellement. Ils s'enfuient de la maison. Ils errent dans la rue, la nuit, ils dorment près des églises. Ici, à Recife, ils sont au moins cinquante mille, garçons et filles. Les plus petits n'ont pas trois ans. Les plus grands s'en occupent, parfois, mais pas toujours », me dit-il.

Des dizaines de millions de Brésiliens n'ont pas de travail stable. Jour après jour, nuit après nuit, ils tentent de survivre en effectuant des *biscate*, ces petits boulots occasionnels : vente de glaces sur les plages les jours de soleil, ramassage et revente de canettes de bière vides trouvées dans les parcs et sur les trottoirs, collecte de papiers usagés, gardiennage de voitures devant les restaurants chics, vente ambulante de cigarettes au détail et, plus dangereux : menus services rendus aux barons de la cocaïne et de l'héroïne...

Mais même ceux qui jouissent d'un salaire régulier souffrent souvent de la faim. Les classes dirigeantes brésiliennes ont l'art de la surexploitation des travailleurs. Ceux-ci supportent pratiquement n'importe quelle humiliation. Avec docilité. Ils sont des millions. Pour un révolté, dix soumis sont prêts à prendre la place.

L'énergique maire de São Paulo, Marta Suplicy[1], évalue à 4 millions les habitants du grand São Paulo qui vivent dans une *favela*. Ce qui correspondrait à environ 25 % de la population globale. La police ne pénètre que rarement dans ces quartiers. Les institutions publiques n'y sont qu'exceptionnellement présentes. L'hygiène y est souvent épouvantable. J'ai vu des familles de douze personnes vivre dans une pièce unique. L'abus sexuel des enfants, la violence conjugale, l'insalubrité accompagnent fréquemment cette promiscuité.

Plus de 80 % des familles vivant en milieu rural n'ont toujours pas un accès régulier et suffisant à une eau potable conforme aux critères de l'OMS. En milieu urbain, 10 % des familles sont dans le même cas.

Mais la sous-alimentation et la malnutrition frappent le peuple brésilien d'une façon tout à fait différente d'une région à l'autre. Les États les plus pauvres sont le Maranhão et Bahia. Là-bas, en 2003, 17,9 % des enfants handicapés de moins de 10 ans avaient été rendus invalides par la sous-alimentation chronique. Dans les États du Sud, 5,1 % d'entre eux étaient dans le même cas.

La pauvreté extrême et la faim ont également une couleur.

Lors du dernier recensement, 45 % des Brésiliens se définissaient eux-mêmes comme « Afro-Brésiliens » ou comme « Noirs ». Or, les Noirs figurant dans la catégorie des « extrêmement pauvres » (revenu de moins de 1 dollar par jour par adulte) sont deux fois plus nombreux que les Blancs.

---

1. En poste de 2000 à 2004.

Parmi les analphabètes, le nombre des Noirs dépasse de deux fois et demi celui des Blancs. Quant à la statistique salariale, elle révèle une terrible discrimination raciale : en 2003, les Noirs jouissant d'un revenu régulier ne touchaient en moyenne que 42 % du revenu moyen des Blancs.

Une autre discrimination frappe les femmes – et notamment les femmes noires. Les revenus des femmes, toutes couleurs confondues, sont généralement, en effet, de 37 % inférieurs (chiffre 2003) à ceux des hommes. Mais le revenu moyen de la femme noire ne représente que 60 % du revenu moyen féminin.

La structure latifundiaire du Brésil actuel est l'héritage direct de la vice-royauté lusitanienne et du régime esclavagiste qui y a prévalu durant trois cent cinquante ans. Le roi du Portugal avait coutume de faire cadeau à ses *fidalgos*, courtisans, généraux et évêques, de *capitanerias*.

Durant tout le XVIe siècle et une bonne partie du XVIIe, seules les côtes du sous-continent furent portées sur les cartes. Derrière elles s'étendait la *terra incognita*. Le roi accordait à ses fidèles une portion déterminée de côtes. Toutes les terres que le sujet du roi pourrait conquérir à l'intérieur, occuper et pacifier, lui appartiendraient. On appelait ces terres de conquête des « capitaineries ».

Dans *Géopolitique de la faim*, Josué de Castro écrit : « La moitié des Brésiliens ne dorment pas parce qu'ils ont faim. L'autre moitié ne dort pas non plus parce qu'elle a peur de ceux qui ont faim[1]. »

---

1. Josué de Castro, *Géopolitique de la faim*, traduction française, Paris, Seuil, 1952.

La stratégie que Lula met en œuvre pour vaincre la misère du peuple et réduire l'arrogance des puissants est dite *Programa Fome zero*. Elle est au cœur de toute la politique menée par le PT. Elle est l'essence même de la révolution anticapitaliste, populaire et démocratique en cours au Brésil.

Le mot *fome* (faim) est ici pris dans son sens le plus large. Il s'agit d'apaiser toutes les faims qui habitent l'homme – faim de nourriture bien sûr, mais aussi de savoir, de santé, de travail, de vie familiale, de liberté, de dignité. Destiné à briser l'une après l'autre les structures d'oppression, le *Programa fome zero* doit créer les conditions matérielles de la libération du corps et de l'esprit des hommes. L'homme libéré décidera librement de l'usage de sa liberté. La responsabilité individuelle (et communautaire) est au cœur de ce programme. La victime devient acteur. Le pauvre est l'artisan de sa propre libération.

Le programme comporte quarante et une mesures immédiates. Vingt ministères sont impliqués dans sa réalisation. Les mesures relèvent de trois catégories différentes :

- les politiques structurelles de lutte contre la faim ;
- les politiques spécifiques de lutte contre la faim ;
- les politiques locales de lutte contre la faim.

Les politiques structurelles ont pour but de réduire la vulnérabilité alimentaire des familles les plus pauvres en leur permettant d'accéder par leurs propres moyens à une alimentation adéquate. Ces politiques structurelles comprennent l'accroissement du salaire minimum ; l'augmentation des offres d'emploi et la diminution du travail saisonnier ; l'institution d'agences de microcrédit solidaires ; l'intensification de la réforme agraire ;

l'universalisation de la prévoyance sociale ; la généralisation de la *bolsa escola* et de la *renda mínima* pour les familles pauvres ; et le soutien à l'agriculture familiale.

Les politiques spécifiques ont pour but de garantir l'accès immédiat à l'alimentation des personnes les plus vulnérables. Elles sont nécessaires à court terme pour aider ceux qui n'ont aucun moyen de se procurer une alimentation adéquate. Ces politiques spécifiques comprennent la généralisation de la carte alimentaire (*cartão de alimentação*) et des coupons alimentaires (*Programa cupom de alimentação*) ; la distribution de paniers de la ménagère (*cestas básicas emergenciais*) ; la création de stocks alimentaires ; le contrôle de la sécurité et de la qualité des aliments ; la réforme du programme d'alimentation des travailleurs (*PAT – Programa de alimentação du trabalhador*) ; la lutte contre la sous-alimentation maternelle et infantile ; la diffusion des principes d'éducation nutritionnelle ; et l'amélioration des repas scolaires (*merenda escolar*).

Les politiques locales ont pour but d'adapter le programme *Fome zero* aux différents modes de vie, à la campagne, dans les petites villes et dans les métropoles. Ces politiques comprennent l'appui à l'agriculture familiale et à la production visant à l'autosuffisance alimentaire familiale à la campagne ; l'organisation de marchés locaux et l'amélioration des échanges entre producteurs et consommateurs au sein d'une même région, dans les petites villes ; la création de restaurants populaires, de banques d'aliments et la décentralisation des lieux d'échange des aliments dans les métropoles.

La mise en œuvre du programme a commencé en février 2003 dans le Piauí, un État nordestin frontalier du Maranhão, de Bahia, du Pará et du Pernambouc. Mais au début du deuxième semestre 2004, seules

140 000 familles bénéficiaient d'une ou de plusieurs mesures du *Programa Fome zero*. Pour l'heure, c'est donc l'échec. Pourquoi ?

Pour devenir réalité, le *Programa Fome zero* a besoin de centaines de millions de dollars d'investissements publics. Mais à Brasília, les caisses sont vides. Les intérêts et l'amortissement de la dette absorbent pratiquement tout l'argent disponible.

III

Le spectre de Salvador Allende

Ce n'est pas, comme au Rwanda, le coût des machettes importées par des génocidaires que le Brésil doit rembourser aujourd'hui, mais les prêts astronomiques imposés par l'Eximbank, le Fonds monétaire international et les banques privées européennes, japonaises et nord-américaines aux dictateurs militaires et présidents prévaricateurs. Car les dictateurs ont, en effet, non seulement aboli les libertés publiques et torturé les démocrates, ils ont aussi spolié le pays de ses richesses et financé des ouvrages pharaoniques, obéissant aux seuls intérêts financiers de leur tuteur nord-américain. Quant aux présidents qui se sont succédé par la suite, ils ont (pour la majeure partie d'entre eux) favorisé la corruption[1] et privatisé, au profit du capital spéculatif étranger, la plupart des entreprises publiques rentables.

C'est donc bien une dette odieuse que le président Lula est censé rembourser aujourd'hui.

Marcos Arruda est l'équivalent brésilien d'un Éric Toussaint. Depuis des décennies, il consacre au

---

1. Une exception : Fernando Henrique Cardoso a lutté avec détermination contre la corruption.

combat contre le garrot de la dette sa formidable énergie, son érudition subtile et son intelligence de chercheur[1]. Ayant passé des années d'exil à Genève (et étant familialement lié à la Suisse, au Tessin), Marcos Arruda est un critique féroce non seulement de la politique d'endettement de son pays, mais également des stratégies bancaires européennes et américaines, responsables de la fuite des capitaux privés du Brésil.

En 2002 – dernière année de la présidence de Fernando Henrique Cardoso –, les intérêts de la dette absorbaient à eux seuls 9,5 % du produit intérieur brut. Cette somme était cinq fois supérieure à toutes les dépenses effectuées par l'État fédéral et par tous les États membres de l'Union dans les domaines de l'école et de la santé[2].

Pour ce qui concerne l'année 1999, Arruda a fait ce calcul. Dans le budget de l'État fédéral, le service de la dette a pesé cinq fois plus que la santé publique, neuf fois plus que l'éducation nationale et soixante-neuf fois plus que l'Institut national de la colonisation et de la réforme agraire, l'INCRA[3].

Au moment de la prise de pouvoir de Lula le 1er janvier 2003, la dette extérieure (dettes publiques et privées additionnées) s'élève à plus de 235 milliards de dollars. Elle vient au deuxième rang de toutes les dettes extérieures des pays du tiers-monde. Elle équivaut aux recettes que le Brésil a tirées des quatre dernières années d'exportations. Et le *Programa Fome zero* restera lettre morte aussi longtemps que l'actuel gouvernement bré-

---

1. Voir, entre autres, son analyse de la crise de 1999, dans *Eternal Debt. Brazil and the International Financial Crisis*, Londres, Pluto Press, 2000.

2. Marcos Arruda, étude non publiée, Rio de Janeiro, 2004.

3. L'INCRA est chargé de la mise en valeur des nouvelles terres et de la réforme agraire.

silien ne parviendra pas à imposer un moratoire – si nécessaire unilatéral – du service de la dette.

Comment en est-on arrivé là ?

Au moment du coup d'État (avril 1964), la dette extérieure du Brésil s'élevait à 2,5 milliards de dollars. À la fin du règne des généraux, vingt et un ans plus tard, elle atteignait plus de 100 milliards de dollars. Pourquoi ?

Deux stratégies ont dominé les régimes militaires successifs entre 1964 et 1985 : celle de la « sécurité nationale » et celle du « développement intégré ». Un vaste dispositif subcontinental de surveillance, de répression, de chasse aux démocrates fut mis en place. Il exigeait des investissements considérables. Rien n'était trop coûteux pour assurer la « sécurité nationale ». L'Eximbank[1], les grandes banques privées, plus tard le FMI financèrent à coups de milliards de dollars les moyens nécessaires à son maintien et à son développement.

L'extension massive, le réarmement, la réorganisation et la modernisation de la marine, de la force aérienne et de l'armée de terre de la dictature avalèrent quelques dizaines de milliards de dollars de crédits publics et privés nord-américains de plus, toujours concédés par l'Eximbank, les banques privées ou le FMI.

La stratégie du « développement intégré », de son côté, visait à « ouvrir », par l'édification de réseaux routiers et de villes de colonisation, les régions peu peuplées du Brésil. Première cible : la forêt amazonienne, la plus vaste forêt tropicale du monde. Le bassin amazonien couvre près de 6 millions de kilomètres carrés.

Durant les vingt et une années que dura la dictature militaire, plus d'un million de kilomètres carrés de forêt

---

1. Banque publique des États-Unis dédiée au financement des exportations.

ont été détruits et brûlés. Les terres ainsi défrichées ont été attribuées, pour 90 % d'entre elles, aux sociétés transcontinentales de l'agroalimentaire et de l'élevage. Sur les surfaces brûlées, les trusts agroalimentaires nord-américains et les sociétés transcontinentales d'élevage établirent de gigantesques plantations d'hévéas, de cajou, de blé, et des prairies destinées à l'élevage extensif de bovins.

Des centaines de milliers de *boia frio* et de travailleurs ruraux sans terre furent alors déportés comme main-d'œuvre semi-esclave, depuis les arides États du Nord et du Nordeste vers les complexes agro-industriels de l'Amazonie, du Pará, de l'Acre et du Rondônia.

Toutes ces constructions de routes et de villes nouvelles, toutes ces déforestations, ces déportations et réinstallations de travailleurs et de leurs familles, toutes les œuvres d'infrastructure et toutes les centrales hydroélectriques et barrages gigantesques établis sur les fleuves ont bien entendu été financés par les emprunts étrangers. Mais la dette fut encore accrue par les conditions extrêmement favorables que l'État dut concéder aux sociétés transcontinentales pour le transfert en devises des profits et des royalties, les privilèges fiscaux, etc.

Fin 1979, les États-Unis relèvent brusquement leurs taux d'intérêt. Le Brésil plonge dans la crise. Pour pouvoir financer le versement des intérêts et le principal de sa dette ancienne, le régime militaire contracte de nouveaux crédits à l'étranger, essentiellement auprès des banques privées nord-américaines – et en premier lieu auprès de la Citibank.

Mais rien n'y fait. Entre 1979 et 1985, les généraux transfèrent au titre du service de la dette 21 milliards de dollars de plus que ce qu'ils reçoivent à titre de nouveaux crédits.

Un président civil non élu, mais désigné par le Parlement, dominé par l'ARENA (le parti politique créé par les militaires), succède au dernier général-dictateur, l'ancien chef des services secrets, Figueiredo, en 1985. José Sarney décrète la suspension temporaire des annuités de la dette.

Puis les présidents successifs réenclenchent la machine infernale : emprunter pour rembourser, et ceci dans des conditions toujours plus désastreuses pour le Brésil.

27 milliards de dollars des sommes remboursées provenaient du Trésor public à Brasília.

Pendant son deuxième mandat, le président Fernando Henrique Cardoso a pratiqué une politique de taux d'intérêt très élevés. Son objectif était tout à fait compréhensible et légitime : il s'agissait d'attirer le maximum de capitaux. Mais ces taux étaient les plus élevés de la planète : à certains moments, ils atteignirent des niveaux vertigineux. Cette politique eut des conséquences économiques intérieures désastreuses.

Aucun industriel moyen, artisan ou commerçant, habitant le Brésil, ne put, en effet, se permettre de recourir au crédit bancaire pour développer son entreprise et créer des emplois. Tous ceux dont l'entreprise (ou les immeubles, etc.) était déjà grevée par l'emprunt durent ainsi réduire leurs activités, assainir leur entreprise et licencier employés et ouvriers.

La politique des taux d'intérêt élevés eut une autre conséquence perverse : elle favorisa la spéculation financière. Les spéculateurs nationaux et étrangers contractaient sur le marché mondial des crédits personnels aux taux de 10 ou 12 %, puis achetaient des titres de la dette publique brésilienne rémunérés à des taux astronomiques. Même en tenant compte de l'obligation, pour l'emprunteur, de contracter une assurance pour le cas où il deviendrait insolvable, l'affaire était en or massif.

Aujourd'hui, la dette extérieure brésilienne a pour contrepartie ces gamins malingres qui ont des vers dans le ventre et qui sont exclus du système scolaire, privés de vie de famille, désespérés et sans avenir.

« *Eu tenho cola porque não tenho vida* » (« J'ai de la colle [la drogue reniflée par les enfants pour oublier la faim] parce que je n'ai pas de vie »), m'a dit une petite fille des rues sur les escaliers du couvent do Carmo, à Recife.

Devant la situation catastrophique de l'économie brésilienne, le FMI a concédé à Brasília, au début de l'an 2002, ce qu'il a refusé à la même époque à l'Argentine : un prêt dit de *bail out* (de « sortie de crise »). C'était un crédit gigantesque, le plus élevé jamais concédé à un pays dans toute l'histoire du FMI. Il s'élevait à 30 milliards de dollars. Le FMI avait deux raisons pour agir ainsi.

Devant la rapide détérioration de la situation économique du Brésil, les banquiers de Wall Street craignaient pour leurs crédits. Les cosmocrates ne risquaient-ils pas de perdre une grande partie de leurs investissements dans l'agroalimentaire, l'industrie, les services et sur le marché financier local ? Ils firent donc pression sur le FMI.

Je me souviens d'un après-midi baigné de soleil et tout empli du gazouillis des oiseaux perchés dans les chênes du parc de la villa Barton à Genève. Dans la grande salle de conférences, au-dessus de la cafétéria de l'Institut universitaire des hautes études internationales, venait de prendre fin un séminaire hautement technique. Anne Krueger, directrice générale adjointe du FMI, venait d'exposer ses idées sur le futur traitement par le FMI des *failed states*, les États en défaut de paiement. Dans la salle, une foule d'étudiantes et d'étudiants, de professeurs, d'analystes des sociétés financières, de banquiers privés de la place, de directeurs de la Banque nationale et de hauts responsables de l'ONU avaient écouté son exposé.

Anne Krueger est une femme trapue, à l'élégance approximative, mais au langage rafraîchissant, érudite, directe. Elle n'est pas franchement antipathique. Ancien professeur à l'Université Stanford, économiste en chef de la Banque mondiale durant la présidence de Ronald Reagan, elle fait aujourd'hui la pluie et le beau temps au FMI. Son ignorance de la vie quotidienne des peuples est abyssale. Sa maîtrise des mécanismes financiers internationaux, impressionnante.

Avec Jeane Kirkpatrick, une autre rescapée de l'ère Reagan, et Condoleezza Rice, Krueger est aujourd'hui la femme la plus puissante de l'aile droite du parti républicain. George W. Bush la consulte régulièrement.

Sa conférence terminée, elle voulut se promener dans le parc. Tailleur gris, souliers plats, lunettes fumées, chevelure colorée défaite par le vent, elle se dirigea à grands pas vers le lac. Un petit groupe de banquiers et de gens de l'ONU l'accompagnaient. Je marchais dans la troisième rangée. Mais j'entendis sans peine la conversation.

Manifestement perturbé par ce qu'il venait d'entendre, un banquier genevois lui demanda timidement comment le FMI pouvait décider de mobiliser un crédit de 30 milliards de dollars en faveur d'un pays en quasi-faillite. La réponse de Krueger fusa : « *Heavy Wall Street pressure*[1]. »

---

1. « Pression intense des banquiers de Wall Street ».

La deuxième raison qui encouragea le FMI à accorder au Brésil ce crédit faramineux est plus subtile.

Le Brésil jouit traditionnellement d'un secteur public puissant, généralement rentable. Toutes les activités industrielles relevant des secteurs dits stratégiques – pétrole, électricité, mines, télécommunications, etc. – sont propriétés de l'État : héritage de la dictature corporatiste de Getúlio Vargas, qu'a parfaitement respecté la dictature militaire. Or, complètement acquis aux principes néolibéraux, Cardoso avait rompu avec cette politique, privatisant un grand nombre de sociétés d'État – surtout durant son second mandat.

Or, à l'occasion de la mise en œuvre de cette politique de privatisation accélérée, des milliards de dollars disparurent mystérieusement dans les poches de sénateurs, députés et autres ministres (ou simples intermédiaires). Du coup, la politique de privatisation buta, dès 2001, sur une résistance populaire accrue. Les cadres, employés et ouvriers de la Petrobas, par exemple, s'opposèrent, par la grève et de multiples actions en justice, à la mise aux enchères de leurs entreprises.

Les seigneurs des compagnies transcontinentales et autres prédateurs s'en trouvèrent fort mécontents. Des morceaux de choix ne menaçaient-ils pas de leur échapper ? Cardoso, tout à coup, refusa de jouer le jeu. Il était grand temps de lui donner une leçon : « Tu relances le processus de privatisation ou on t'applique le traitement argentin[1]. »

Le crédit *bail out* fut donc lié à l'obligation de poursuivre les privatisations.

Les élections présidentielles devaient avoir lieu en octobre 2002.

---

1. Rappel : à la même période, dans une situation identique, le FMI avait refusé tout crédit nouveau à l'Argentine.

Le Brésil est un pays moderne, disposant d'instituts de sondage fiables. Au cours des derniers mois de l'hiver austral 2002, les courbes et les chiffres diffusés par ces instituts commencèrent à témoigner d'un changement considérable dans l'opinion. Le candidat néolibéral José Serra, ancien ministre de la Santé et dauphin de Cardoso, perdait rapidement des points dans les sondages. Ralliant progressivement des secteurs entiers de la haute industrie, de la finance et la majeure partie des classes moyennes, en plus des couches populaires, Luiz Inácio Lula da Silva ne cessait d'attirer sur son nom les intentions de vote.

À partir d'août, son ascension devint fulgurante.

À Washington, toutes les sirènes d'alarme se mirent à hurler. Panique à Zurich, Londres, Francfort, Paris et New York !

Et pour cause. Depuis plus de vingt ans, la position du PT et de son leader n'avait jamais varié : il faut abolir la dette. Si possible par la négociation internationale, mais en cas de besoin par un acte unilatéral et volontariste.

Depuis sa première rédaction en 1979, le programme du PT contient en effet des analyses et des prises de position d'une extrême clarté et d'une grande rigueur sur les méfaits de la dette et la nécessité de refuser les paiements qui lui sont liés. Pour le PT, aucune sortie de la misère n'est possible sans l'abolition de la dette.

Comme Salvador Allende, Lula a été candidat avec obstination et détermination à de nombreuses élections présidentielles. En 1989, il n'avait perdu que de peu contre Fernando Collor de Mello. Quatre ans plus tard, il affrontait pour la première fois Fernando Henrique Cardoso. Défaite cuisante. Cardoso fut élu au premier tour. Quatre ans plus tard, changement de scénario : Cardoso luttait pour sa réélection, et Lula lui mena la

vie dure. Au deuxième tour, Cardoso l'emporta néanmoins.

Quant à la bataille de 2002 contre José Serra, Lula la
gagna à la majorité écrasante que l'on sait.

À l'occasion de chacune de ses campagnes présidentielles, Lula mit au cœur de son programme l'abolition
de la dette ainsi que la création d'un cartel des débiteurs. L'idée avait germé au sein de l'Internationale
socialiste. Jusqu'à sa mort, en septembre 1992, Willy
Brandt, président de l'IS depuis 1976, s'en était fait
l'énergique promoteur. Créer un front des pays débiteurs lui semblait, en effet, une nécessité absolue. Car
seul, un pays endetté – quand bien même il s'agissait
d'un pays aussi puissant que le Brésil – ne pouvait rien
ni contre le FMI ni contre les créanciers privés coalisés.
La négociation devait nécessairement être collective.
Pour briser les chaînes, il fallait réaliser l'union des
esclaves. Le garrot ne serait desserré que par l'action
commune.

Le PT ne devint formellement membre de l'Internationale socialiste qu'au congrès de l'IS à São Paulo, en
octobre 2003. Mais depuis deux décennies, des liens
intimes s'étaient tissés entre l'IS et le PT. Grâce, notamment, au travail inlassable de deux dirigeants brésiliens
brillants et atypiques : le sénateur PT de São Paulo,
Eduardo Suplicy, et le dirigeant trotskiste d'origine
franco-argentine, Luis Favre, conseiller pour la politique internationale de la direction du parti.

À l'occasion d'une conversation avec Éric Toussaint, bien avant son élection, Lula lui dit : « Nous pensons qu'aucun pays du tiers-monde n'est en situation
de payer sa dette. Nous pensons que tout gouvernement
du tiers-monde qui décide de continuer à rembourser la
dette externe choisit de conduire son peuple à l'abîme.
Il existe une incompatibilité complète entre politique

de développement des pays du tiers-monde et remboursement de la dette. Nous soutenons qu'il faut suspendre immédiatement le paiement de la dette. »

Pourquoi ?

Lula répondit : « Avec l'argent du non-paiement de la dette, nous pouvons constituer un fonds de développement destiné à financer la recherche et le développement des technologies, l'enseignement, la santé, la réforme agraire, une politique de progrès pour le tiers-monde tout entier. Ce fonds serait contrôlé par le pays lui-même, à partir d'une instance qu'il faudrait créer et qui comprendrait le Congrès national [le Parlement], les mouvements syndicaux, les partis politiques ; ils constitueraient une commission qui s'occuperait de l'administration de ce fonds. »

Comment affronter l'adversaire ? Comment négocier ?

Lula : « Il faut créer un front des pays débiteurs pour s'opposer aux pays créanciers. Il est nécessaire d'unir les pays du tiers-monde afin que chaque gouvernement comprenne que ses problèmes sont équivalents à ceux des gouvernements des autres pays du tiers-monde. Aucun pays ne pourra individuellement trouver une solution à l'endettement… Il est également important que la discussion sur la dette extérieure ne se fasse pas de gouvernement à banquiers mais de gouvernement à gouvernement. Il faut aussi transformer le problème de la dette en question politique. Il ne faut pas seulement discuter du problème de la dette [en tant que telle] mais de la nécessité d'[instaurer] un nouvel ordre économique international. Il n'est pas possible que nous continuions à vendre les matières premières pour trois fois rien et à acheter les produits manufacturés à prix d'or. »

Encore Lula : « Ce bloc de mesures ne sera réalisé que par l'action politique. L'action politique, c'est la pression des mouvements sociaux. Il faut donc transformer la question de la dette en une affaire dont se saisit le peuple[1]. »

Jusqu'en août 2002, Lula n'a jamais modifié sa position sur ce point.

L'arme préférée des maîtres de la dette est le chantage. Ils y excellent. Le PT en a fait l'expérience dès juillet 2002. Le *Wall Street Journal* a commencé à publier des articles en rafales, alertant les créanciers internationaux sur la prévisible victoire du socialiste Lula.

Perdre des milliards de dollars en une seule nuit électorale ? L'horreur absolue pour tout banquier normalement constitué. Les experts de Bretton Woods et les *think tanks* américains, les analystes des grandes maisons de *traders* des principales Bourses du monde projetèrent alors sur le mur de l'immédiat avenir l'apocalypse du « défaut » brésilien.

« Défaut » (*default* en anglais) est un terme technique qui indique la cessation unilatérale de paiements par un débiteur. Dans les législations nationales des États, il existe des lois qui autorisent à poursuivre, dans certaines conditions, celui qui se déclare en faillite. Mais il n'existe aucun équivalent sur le plan international.

Le feu roulant des menaces augmenta d'intensité à mesure que s'écoulaient les jours dramatiques du mois d'août. Sur toutes les places financières du monde, le réal fut attaqué et perdit une part importante de sa valeur.

---

1. Luiz Inácio Lula da Silva *in* Éric Toussaint, *La Finance contre les peuples, op. cit.*, p. 399.

Le chantage était d'une clarté cristalline : si le peuple brésilien avait la malencontreuse idée d'élire Lula, le réal s'effondrerait complètement et le Brésil serait mis au ban des nations. Tous les investisseurs étrangers se retireraient de son sol. La misère la plus noire s'installerait alors.

Les classes moyennes reçurent un traitement particulier : les « experts » leur expliquèrent qu'elles seraient les premières à être liquidées. Dans une économie en ruine, elles rejoindraient en un rien de temps le sous-prolétariat des *favelas*. La Rede Globo, la plus grande et plus influente des chaînes nationales de télévision, relaya, avec d'autres, ces prédictions apocalyptiques inspirées par Washington. Un grand nombre de journaux puissants et de stations de radio de droite lui emboîtèrent le pas. En première ligne *O Globo*, la *Gazeta Mercantil* et l'*Estado de São Paulo*.

Le PT et toutes les forces populaires dont il incarnait l'espoir se devaient de réagir.

Fin août, la direction du PT adressa une lettre au FMI, assurant que son candidat, s'il était élu, honorerait scrupuleusement tous les engagements financiers pris par le président Fernando Henrique Cardoso[1].

Lula gagna le deuxième tour des élections le 27 octobre 2002.

Immédiatement, il se déclara favorable à l'indépendance de la Banque centrale et dit son intention de nommer à la tête de celle-ci le banquier le plus réactionnaire du pays, Henrique de Campos Meireless. L'homme était (et est encore) unanimement détesté au Brésil.

Parmi toutes les banques privées mondiales qui, génération après génération, ont organisé le pillage

---

1. La lettre passait toutefois sous silence la question de la reprise des privatisations.

systématique du Brésil, le Citygroup, dont dépend la Citibank, la plus grande banque du monde, et la Fleet Boston Bank ont joué un rôle-clé. Or, Meireless a été le président de la Fleet Boston Bank, la deuxième banque créancière (après la Citibank) de la dette brésilienne. Sa nomination par Lula obéissait évidemment à une raison stratégique : il fallait d'urgence calmer les inquiétudes de Wall Street.

Au Brésil, le ministère de l'Économie et des Finances est le ministère-clé du gouvernement. Son titulaire jouit de compétences étendues et d'une influence détermi-nante sur l'ensemble de ses collègues. Cardoso l'avait confié à un économiste de réputation internationale, ancien directeur du FMI, Pedro Malán. Lula y nomma un médecin trotskiste du nom d'Antonio Palocci. Luis Favre, intellectuel brillant, devint l'éminence grise du ministère. Le secrétariat d'État à la Communication, autre poste-clé du dispositif gouvernemental, revint également à un dirigeant de la IVe Internationale, du nom de Gushiken.

S'il est une expression qui m'a toujours révulsé, c'est bien celle de « confiance des marchés ». Pour ne pas être attaqué, dévasté, mis à genoux par le capital financier mondialisé, un peuple doit – par sa conduite économique – gagner la « confiance des marchés ». Mais comment mérite-t-on cette « confiance » ? Tout simplement en se soumettant corps, esprit et âme au diktat des cosmocrates. C'est à cette condition, et à cette condition seulement, que les maîtres de l'empire de la honte concèdent leur collaboration aux peuples prolétaires.

En Amérique latine, l'ombre de Salvador Allende hante l'imaginaire collectif. Son spectre rôde dans le palais présidentiel du Planalto à Brasília.

Par la nationalisation des mines de cuivre (dont la plus grande mine du monde à ciel ouvert : Chuquicamata), par la mise en œuvre de la plupart des 110 propositions de réforme sociale qu'avait avancées l'Unité populaire, ainsi que par l'introduction d'un impôt sur les sociétés transcontinentales, Salvador Allende avait, dès fin 1970, provoqué la colère des cosmocrates[1].

Dans la clandestinité la plus profonde, à Washington, s'était formé le Comité des Quarante. Présidé par Green, P-DG de la plus grande compagnie transcontinentale du monde de l'époque, l'International Telephone and Telegraph Company (ITT), le comité réunissait les quarante plus importantes sociétés étrangères actives au Chili. Outre les trusts miniers Anaconda et Kennecott, y figuraient nombre d'autres parmi les plus puissants trusts du monde.

Dès la fin de 1970, soutenu par Nixon, Kissinger et la CIA, ce comité organisa le sabotage économique et financier systématique du gouvernement de l'Unité populaire.

Le 11 septembre 1973, le palais présidentiel de la Moneda, au cœur de Santiago, fut attaqué par les bombardiers et les blindés des forces armées chiliennes téléguidées par le Pentagone. À 14 h 30, Salvador Allende mourut d'une balle dans la tête, dans son bureau au deuxième étage du palais. Une dictature sanglante s'installa. La nuit descendit sur le Chili.

Salvador Allende et son Unité populaire n'avaient pas su gagner la « confiance des marchés ».

L'accord de 2002 conclu entre le FMI et la présidence Cardoso obligeait le Brésil à dégager un *superavit*

---

1. L'investiture par le Congrès du président Allende datait de novembre 1970.

budgétaire d'au moins 3,75 %. Mais qu'est-ce qu'un « *superavit* » ? Tout simplement un excédent de recettes sur les dépenses prévues au budget de l'État.

Ce *superavit* est évidemment la garantie que l'État débiteur pourra – durant l'année budgétaire considérée – honorer ses engagements en matière de remboursement de la dette.

Or, dès sa première année au ministère, Palocci annonça qu'il allait non seulement respecter les engagements pris par Cardoso et Malán, mais qu'il allait – de par son libre choix – porter le *superavit* à 4,25 % pour 2003 !

On ne pouvait mieux faire pour regagner la « confiance des marchés ».

Où va la révolution pacifique et silencieuse au Brésil ? L'issue de la bataille pour l'abolition de la dette fournira la réponse. Cette bataille est à venir.

La première étape à franchir sur cette voie est l'établissement d'un audit. L'idée est simple : le parlement du pays débiteur revendique le droit d'examiner la genèse de sa dette, d'analyser sa composition et de dire enfin quels sont ceux des crédits qui ont été contractés dans la légalité et la transparence, et quels sont ceux qui sont le fruit de la surfacturation, de transactions frauduleuses, de la falsification de documents, en bref, de l'escroquerie. Car faire gonfler la dette est de l'intérêt tout à la fois des dirigeants nationaux corrompus, qui contractent les emprunts, et des créanciers étrangers, qui concèdent ceux-ci. Le dirigeant national corrompu, parce qu'il touche sa commission au prorata de la somme créditée, le banquier-créancier parce qu'il percevra des intérêts élevés.

Prenons l'exemple de ce qui s'est passé sous la dictature militaire.

Ce sont la CIA et le Pentagone qui ont installé au pouvoir, à Brasília, les hommes en vert et gris. Mais les fonctionnaires du Trésor américain et les banquiers de Wall Street avaient une piètre opinion des qualités intellectuelles des généraux. Ils leur imposèrent donc Delfim Neto.

Muni de vastes compétences, Delfim Neto devint le plus jeune (et probablement l'un des plus puissants) ministre de l'Économie et des Finances que le Brésil ait connu. Il amenait dans ses bagages une équipe d'économistes compétents, presque tous formés aux États-Unis. Cyniques, ambitieux et avides, ils mirent en coupe réglée l'économie brésilienne.

Âgé d'un peu plus de 30 ans au moment de sa nomination, de grosses lunettes de myope éclairant un visage de bébé joufflu, Delfim était une figure totalement atypique dans l'univers morne des militaires. Obèse et fêtard, il aimait les nuits chaudes et les matins blêmes des cabarets torrides de Copacabana et de Leblon. Brillamment intelligent, il sut, tel un caméléon, s'adapter au discours des différents dictateurs, mais aussi des cosmocrates. Il ne témoignait d'aucune ambition politique personnelle et était mû par l'instinct du joueur. Jouisseur, il détestait l'idéologie militaire.

Il tenait la théorie de la « sécurité nationale » pour une franche « foutaise ». Mais il savait aussi l'invoquer solennellement chaque fois qu'il soumettait aux généraux l'un de ses mégaprojets : routes transamazoniennes, agrandissement du barrage hydroélectrique d'Iguaçu, exploitation minière de Carajás, installations portuaires gigantesques à Santos, mise en œuvre d'un réseau de télécommunications intégré, installation de plates-formes de recherche pétrolière *offshore* devant la côte de Guanabara, etc.

Les généraux signaient toujours dans l'enthousiasme. La Banque mondiale attestait la « faisabilité » de ces projets, et les prêteurs étrangers avançaient les milliards de dollars nécessaires à leur exécution.

Dans ses calculs, l'équipe de Neto pratiquait couramment la surfacturation.

Nombre de généraux, leurs parents ou leurs alliés possédaient (et possèdent toujours) des comptes numérotés à Zurich, Londres et Genève. Les plus habiles étaient (et sont) à la tête de sociétés *offshore* enregistrées dans les paradis fiscaux des Caraïbes, de Jersey ou du Liechtenstein.

Car pendant vingt-deux ans, les prêteurs étrangers ont versé directement sur ces comptes des sommes astronomiques, produits de la surfacturation ou de commissions occultes.

Né du mélange intime de trois cultures – européenne, africaine et indienne –, le Brésil est depuis toujours un laboratoire d'idées et d'expérimentation sociale fascinant. Et c'est précisément lui qui a inventé l'audit. En 1932, le premier d'entre eux fut pratiqué par le Parlement. Celui-ci mit au jour de multiples irrégularités, des prêts gigantesques ayant été obtenus et attribués sur la base de documents falsifiés et d'irrégularités subtiles commises lors de l'établissement des contrats. Le gouvernement de l'époque refusa d'honorer la partie de la dette marquée du sceau de l'escroquerie. Il eut gain de cause : les banquiers étrangers renoncèrent « librement » à celles de leurs créances qui avaient été frauduleusement constituées.

La question de l'audit s'est à nouveau trouvée au cœur des débats de l'Assemblée constituante du milieu des années 1980. Le débat fut intense, non seulement parmi les députés, mais aussi et surtout dans l'opinion publique. L'article 48 de la Constitution de 1988 donne désormais au Congrès la compétence de procéder à l'audit de la dette extérieure.

Or, cet audit est l'une des revendications les plus constantes du PT. En 2000, José Dirceu, alors leader du parti au Congrès, introduisit le décret législatif n° 645-A. Voici son exposé des motifs : « Les différentes dettes, externe, interne, publique et privée, même si elles sont diverses dans leur application et dans leur signification, constituent ensemble une surcharge d'obligations pour la société dont les conséquences sont de natures variées : 1) augmentation de la vulnérabilité externe et de la dépendance économique du pays ; 2) élévation des sommes à rembourser en monnaies étrangères (tant aujourd'hui que demain), qui compromet le développement de la jeune génération ; [...] 4) perte de souveraineté et soumission aux stratégies internationales du capital financier et de la superpuissance hégémonique ; 5) sacrifice du petit peuple sans protection qui n'a pas bénéficié des bienfaits des périodes où ces dettes ont été contractées et sur qui pèse le fardeau de leur remboursement. [...] L'actuel projet de décret législatif vise à établir un mécanisme démocratique de consultation populaire sur ce qu'il s'agit de faire en relation avec des questions qui, sans aucun doute, ont une relation directe et indirecte avec la vie de notre peuple. »

Le Brésil dispose d'une des sociétés civiles les plus vigoureuses et les plus inventives du monde. Les mouvements sociaux novateurs, du MST au mouvement pour le budget participatif, du mouvement d'émancipation des Afro-Brésiliens jusqu'aux mouvements des femmes, ne cessent d'y prendre de l'ampleur et de gagner en influence publique. Avec l'appui de la Centrale unique des travailleurs (CUT), du MST, du PT et des communautés chrétiennes de base, le mouvement Jubilé-Sud a lancé, en 2000, une vaste consultation populaire sur la dette. Plus de 6 millions de citoyennes et de citoyens ont pris part au vote. 91 % d'entre eux se sont prononcés pour la réalisation de l'audit.

Techniquement, cet audit ne pose pas de grands problèmes. Des sociétés internationales, mais aussi brésiliennes, d'« auditeurs » (par exemple PriceWaterhouse, Attag, Ernst and Young, etc.) procèdent annuellement à l'examen des comptes d'immenses compagnies transcontinentales, dépouillent des centaines de milliers de contrats, reconstituent des millions d'opérations, analysent d'innombrables montages financiers.

Certes, l'opération peut coûter cher. Mais dans le cas de la dette publique extérieure brésilienne, son rendement net serait sans aucun doute considérable...

Pour l'heure, Lula n'a pas eu le cran de lancer l'audit. Et au sein de tous les mouvements anticapitalistes à travers le monde, un soupçon terrible commence à se lever. Lula serait-il en train de perdre la maîtrise de la double stratégie ?

Le *superavit* à 4,25 % a chassé du Planalto le spectre d'Allende.

Les cosmocrates laissent le Brésil en paix. Pour l'instant du moins. Mais en même temps, le *Programa Fome zero* ne décolle pas. Des milliers d'enfants brésiliens continuent de mourir de sous-alimentation, de malnutrition et de faim.

Et pour cause ! L'argent manque. Sans réduction massive de la dette, pas de *Programa Fome zero*, je l'ai dit.

Éric Toussaint et Marcos Arruda prononcent, à l'égard de la stratégie de Palocci et de la tolérance de Lula à son endroit, des paroles de condamnation définitive.

Au PT, la colère gronde. Des sénateurs, des députés fédéraux ont été exclus pour avoir attaqué publiquement la politique de Palocci.

Le mardi 2 mars 2004, à l'hôtel Ambassador à Berne, j'ai fait une expérience déroutante : l'organisation d'entraide protestante Pain pour le prochain et d'autres ONG avec elle lançaient publiquement leurs programmes d'entraide en faveur des pays d'Afrique, d'Asie et d'Amérique latine.

Parmi les orateurs invités se trouvaient Frei Betto et moi-même.

J'étais profondément heureux de revoir Frei Betto. Vif, paisible, messianique comme toujours. Quelques instants après le déjeuner, il me prit à part. D'une mine soudainement grave, à voix basse, il me dit : « Ça va mal… les gens ne comprennent plus… Toi, tu connais Lula. Il t'apprécie… parle-lui : il faut que Palocci renonce à ce maudit *superavit*, qu'il initie enfin l'audit… Il faut qu'il affronte le FMI… les gens ont faim… ils ne peuvent plus attendre… la fin de l'année c'est l'ultime limite… les gens sont à bout. »

Il y a peu d'hommes pour lesquels j'éprouve une admiration et une affection comparables à celles que m'inspire Frei Betto. Ni la torture, ni la prison, ni l'exil ne sont parvenus à entamer sa sensibilité.

Mais là, à Berne, en ce mardi 2 mars, j'ai été abasourdi : comment Frei Betto pouvait-il penser qu'une quelconque parole de ma part pût changer quoi que ce soit à la politique brésilienne ? L'idée même me paraissait absurde. Et puis le bureau de Frei Betto est contigu à celui du président. Ils se voient et se parlent tous les jours.

Combien profond devait être le trouble de Frei Betto pour qu'il me fasse une demande aussi irréaliste !

La bataille de la dette est à venir. Oui, son issue décidera du destin de la révolution pacifique, silencieuse, actuellement en cours au Brésil.

Mais l'issue est incertaine. Et dans ce contexte, la solidarité internationale des peuples – surtout de ceux d'Europe – est déterminante pour que la bataille contre la faim et pour l'abolition de la dette puisse être gagnée au Brésil. Contribuer à mobiliser cette solidarité est l'un des buts de ce livre.

Post-scriptum

Le présent chapitre traite du garrot de la dette, qui a paralysé l'action sociale du président Lula durant toute la période de son premier mandat.

Lula a été réélu massivement en 2006.

Dès l'aube de son second mandat (janvier 2007), il change radicalement de stratégie : des dizaines de milliers d'hectares des forêts amazoniennes et du Mato Grosso sont rasés pour y planter du soja. Le Brésil devient le premier exportateur de soja du monde.

Comme le dit Erwin Wagenhofer, « les vaches européennes dévorent la forêt brésilienne[1] ».

En même temps le Brésil devient le premier producteur mondial de biocarburants ; l'océan vert de la canne à sucre s'étend désormais à l'infini. Au détriment des terres vivrières. La canne (et d'autres plantes) se transforme par millions de tonnes en carburant pour les voitures, notamment nord-américaines.

Cette nouvelle politique – désastreuse pour l'agriculture de subsistance et pour la jungle amazonienne – rapporte des sommes énormes de devises.

Elle permet au Brésil de réduire sa dette.

En même temps le programme *Fome zero* est abandonné, il est remplacé par la « *Bolsa família* » (la « bourse pour les familles »). Celle-ci vient en aide à toute famille dont les membres adultes gagnent moins

---

1. Dans le film *We feed the world* (*Le Marché de la faim*), 2007.

de 90 *reais* (45 dollars) par mois. Elle permet d'obtenir des aliments, des soins médicaux, des aides scolaires, d'assainissement, etc.

8 millions de familles, plus de 40 millions de personnes en profitent (en 2007).

Le Mouvement des paysans sans terre (et nombre d'autres mouvements populaires) crie à la trahison : la réforme agraire ne progresse pas. L'agriculture familiale est laissée à l'abandon. Les grandes sociétés capitalistes (brésiliennes et étrangères) productrices de biocarburants, de soja et d'autres biens agricoles d'exportation, reçoivent de formidables privilèges fiscaux.

Je ne juge pas : desserrer le garrot de la dette est la condition première pour donner une chance de vie aux dizaines de millions de Brésiliens sous-alimentés, privés d'eau potable, frappés d'analphabétisme, d'épidémies et de pauvreté extrême.

Contre l'avis de ses conseillers les plus proches (Emir Sadr, par exemple) et contre l'avis de la Pastoral de la Tierra (de l'Église catholique), Lula a choisi une méthode de combat efficace : la combinaison d'une politique ultralibérale, donnant l'absolue priorité aux intérêts des sociétés multinationales agro-industrielles, et de mesures énergiques d'assistance sociale aux familles les plus pauvres.

Cette stratégie exclut la réforme des structures d'oppression. Mais elle nourrit les pauvres.

CINQUIÈME PARTIE

La reféodalisation du monde

I

Les féodalités capitalistes

Dette et faim, faim et dette constituent un cycle meurtrier apparemment sans issue. Qui l'a initié? Qui le maintient en mouvement? Qui en tire des profits astronomiques?

Ce sont les féodalités capitalistes.

Aujourd'hui, les affameurs, les spéculateurs et les fripons dénoncés par Jacques Roux, Marat et Saint-Just sont de retour. La main homicide du monopoleur, conjurée par Gracchus Babeuf, frappe de nouveau.

Nous assistons à la reféodalisation du monde. Et ce nouveau pouvoir féodal prend le visage des sociétés transcontinentales privées.

Rappel : les cinq cents plus grandes sociétés capitalistes transcontinentales du monde contrôlent 52 % du produit intérieur brut de la planète. 58 % d'entre elles sont originaires des États-Unis. Ensemble, elles n'emploient que 1,8 % de la main-d'œuvre mondiale. Ces cinq cents sociétés contrôlent des richesses supérieures aux avoirs cumulés des 133 pays les plus pauvres du monde[1].

---

1. La CNUCED inventorie 85 000 sociétés multinationales ; une société multinationale est active dans au moins cinq pays à la fois.

Dépositaires des savoirs technologiques, électroniques, scientifiques les plus avancés, contrôlant les principaux laboratoires et centres de recherche du monde, les sociétés transcontinentales dirigent le processus de développement matériel de la condition humaine. Et le bien qu'elles apportent à ceux qui peuvent s'assurer leurs produits et leurs services est indiscutable. Mais le contrôle privé qu'elles exercent sur une production et des découvertes scientifiques par nature destinées au bien commun a des conséquences désastreuses.

Car l'unique moteur de ces nouveaux féodaux est l'accumulation de gains privés le plus élevés possible dans le temps le plus réduit, l'extension continuelle de leur pouvoir et l'élimination de tout obstacle social s'opposant à leurs décrets.

Parmi les causes premières de la constante augmentation de la dette extérieure des pays de l'hémisphère Sud figure le transfert vers les sièges centraux, en devises, des profits d'entreprise ou profits boursiers réalisés par les sociétés transcontinentales dans le pays d'accueil.

S'y ajoute le système des royalties. Citons l'exemple de Nestlé. Comme la plupart des sociétés transcontinentales, Nestlé est organisée en *profit centers* relativement indépendants les uns des autres. Les cinq cent onze usines Nestlé à travers la planète utilisent toutes des brevets appartenant à la maison mère, ou plus précisément à la holding. Ces brevets doivent être rémunérés.

Regardons le Brésil. Nestlé y réalise des profits faramineux. Une partie de ces marges est réinvestie dans les vingt-cinq usines et sociétés locales implantées dans le pays. Une autre sert au financement de l'expansion et à la conquête d'un marché local nouveau, celui de la nourriture pour animaux domestiques, par exemple. Mais la plus grande partie de l'argent gagné retourne à Vevey, quartier général de Nestlé.

Cette hémorragie est financée par la Banque du Brésil. Car Nestlé ne retransfère évidemment pas des réales, monnaie sans valeur d'échange consistante, mais des dollars (ou d'autres devises dites « dures »). Ce sont donc les réserves en devises de la banque centrale du pays d'accueil qui sont sollicitées pour permettre le transfert des profits et autres produits de cession des brevets réalisés en monnaie locale ou en devises dures. Celles-ci traversent immédiatement l'Atlantique, aggravant d'autant la gestion de la dette extérieure du pays d'accueil.

L'affaire est juteuse : l'Europe ne cesse de diminuer en importance relative dans le portefeuille de Nestlé. En 1994, les profits européens constituaient 45 % du chiffre d'affaires de la société suisse, et en 2004 33 %. La conquête triomphale de marchés toujours nouveaux se fait en Asie, en Afrique et en Amérique latine.

Bien entendu, les nouveaux princes tirent de leur activité des gains personnels considérables. Joseph Ackermann, seigneur de la plus grande banque d'Europe, la Deutsche Bank, touche 17 millions d'euros par an. Son collègue dirigeant la J. P. Morgan Chase Manhattan Bank touche trois fois cette somme. Prince régnant du trust pharmaceutique Novartis, Daniel Vasella s'attribue un salaire annuel de 22 millions d'euros. Son collègue, Peter Brabeck, de Nestlé en empoche autant. Quant au président de l'UBS (United Bank of Switzerland), le plus grand gestionnaire de fortunes privées du monde, le Bâlois Marcel Ospel, il perçoit le modeste salaire annuel de 26 millions d'euros[1].

Comme leurs prédécesseurs d'avant 1789, ces nouveaux princes vivent pour ainsi dire gratuitement : palais, fêtes mondaines, repas, voyages sont pris en

---

1. Options et actions incluses.

charge par la carte de crédit dorée dont les montants, quels qu'ils soient, sont entièrement couverts par la société. Seule différence : les avions privés et les limousines ont remplacé les chevaux d'apparat et les carrosses…

Jean-Paul Marat : « Un bon prince est le plus noble des ouvrages du Créateur, le plus propre à honorer la nature humaine et à représenter la divine. Mais pour un bon prince, combien de monstres sur la terre[1] ! »

Pour prendre la mesure de la dimension planétaire de la domination, prenons l'exemple des trusts de l'agroalimentaire. En 2004, dix sociétés transcontinentales, parmi lesquelles Aventis, Monsanto, Pioneer, Syngenta, etc., contrôlaient plus d'un tiers du marché mondial des semences. Ce marché se chiffre, en 2007, à 31 milliards de dollars.

Regardons maintenant du côté du marché des pesticides : il rapporte environ 28 milliards de dollars par an. Or, 80 % de ce marché est dominé par sept sociétés transcontinentales (parmi lesquelles, de nouveau, Aventis, Monsanto, Pioneer, Syngenta, etc.).

Le Bangladesh est l'État le plus densément peuplé de l'hémisphère Sud, avec 146 millions d'habitants vivant sur une terre de 110 000 kilomètres carrés. Je garde de ce pays un souvenir extraordinaire : partout où j'ai circulé – de nuit comme de jour –, à Dacca, à Chittagong, le long du Brahmapoutre ou du Gange, dans les villages ou dans les champs, partout, à chaque instant, j'ai été entouré d'une foule de gens presque toujours aimables, souriants, souvent très beaux. Or, le Bangladesh est le troisième pays le plus pauvre du monde selon le *Human Development Index* du PNUD.

---

1. Jean-Paul Marat, « De l'amour de la domination », in *Textes choisis, op. cit.*, p. 1.

Le pays s'étend dans une zone tropicale et subtropicale particulièrement rude : en période de mousson, deux fois par an, 60 % des terres du pays sont sous l'eau. Le limon transporté sur des milliers de kilomètres par quatre grands fleuves descendant de l'Himalaya fertilise la terre. Mais des bestioles de toutes sortes, prospérant dans ce climat constamment humide, détruisent régulièrement une part importante des récoltes de maïs, de blé et de millet et autres céréales.

Le prix des pesticides décide donc de la vie et de la mort de millions de Bengalis. Or, ce sont les féodalités capitalistes évoquées plus haut qui fixent annuellement le prix des pesticides vendus aux Bengalis. Et elles le font selon le critère de la maximalisation des profits. Sans aucun contrôle public.

Mais ce qui est vrai pour le Bangladesh l'est aussi pour l'Inde. En octobre 2004, la revue *Frontline* publia une interview du ministre indien de l'Agriculture, Raghuveera Reddy. Celui-ci indiquait qu'en Andhra Pradesh, l'un des principaux États membres de l'Union indienne, plus de 3 000 paysans, surendettés auprès des succursales locales des sociétés transcontinentales assurant la commercialisation des semences et des pesticides, s'étaient suicidés au cours de la période 1998-2004.

Regardons maintenant du côté des marchands de grains, qui contrôlent les circuits mondiaux de transport, des assurances, des silos – et, évidemment, la Bourse des matières premières agricoles de Chicago. Ici aussi, la concentration extrême des pouvoirs décisionnels et patrimoniaux est de rigueur : trente compagnies dominent le commerce mondial des céréales.

Sur les cinquante-deux États du continent africain et de ses îles, quinze seulement connaissent l'autosuffisance alimentaire. Les trente-sept autres doivent recourir au marché mondial pour nourrir leur population. Cela est vrai même en temps de récoltes « normales », autrement dit lorsque aucune guerre, aucune sécheresse, aucune attaque de criquets ou autre calamité naturelle (ou faite de main d'homme) ne ravage le pays. Le déficit alimentaire de ces États provient du fait que leur propre récolte n'est pas objectivement suffisante pour assurer la « soudure » – cette période, de longueur variable d'un pays à l'autre et d'une année sur l'autre, qui sépare l'épuisement des provisions, émanant de la récolte passée, de la nouvelle récolte.

En Zambie, le maïs est le plat national. Les Zambiens en mangent matin, midi et soir. En bouillie, en galettes, en grains rôtis, en soupe ou en porridge. Pour se nourrir durant la soudure, la Zambie doit fréquemment faire appel au marché mondial. Mais le gouvernement de Lusaka ne dispose que de moyens financiers modestes. Si les prix dictés par les cosmocrates du grain sont élevés, le gouvernement ne pourra tout simplement pas importer le nombre de sacs de maïs nécessaire – et des milliers de Zambiens mourront, comme en 2001 et en 2002.

Dans *L'Ami du peuple*, Jean-Paul Marat publia le 26 juillet 1790 un célèbre texte intitulé « Vrais moyens pour que le peuple soit heureux et libre ». Il y écrit : « Le premier coup que les princes portent à la liberté n'est pas de violer avec audace les lois, mais de les faire oublier… Pour enchaîner les peuples, ils commencent par les endormir[1]. »

Chacune des grandes sociétés capitalistes transcontinentales de la planète possède son ministère de la Propagande, dont le titre officiel est *Department of Corporate Communication* : celui-ci a pour tâche d'arti-

---

1. Jean-Paul Marat, in *Textes choisis, op. cit.*, pp. 6 *sq.*

culer, diffuser, défendre, expliquer, louer, légitimer la vision des choses que les princes veulent imposer à l'opinion publique.

Avec plus de deux siècles d'avance, Jean-Paul Marat décrit les activités des charlatans et gourous contemporains de la publicité et des relations publiques : « L'opinion est fondée sur l'ignorance, et l'ignorance favorise extrêmement le despotisme […]. Peu d'hommes ont des idées saines sur les choses. La plupart ne s'attachent même qu'aux mots. Les Romains n'accordèrent-ils pas à César, sous le titre d'empereur, le pouvoir qu'ils lui avaient refusé sous celui de roi ? […] Abusés par les mots, les hommes n'ont pas horreur des choses les plus infâmes, décorées de beaux noms, et ils ont horreur des choses les plus louables, décriées par des noms odieux. Aussi l'artifice ordinaire des cabinets est-il d'égarer les peuples en pervertissant le sens des mots[1]. »

En ma qualité de rapporteur spécial des Nations unies pour le droit à l'alimentation, il m'arrive de discuter avec les nouveaux pouvoirs féodaux. Confrontés aux déficiences ou aux conséquences catastrophiques de certaines décisions, les seigneurs recourent invariablement à cet argument magique : le « manque de communication ».

Les stratégies de lobbying, d'infiltration et de manipulation – des gouvernements, des parlements, de la presse et de l'opinion publique – développées par les nouveaux pouvoirs féodaux sont extraordinairement habiles et – hélas ! – efficaces. Elles feraient pâlir d'envie les ducs, comtes et marquis dénoncés par Marat.

Chaque société capitaliste transcontinentale organise non seulement son ministère de la Propagande, mais

---

1. *Ibid.*

aussi ses propres services d'espionnage et de contre-espionnage – ainsi que ses propres équipes d'hommes de main. Ces services secrets sont actifs sur les cinq continents. Ils infiltrent non seulement les quartiers généraux des cosmocrates concurrents, mais également les différents gouvernements nationaux – et la plupart des grandes organisations internationales, gouvernementales et non gouvernementales, de la planète.

Une des toutes premières choses que j'ai apprises au lendemain de ma nomination aux Nations unies a été de me méfier des systèmes de communication reliant le Haut-Commissariat aux droits de l'homme, domicilié à Genève, au siège central de l'ONU à New York. Pour traiter des affaires exigeant un minimum de confidentialité, l'utilisation des téléphones du palais Wilson ou de l'e-mail est fortement déconseillée. En revanche, les lettres écrites à la main et remises par porteur sont recommandées. J'ai procédé ainsi durant deux mois de 2002, lorsque je préparais ma riposte aux accusations que la mission américaine portait contre moi dans l'affaire des organismes génétiquement modifiés. J'y reviendrai.

Ancien haut responsable du département des opérations de la Central Intelligence Agency (CIA) américaine, Robert Baer témoigne de son admiration pour l'efficacité, la compétence, les moyens matériels des services de contre-espionnage, d'espionnage et d'action des grandes sociétés capitalistes transcontinentales[1]. Certaines de ces sociétés sont particulièrement habiles dans l'infiltration de la bureaucratie des grandes organisations spécialisées de l'ONU. En voici un exemple. L'OMS édicte des directives, vote des résolutions et conclut des conventions-cadres qui affectent directe-

---

1. Robert Baer, *La Chute de la CIA*, Paris, Gallimard, coll. « Folio », 2003.

ment les activités (et donc les profits) de nombre de sociétés transcontinentales privées de la chimie, du génie biologique et de la pharmaceutique, du tabac, etc. L'OMS organise, dans le tiers-monde, des campagnes de vaccination contre la poliomyélite, la fièvre jaune, la malaria, l'hépatite, qui touchent des centaines de millions de personnes. Ces campagnes représentent un enjeu financier gigantesque.

L'OMS entretient par ailleurs des dizaines de centres de recherche et de laboratoires à travers le monde. Elle investit également des centaines de millions de dollars dans son programme pour la prévention du sida. Dans l'hémisphère Sud, elle organise en outre la formation de médecins et d'infirmières. De plus, l'OMS développe une forte activité normative, rejetant ou acceptant des médicaments nouveaux, luttant pour l'utilisation des génériques et œuvrant pour la limitation de la protection intellectuelle (réduction des temps de validité des brevets) des médicaments essentiels aux populations du tiers-monde. En bref, les faits et gestes de l'OMS ont des incidences financières considérables.

Une femme exceptionnelle a pris la tête de l'OMS en 2000 : Gro Harlem Brundtland, ancien Premier ministre de Norvège et elle-même médecin. Elle nomma très vite une commission d'enquête composée d'experts internationaux de haut niveau, sous la présidence du professeur Thomas Zeltner. Celle-ci était chargée de débusquer partout dans l'appareil de l'OMS les fonctionnaires infiltrés par les fabricants de cigarettes. La commission procéda finalement à une épuration sévère. Et ce n'est qu'une fois cette épuration achevée que Brundtland accepta d'ouvrir des négociations avec les sociétés transcontinentales de la cigarette sur la nouvelle convention-cadre sur le tabac.

Voici un autre exemple d'infiltration de l'OMS. L'instance suprême de cette organisation est l'Assemblée générale de la santé. Celle-ci se réunit chaque été à Genève. Mais l'OMS est une organisation interétatique. Les délégations qui composent l'assemblée sont donc formellement des délégations d'État. C'est donc en toute logique que certains princes de la pharmaceutique dépensent chaque année des trésors d'ingéniosité et des sommes d'argent considérables pour convaincre diplomates et fonctionnaires qui composent les délégations. Ils y réussissent presque toujours.

Les décisions de l'Assemblée générale obéissent ainsi fréquemment à la volonté des nouveaux pouvoirs féodaux – et accessoirement aux besoins des peuples concernés.

En 2001, un groupe d'États scandinaves (et du tiers-monde) a déposé une motion exigeant que, désormais, chaque membre de chaque délégation soit contraint de révéler, avant l'ouverture des débats, ses éventuels conflits d'intérêts. En clair : ses relations de dépendance le liant à telle ou telle société pharmaceutique. La nuit précédant le vote, des valises pleines d'argent en liquide ont circulé entre les différents hôtels de la rive gauche, là où logeaient les délégués. Le lendemain matin, dès l'ouverture des débats, la délégation des États-Unis a demandé la parole. À ses yeux, la motion constituait une atteinte inacceptable à la souveraineté des États.

La motion scandinave fut rejetée à une forte majorité.

Jetons un coup d'œil du côté des services de contre-espionnage. Les nouveaux pouvoirs féodaux sont en effet des bureaucraties fortement autoprotectrices. Dans la guerre de la jungle du capitalisme globalisé, l'arme principale du cosmocrate est la surprise : empêcher son ennemi – c'est-à-dire les espions de celui-ci – de connaître les plans d'attaque en voie d'élaboration constitue une exigence absolue. Dans les sociétés transcontinentales, les services du contre-espionnage interne sont puissants. Gary Rivlin décrit leurs méthodes. Les employés du Citygroup et de Dow Chemical sont systématiquement surveillés, même dans leurs activités privées. Chez Microsoft et chez Oracle, les deux plus puissantes sociétés transcontinentales de l'électronique, l'écoute téléphonique et le contrôle des disques durs des ordinateurs figurent parmi les mesures de routine[1]...

Regardons maintenant du côté de l'espionnage. Celui-ci est à la base de toute offre publique d'achat (OPA) hostile lancée à la Bourse, ou de toute fusion profitable. Conquérir de nouveaux marchés, corrompre efficacement un gouvernement récalcitrant, ou les experts d'une organisation spécialisée de l'ONU (ou de l'Union européenne) exige un travail de renseignement préalable subtil, patient et compétent. Sans services d'espionnage, le nouveau seigneur féodal reste aveugle. Et donc vulnérable.

Quelles que soient les stratégies d'infiltration, d'espionnage et de contre-espionnage mises en œuvre par les nouveaux despotes, le moteur de leurs actions reste le même : la maximalisation du profit dans un temps court et à n'importe quel prix humain. L'avidité pure, l'impérialisme du vide, « le but sans but » (« *Der zwecklose Zweck* »), comme disait Emmanuel Kant.

Prenons l'exemple des cosmocrates de la pharmaceutique : ils n'entreprennent le développement de tel ou tel médicament que lorsque leurs services de marketing

---

1. Gary Rivlin, in *New York Republic*, New York, avril 2003.

ont, au préalable, identifié l'existence d'une clientèle au pouvoir d'achat élevé.

Denis von der Weid, président d'Antenna, l'une des plus courageuses ONG luttant pour le droit à la santé et dont le siège est à Genève, dit : « C'est un grand malheur que la malaria ne sévisse pas à New York. »

L'OMS use de l'expression « *neglected diseases* » pour traiter des maladies négligées par les trusts pharmaceutiques. Or, celles-ci sont légion et tuent (ou rendent invalides) chaque année des dizaines de millions de personnes. Mais aucun médicament (sinon de fort anciens et bien peu efficaces) n'existe pour les combattre.

La fièvre dengue est une infection virale. Elle attaque annuellement environ 50 millions de personnes. Fortement contagieuse, elle sévit avant tout dans l'hémisphère Sud. Ses symptômes s'apparentent à ceux de la malaria, et elle est transmise par des moustiques. L'OMS considère qu'environ 2 milliards de personnes en sont infectées une fois au moins dans leur vie. Ses premiers symptômes ressemblent à ceux d'une très forte grippe, avec des pointes de fièvre dépassant 40 degrés. Elle est souvent mortelle, surtout chez les enfants et les femmes sous-alimentés.

L'épidémie a été constatée dans cent pays, notamment en Afrique noire et en Asie du Sud-Est (mais aussi au Brésil, où le fléau a sévi il y a dix ans). Pourtant, les recherches pour combattre la fièvre dengue sont restées embryonnaires. Au Brésil, en Indonésie, en Namibie, quiconque est infecté par ce virus doit le combattre seul, avec ses propres forces immunitaires, et meurt le plus souvent à l'issue d'une terrible souffrance.

Les cosmocrates ont, par ailleurs, largement négligé la recherche et la mise au point d'un médicament vraiment efficace pour lutter contre la maladie du sommeil. Car celle-ci sévit essentiellement en climat tropical, et au sein de populations mal nourries, démunies et privées d'installations sanitaires suffisantes.

Pour traiter d'autres maladies virales et épidémiques, certains médicaments efficaces sont disponibles, mais à des prix prohibitifs pour les pauvres dans les pays du tiers-monde. C'est ainsi que 21 millions de personnes, souvent des enfants, sont mortes en 2006 de la malaria ou de la tuberculose, dont plus de 90 % dans l'un des 122 pays dits en développement.

Le contraste est frappant. Les trusts pharmaceutiques inondent chaque année les marchés nord-américains et européens de nouveaux médicaments, toujours plus sophistiqués. Or, ces médicaments répondent le plus souvent à des indications identiques et parfaitement répertoriées. Ils ne varient que par la couleur de la pilule, la forme de l'emballage et le nom. Des myriades de médicaments promettent ainsi de corriger, de combattre le moindre dysfonctionnement des corps blancs et bien nourris. Une visite dans une quelconque pharmacie genevoise ou parisienne renseigne sans ambiguïté sur l'absurdité de cette situation. La dernière génération – et pour l'instant la plus profitable – de ces médicaments est constituée par les *life style drugs* (molécules contre le vieillissement, contre la baisse de la libido, les rides, etc.).

Je donne une ultime statistique de l'OMS : entre 1975 et 2000, dans le monde, les autorités nationales compétentes ont autorisé la commercialisation de 1 393 nouveaux médicaments, dont 16 seulement sont destinés au combat contre l'une ou l'autre des « maladies négligées ». Le rapport de l'OMS (Genève, 2004) tire de ces données une conclusion simple. Je cite : « En matière pharmaceutique, la fonction régulatrice du marché est inopérante pour répondre aux besoins. Des mesures normatives seraient indispensables. »

Or, les nouveaux despotes y répugnent.

Mais la situation est parfois plus compliquée. Car dans certaines sociétés transcontinentales, le Diable et le Bon Dieu se livrent de sourds combats : une fraction de la direction se fait l'avocate d'une conduite décente, une autre de la maximalisation des profits la plus brutale. En voici une illustration.

Novartis, dont le quartier général est à Bâle, est, rappelons-le, la deuxième société pharmaceutique la plus puissante du monde[1]. Son chef suprême est un dynamique et loquace médecin dans la cinquantaine, d'origine fribourgeoise et de confession catholique, amateur de belles motos, Daniel Vasella. Or, Vasella a un ami, Klaus Leisinger.

Professeur de sociologie du développement à l'Université de Bâle, Leisinger jouit d'un prestige scientifique confirmé. Il bénéficie aussi, et à juste titre, de la confiance des principales organisations non gouvernementales de solidarité avec les peuples du tiers-monde. Ayant été pendant quatre ans directeur du géant pharmaceutique Ciba-Geigy, responsable de l'Afrique centrale et orientale, Leisinger connaît d'expérience les trusts de la pharmaceutique.

Et c'est précisément avec Klaus Leisinger que Daniel Vasella a créé, en 1990, la fondation Novartis pour un développement durable. Leisinger en est le président.

Leisinger est constamment entre deux avions. Sautant de Manille à Johannesburg, du Costa Rica à Pékin, il organise des séminaires de développement durable et de *corporate governance* destinés aux managers

---

1. En 2004, les profits nets s'élevaient à plus de 6 milliards de dollars, ce qui correspond à une progression d'environ 15 % en une année. *Idem* pour le chiffre d'affaires de plus de 28 milliards en 2004. Plus de 40 % de ce chiffre d'affaires est réalisé aux États-Unis.

régionaux et locaux de Novartis[1]. Il est même parvenu à introduire, parmi les critères en vertu desquels il sera décidé de la promotion des managers, celui-ci : « a favorisé, dans son pays d'opération, l'avancement du développement durable ». Bref, l'activité mondiale de la fondation Novartis est parfaitement digne d'estime.

Elle a notamment donné son appui à deux chercheurs de réputation mondiale, retraités de Novartis : Paul Herrling et Alex Matter. Et en 2002, les deux savants ont fondé à Singapour le Novartis Institute for Tropical Deseases (NITD). En 2007, 87 chercheurs travaillent dans ses laboratoires. Les frais de fonctionnement sont partagés entre Novartis et le gouvernement de Singapour.

Matter et Herrling tentent de trouver un médicament pour lutter contre la fièvre dengue et les nouveaux bacilles particulièrement résistants de la tuberculose. Le cahier des charges prévoit deux conditions. D'une part, les nouveaux médicaments devront être disponibles en pilules, mais sous une forme qui, en climat tropical chaud et humide, leur permettra de conserver leur efficacité pendant longtemps. En deuxième lieu, le prix d'achat de ces nouveaux médicaments ne devra pas dépasser un dollar par jour de traitement.

L'objectif affiché est d'amener, d'ici à 2008, deux molécules nouvelles jusqu'en phase de test clinique et de les mettre à la disposition des patients d'ici à 2013.

Bernard Pécoul dirige une organisation non gouvernementale, proche de Médecins sans frontières, l'Initiative for Drugs for Neglected Diseases. Il se pose bien des questions. Quelle peut bien être la motivation de Vasella ? En fait, certains des pays les plus pauvres de

---

1. Klaus M. Leisinger, *Unternehmensethik, Globale Verantwortung und modernes Management*, Munich, Verlag C. H. Beck, 1997.

la planète vont peut-être un jour connaître le décollage économique. Par exemple la république de São Tomé et Príncipe et la Guinée équatoriale qui, il y a cinq ans encore, étaient des nations sous-prolétaires, mais sont en train de s'assurer un pouvoir d'achat élevé, du pétrole *offshore* d'excellente qualité et en grande quantité ayant été découvert dans leurs eaux territoriales. En fournissant à des pays prolétaires des médicaments essentiels à leur prix de revient, Novartis fait un pari sur l'avenir. Lorsque ces pays parviendront à l'aisance économique, Novartis sera déjà dans la place... Et Pécoul de conclure : quelles que soient les motivations de Vasella, ce soutien, à hauteur de 120 millions de dollars sur cinq ans, apporté à Herrling et à Matter est positif[1].

Mais la fondation de Leisinger, l'institut de Matter et de Herrling ont-ils une quelconque influence sur les stratégies de fixation des prix, de commercialisation et de communication de Novartis ? Les choix du cosmocrate sont-ils infléchis par son amitié avec les trois philanthropes ?

Je ne le pense pas.

L'un des exemples les plus récents du cynisme vigoureux, de l'avidité sans limites du seigneur de Novartis concerne l'Inde et le médicament anticancéreux Glivec.

Glivec est efficace contre une variante particulièrement dangereuse de la leucémie. Novartis gagne annuellement environ 2,5 milliards de dollars avec Glivec. Le

---

1. Bernard Pécoul, cité par Birgit Voigt *in* « Kampf gegen vergessene Krankheiten », *Neue Zürcher Zeitung am Sonntag*, Zurich, 4 juillet 2004.

patient paie durant toute sa vie environ 50 000 dollars par an.

Glivec ne guérit pas totalement la leucémie, mais ralentit considérablement sa progression.

En Inde, Glivec est fabriqué sous forme de générique. La cure annuelle par générique coûte 2 100 dollars.

Glivec fait partie des brevets dont nous avons déjà parlé aux pages précédentes : c'est une « *me-too-drug* », un produit d'imitation.

Lorsque la durée de protection du brevet est échue, la société pharmaceutique jette sur le marché le même médicament sous une forme légèrement différente (nouvel emballage, nouvelle couleur du produit, etc.). La société fait inscrire le médicament comme un produit « nouveau » et le fait protéger par un nouveau brevet.

Des brevets d'une durée de protection de 20 ans peuvent ainsi être prolongés pratiquement pour l'éternité. La société productrice garantit son monopole et ses prix de vente fantaisistes.

On appelle « *evergreening* » cette stratégie détestable. Elle permet de protéger le médicament (et les profits astronomiques qu'il procure) contre les génériques.

L'Organisation mondiale du commerce (OMC) s'est penchée sur le problème. Après des années de négociations intenses et compliquées entre les trusts pharmaceutiques et les gouvernements des pays du tiers-monde, une solution fut trouvée en 2002 : désormais seuls les médicaments réellement nouveaux, innovatifs pourront être protégés par des brevets à vocation universelle. De plus, l'OMC créa une clause d'exception : dans le cas d'une « situation d'urgence nationale », la protection universelle d'un brevet peut être contestée par l'État concerné.

En 2005, l'Inde adopta une nouvelle loi sur les brevets. Celle-ci reprend textuellement les dispositions de l'OMC.

La même année, Vasella et son équipe d'avocats internationaux, royalement rémunérés, attaquent la loi devant la cour fédérale de la Nouvelle Delhi.

Vasella veut faire interdire la production (et la diffusion mondiale) du générique de Glivec.

L'Inde possède plus de 20 000 entreprises pharmaceutiques.

L'Inde est de loin le plus puissant fabricant de médicaments génériques. Plus de 70 % de sa production de génériques sont destinés à l'exportation, surtout dans les pays les plus pauvres du monde. Des millions d'êtres humains à travers le monde, affectés par le cancer, ne peuvent se payer que des médicaments génériques.

L'attaque de Vasella est extrêmement dangereuse. Si elle devait être couronnée de succès, des centaines de milliers de malades de leucémie mourraient d'une mort atroce faute d'accès au médicament.

En 2007, la cour de la Nouvelle Delhi rendit un premier verdict défavorable à Vasella. Celui-ci attaqua le jugement et fit appel. L'appel fut rejeté.

Dans ses jeunes années, Vasella a été assistant à l'Institut de pathologie de la faculté de médecine de Berne. Je connais certains de ses anciens collègues, qui ont gardé un contact amical avec lui. Ils le décrivent comme un homme déchiré par ses contradictions. Le motard rayonnant et sûr de lui vivait en fait un drame permanent.

Vasella est convaincu de sa mission. Dirigeant la deuxième société pharmaceutique la plus puissante du monde, il produit des médicaments de très haute qualité.

Les laboratoires de Novartis à Bâle, en Alsace et aux États-Unis ne développent-ils pas des médicaments qui sauvent chaque année des millions de vies, font reculer la souffrance, allègent la vie des hommes ? Découvrir les molécules qui sont à la base de ces médicaments, produire, commercialiser et rendre disponibles ces médicaments est une tâche sacrée.

Mais en même temps, il faut bien survivre – contre La Roche, contre Aventis, contre Pfizer. Et le marché mondial de ceux qui peuvent payer les prix exorbitants des médicaments n'est pas illimité.

Les ennemis sont féroces. Entre cosmocrates, on ne se fait pas de cadeaux. C'est la guerre à chaque instant. La guerre de la jungle.

Que faire ?

S'ils veulent survivre aux postes qu'ils occupent, les cosmocrates doivent être féroces, cyniques et impitoyables. S'écarter du sacro-saint principe de la maximalisation des profits au nom de l'humanisme personnel équivaudrait à un suicide professionnel.

Le dilemme est vécu par de nombreux cosmocrates. Voici le cas de Peter Brabeck, le patron de Nestlé.

En Éthiopie, 7,2 millions d'hommes, de femmes et d'enfants sont menacés de destruction par la faim. Le principal produit d'exportation de l'Éthiopie, je l'ai dit, est le café. Cette ressource fournit ses principales devises à l'État. Or, depuis trois ans, je l'ai dit aussi, les prix payés aux producteurs se détériorent rapidement. Par millions, les familles paysannes se disloquent ou se réfugient dans les bidonvilles des agglomérations, errent sur les routes, périssent lentement.

Brabeck devrait-il payer aux producteurs éthiopiens un prix décent pour les grains de café qu'il leur achète, alors que le marché mondial lui permet d'obtenir ces mêmes grains à un prix dérisoire ? Brabeck doit-il renoncer au principe de la maximalisation du profit qui est à la base de la puissance mondiale de Nestlé… et risquer que ses ennemis d'Archer Daniels Midland, d'Unilever ou de Cargill l'éliminent du marché du café ?

Un autre exemple encore. Joseph Ackermann est le président de la direction de la Deutsche Bank, la plus puissante banque d'Europe. C'est un catholique originaire de Lucerne, en Suisse. Il est parfaitement conscient des ravages que provoque en Afrique, en Amérique latine et en Asie le garrot de la dette, qu'il manie pourtant avec tant de dextérité. S'il renonçait unilatéralement à ses créances, il favoriserait l'existence de dizaines de millions d'êtres humains. Mais en même temps, il affaiblirait la position de la Deutsche Bank sur le marché mondial des capitaux. Qui en profiterait ? Ses pires ennemis, le Crédit suisse Group et le président de la banque J. P. Morgan Chase Manhattan.

Dans l'ordre du capitalisme prédateur, qui prospère grâce à la faim et à la dette, les choix sont limités. Ou bien le cosmocrate se comporte comme un être humain solidaire des autres êtres humains… et son empire se défait. Ou bien, il envoie au diable toute compassion et toute sympathie, se conduit en prédateur féroce et cynique… et le retour sur investissement s'accroît, ses profits grimpent au ciel et sous ses pieds les charniers se creusent.

Il n'y a guère d'autre choix. Et vu les bénéfices personnels confortables que les princes tirent de leur activité, il est peu tentant pour eux de choisir la voie de la compassion et de sortir du jeu.

L'impunité

L'impunité des cosmocrates est presque totale. L'exemple qui suit en témoigne, mais il donne aussi la mesure de ce que les peuples du monde peuvent obtenir par la mobilisation.

La société transcontinentale de l'agrochimie Union Carbide entretenait sa plus grande usine d'Asie du Sud dans la ville de Bhopal, près de New Delhi. Union Carbide dominait presque exclusivement le marché des pesticides en Inde.

Le matin du 3 décembre 1984, une fuite de gaz se produit dans l'usine. Un énorme nuage de 27 tonnes de gaz se forme et enveloppe la ville. Il s'agit d'un gaz particulièrement toxique : le méthylisocyanate. Plus de 8 000 femmes, hommes et enfants de Bhopal mourront dans la journée.

Dans les semaines, les mois, les années qui suivront, le poison fera son œuvre : lentement, 20 000 personnes mourront au cours des trois années suivantes. Quant aux aveugles et aux mutilés, aux malades graves et chroniques, leur nombre s'élève aujourd'hui à plus de 100 000.

Ce qui va suivre se lit comme un catalogue typique des intrigues et des mensonges mis en œuvre par les cosmocrates pour se dérober devant leurs responsabilités face aux populations qu'ils ravagent.

Première bataille : Union Carbide parvient à faire juger par un tribunal indien les requêtes en dommages et intérêts intentées par les familles des victimes.

Union Carbide est américaine. Selon les lois en vigueur, elle aurait dû être jugée au lieu de domiciliation de sa société mère. Mais au prétexte que l'État indien détenait des parts dans la société propriétaire de l'usine de Bhopal, les avocats d'Union Carbide ont obtenu la délocalisation du procès.

Le résultat ? Un accord extrajudiciaire entre la société et les familles des victimes, conclu en 1989, aboutit au versement de la somme de 470 millions de dollars de dommages et intérêts. Plaidé devant la justice américaine, ce même procès aurait valu à Union Carbide, sans aucun doute, des dommages et intérêts atteignant des milliards de dollars.

La distribution aux familles des victimes de ces 470 millions de dollars sera confiée au gouvernement central de New Delhi. Mais les fonctionnaires détournèrent une bonne partie de la somme.

Pourtant, l'Inde abrite des mouvements sociaux puissants, une société civile vivante, intelligente, déterminée. Les associations attaquèrent l'accord extrajudiciaire. Elles demandèrent que Warren Anderson, le P-DG d'Union Carbide, soit extradé et jugé en Inde pour meurtre sans préméditation. Mais pendant ce temps, le méthylisocyanate continuait de tuer. Des enfants naissaient atrophiés. Des dizaines de milliers d'adultes sont devenus aveugles.

Les associations regroupant des familles de victimes, soutenues par des avocats issus de la société civile, ont commencé à examiner la gestion passée de la direction de l'usine de Bhopal. Première découverte : les déchets (nombreux et toxiques) n'avaient pas été éliminés selon les prescriptions de la loi indienne, mais simplement enfouis dans un immense terrain de 35 hectares voisin de l'usine. Les déchets étaient contenus dans des citernes enfouies à même le sol. Les citernes commençaient à fuir. Union Carbide nia les fuites.

Or, ces déchets toxiques contenaient des poisons dangereux, surtout du mercure. Le mercure gagna la nappe phréatique.

Les habitants de la région se plaignirent alors. Puis les plaintes se multiplièrent : l'eau du robinet ou tirée des puits était polluée ! Elle était à l'origine de maladies et de naissances d'enfants difformes ! Finalement, l'État du Madhya Pradesh, où est localisée la décharge, a pris le contrôle du terrain. Mais il ne s'est rien passé d'autre.

Une des stratégies de contrôle les plus constantes des nouveaux seigneurs féodaux, partout dans le monde et notamment dans les pays de l'hémisphère Sud, est la corruption. Les ministres, juges, fonctionnaires, politiciens régionaux ou locaux sont mal payés. Un cadeau remis discrètement par un intermédiaire des cosmocrates aidera à arranger les choses.

Aujourd'hui, les plaintes déposées par les utilisateurs de l'eau polluée du Madhya Pradesh se heurtent à un mur de béton. Rien ne se passe. Le mercure continue pourtant de tuer, de mutiler.

En 1999, Greenpeace international fut appelée à l'aide par les victimes. L'organisation mena une enquête scientifique approfondie. Elle en publia les résultats. Le rapport établissait un fort taux de mercure et d'autres produits chimiques de haute toxicité dans la nappe phréatique.

Les associations décidèrent alors d'attaquer devant les tribunaux. Mais, instruites par leur défaite de 1989, elles s'adressèrent cette fois non plus aux tribunaux indiens, mais à la justice de New York. Et c'est donc aux États-Unis mêmes qu'elles attaquèrent la société transcontinentale Dow Chemical, qui avait repris, en 2001, Union Carbide. (Dow Chemical a notamment fabriqué le napalm qui, durant la guerre du Vietnam et les guerres d'Afghanistan et d'Irak, a été versé sur les populations martyres. En raison de ses liens intimes avec le Pentagone, Dow Chemical dispose d'une grande influence politique, financière et donc judiciaire aux États-Unis.)

Le juge new-yorkais a finalement débouté les victimes de Bhopal. Son argument-clé était qu'il ne pouvait entrer en matière parce que son jugement, s'il était éventuellement favorable aux plaignants, ne pourrait pas être exécuté dans un pays distant de 8 000 kilomètres…

Les victimes de Bhopal ont fait appel.

La cour d'appel des États-Unis a rendu un arrêt qui mérite qu'on s'y arrête. On y lit, en effet, que si le gouvernement indien reconnaissait comme exécutoire un éventuel jugement de New York, le juge de première instance devrait reprendre le dossier.

En janvier 2004, plus de 100 000 personnes venues des cinq continents et représentant près de 10 000 mouvements sociaux, syndicats, associations, Églises, etc. de la société civile planétaire se sont réunies à Bombay à l'occasion du IVe Forum social mondial. L'indemnisation des victimes de Bhopal, la lutte contre l'arrogance de Dow Chemical figuraient parmi les thèmes du Forum.

Le gouvernement central et celui du Madhya Pradesh durent donc céder. Ils communiquèrent à New York leur acceptation de la qualité exécutoire sur sol indien d'un éventuel jugement américain.

En 2007, l'affaire est toujours entre les mains de la justice new-yorkaise. Déjà, en 2004, Hervé Kempf, qui, par ses analyses subtiles, a largement contribué à faire connaître en Europe le combat des survivants et des familles martyres de Bhopal, écrivait : « Si le juge [new-yorkais] faisait porter la responsabilité à Dow Chemical, sa décision aurait un impact important : elle signifierait que les pollutions provoquées par les multinationales dans les pays du Sud ne resteraient plus impunies[1]. »

Une anecdote :

Une de mes missions de rapporteur spécial des Nations unies pour le droit à l'alimentation m'a conduit en septembre 2005 en Inde centrale, dans l'État du Madhya Pradesh. Sa capitale est Bhopal. Au lieu d'une cité industrielle, avec des murs noircis par la fumée des hauts-fourneaux, des usines en béton et des constructions monstrueuses tels que je les connaissais d'autres cités de l'Inde centrale, j'ai découvert une petite ville coquette, construite au bord d'un lac, perdue dans les collines.

Des palmiers royaux délimitent ses boulevards. Sur les collines, perdus dans la verdure, se dressent des stupas (sanctuaires bouddhistes) d'une blancheur immaculée, datant du IIIe siècle avant Jésus-Christ.

À moins d'un kilomètre du palais de Noor-Sabah, on découvre, perdue dans un verger, la ruine noircie de l'usine chimique.

Deux policiers fatigués gardent l'entrée du verger.

Là où en décembre 1984 s'est élevé dans un ciel clair le nuage jaune du gaz mortel – qui a tué 20 000 personnes

---

1. Hervé Kempf, in *Le Monde*, 26 juin 2004.

et rendu aveugles des dizaines de milliers d'autres – ne se trouvent aujourd'hui que quelques murs calcinés.

Un immense panneau, en hindi et en anglais, est dressé sur le mur principal. Il témoigne de la mémoire vivante de la catastrophe, mais aussi de la colère qu'éprouvent aujourd'hui encore les habitants de Bhopal face au cynisme abyssal et à l'arrogance des seigneurs de la multinationale de la chimie.

Le panneau dit : *« Hang Warren Anderson ! »* (« Pendez Warren Andersotim ! »)

Dow Chemical n'est pas la seule société multinationale privée qui tente – avec succès jusqu'à maintenant – de fuir ses responsabilités.

Prenons un autre exemple : celui de Monsanto.

Au Vietnam, des organisations caritatives internationales et l'État ont construit des maisons destinées à héberger les victimes de l'Agent orange, ce poison mutilant dispersé au-dessus des fleuves, des rizières et des forêts du pays par dizaines de milliers de tonnes par l'aviation américaine.

Dans une de ces maisons, j'ai rencontré Anh Kiet, un jeune homme d'environ 23 ans. Il est invalide. Son visage est marqué par l'angoisse, la douleur. Ses yeux bruns, mobiles cherchent le regard du visiteur. Selon ses médecins, Anh Kiet a l'âge mental d'un enfant de 6 ans. Il ne peut pas parler. Lors des repas, un aide-soignant lui donne à manger avec une cuillère. Périodiquement sa voix émet des sons stridents, pareils aux cris d'un animal.

Kiet habite à Cu Chi, à 45 km environ de Ho Chi Minh-Ville. Il est l'un des 150 000 enfants et plus, nés invalides, mutilés de naissance à cause de l'Agent orange.

Environ 800 000 Vietnamiens souffrent de maladies chroniques dues à l'absorption de nourriture ou d'eau contenant de la dioxine.

Entre 1961 et 1971, l'aviation américaine avait déversé sur le pays plus de 79 millions de litres du pesticide du type Agent orange.

En février 2004, la VAVA (Vietnamese Association of Victims of Agent Orange) déposait auprès de la justice de New York une *class-action* contre Monsanto et 36 autres fabricants du poison chimique. Des ONG américaines, des avocats bénévoles soutenaient le combat de la VAVA.

La *class-action* demandait des dommages et intérêts pour les enfants invalides et pour les souffrances endurées par des milliers d'autres personnes, affligées de cancers ou d'autres maladies graves, dus au poison américain.

Les avocats de la VAVA avaient bon espoir. L'année précédente, une autre *class-action* du même type, déposée par 10 000 vétérans américains de la guerre du Vietnam – qui avaient subi, eux aussi, de graves dommages physiques et mentaux dus à l'Agent orange –, avait été déclarée recevable par la justice new-yorkaise.

Le 10 mars 2005, le juge fédéral Jack B. Weinstein du District-Court de Brooklyn rendit son jugement. L'exposé des motifs remplit 233 pages. Sa conclusion : la plainte vietnamienne est rejetée « faute de preuves suffisantes ».

III

Briser la concurrence déloyale du vivant

Un riz sur lequel on greffe un gène provenant d'une autre espèce (d'une tomate, d'une pomme de terre, d'une chèvre, etc.) peut développer des épis plus résistants aux aléas climatiques, des épis qui pousseront sur un sol aride ou qui produiront plus de grains, des épis enfin qui pourront se passer de pesticides. Mais en même temps, ces plantes génétiquement modifiées produisent une nourriture dont personne ne connaît les effets à moyen et à long terme sur l'organisme humain. La prudence extrême est donc de rigueur. La maladie de Creutzfeldt-Jakob, dite « de la vache folle », doit nous y inciter.

La modification génétique d'une plante est le fruit de l'insertion de gènes étrangers à l'espèce… alors que l'on ne sait presque rien du fonctionnement du génome. Mais la plante transgénique est, pour les cosmocrates, source de revenus astronomiques. Parce qu'elle est protégée par un brevet. Soit le paysan producteur utilisant la semence génétiquement modifiée prélève sur la récolte de l'année écoulée les semences pour l'année à venir, et il doit payer les taxes à la société transcontinentale détentrice du brevet. Soit il achète des semences modifiées dont les grains récoltés ne permettent aucune reproduction (brevet Terminator), et il doit alors acheter chaque année de nouvelles semences à la société[1].

La découverte et la diffusion des organismes génétiquement modifiés réalisent un vieux rêve des capitalistes. Celui d'éliminer la concurrence déloyale du vivant. La nature, la vie produisent et reproduisent gratuitement les plantes, les hommes, la nourriture, l'air, l'eau, la lumière. Pour le capitaliste, la chose est intolérable. Pour lui, il ne saurait y avoir de biens publics au sens strict du terme. La gratuité lui fait horreur.

Mon grand-père maternel et tous mes ancêtres dans cette lignée ont été paysans à Bangerten, un petit village suisse des plateaux bernois situé entre le Jura et les Préalpes. Tout petit, j'ai vu mon grand-père, aidé de sa femme, de ma mère et de ses valets de ferme, faucher les blés, battre les épis, remplir les sacs, les amener au moulin dans des charrettes (qui, alors, me paraissaient immenses). Chaque mois d'août, sur les plateaux brûlés de la campagne bernoise, il prélevait des grains pour les semences d'hiver. Pour les cosmocrates de Monsanto, cette idée relève aujourd'hui tout simplement du cauchemar.

Aujourd'hui, 60 % de la population active de la terre sont des paysans. Comment les convaincre que leur salut réside dans l'acceptation des semences brevetées et génétiquement modifiées ?

L'argument le plus contestable auquel recourent les nouveaux despotes est de prétendre que les OGM sont l'arme absolue contre la faim. Quiconque veut en terminer avec le massacre par la faim devrait se convertir aux manipulations génétiques des plantes, des vaches, des chèvres, des moutons et des poules, affirment-ils.

---

1. Robert Ali Brac de la Perrière et Frank Seuret, *Graines suspectes. Plantes transgéniques : une menace pour les moins nantis*, Paris, Éditions de l'Atelier, coll. « Enjeux-Planète », 2002.

La contrevérité est énorme, mais elle est assénée quotidiennement dans tous les pays du monde par les ministères de la propagande des cosmocrates, et à coups de milliards de dollars.

Rappel : le *Rapport sur l'insécurité alimentaire dans le monde* de la FAO, publié en 2006, prouve, chiffres à l'appui, que l'agriculture mondiale, dans l'état actuel du développement de ses forces productives, pourrait nourrir sans problème (et surtout sans OGM) 12 milliards d'êtres humains. « Sans problème » signifie donner à chaque individu adulte, chaque jour, une ration de nourriture contenant 2 700 calories. Or, nous ne sommes aujourd'hui que 6,2 milliards d'êtres humains sur terre.

Les plantes génétiquement modifiées, je l'ai dit, sont protégées par des brevets. Voilà ce qui fait leur attrait. Monsanto encaisse annuellement des dizaines de millions de dollars de taxes. Ses dirigeants poursuivent avec une extraordinaire agressivité leurs débiteurs.

L'un de ces procès a attiré récemment une attention particulière, celui qu'a subi Percy Schmeiser.

Schmeiser est un agriculteur canadien de 73 ans, installé avec sa famille dans le petit bourg de Bruno, dans la province du Saskatchewan. Fines lunettes cerclées d'acier, cheveux gris coiffés avec soin, il porte un costume brun et une cravate rouge. Greenpeace l'accompagne dans sa tournée d'information en Europe. L'étape genevoise a eu lieu début juin 2004.

Schmeiser n'est ni furieux ni désespéré. Il raconte. En 1998, les avocats de Monsanto-Canada exigent qu'il verse à la société une forte somme d'argent pour l'utilisation « frauduleuse » de semences génétiquement modifiées de colza, dont le brevet lui appartient. 400 000 dollars. Ni plus, ni moins.

Schmeiser refuse.

Les avocats portent alors plainte pour « contrefaçon de brevet ». Ils accusent Schmeiser d'avoir acheté, puis vendu sans licence du colza de la marque Roundup Ready. Ce type de colza génétiquement modifié a pour qualité essentielle de résister à l'herbicide de la marque Roundup… lui aussi fabriqué par Monsanto !

Les agents de Monsanto présentent triomphalement l'inventaire des quelques plants de colza modifiés qu'ils ont localisés après des visites nocturnes aux champs. Schmeiser ne nie pas que quelques plants de colza transgénique aient poussé dans son champ. Mais c'est le vent, dit-il, qui a apporté ces grains. Sept de ses voisins utilisent en effet des semences de colza modifiées… Schmeiser, pour sa part, se dit victime de pollution passive.

Le juge de première instance n'en a cure. Schmeiser n'aurait pas dû exploiter les semences brevetées, peu importe de quelle façon celles-ci ont atterri dans son champ.

Mais Schmeiser est un homme précis, honnête, scrupuleux, un vrai paysan canadien. Lui-même avait repéré, bien avant les espions de la société, la présence de ces graines. Comment ? À la lisière de son champ, au bord d'un fossé, certaines tiges de colza avaient incroyablement résisté lorsqu'il avait répandu de l'herbicide de la marque Roundup sur son champ.

Après le premier jugement, Schmeiser prend peur. Il n'est pas riche. Comment payer les dommages et intérêts et les taxes de brevet « arriérées » auxquels il est condamné ? « Je n'avais pas d'argent, je risquais la faillite. Je voulais sauver ma famille et ma ferme », dit-il.

Il fait donc appel.

Le 21 mai 2004, après six ans de procédure (et de frais d'avocats), l'affaire vient enfin devant la Cour suprême. Par cinq voix contre quatre, Schmeiser est condamné. Monsanto triomphe.

Schmeiser dit : « Depuis cinquante ans, je prélève des grains dans mes champs pour les semences de l'année à venir… Un agriculteur ne devrait jamais perdre son droit de ressemer ses grains… Les grains sont le résultat de milliers d'années de conservation et de sélection des fermiers du monde entier… La Cour consacre la perte d'un droit fondamental et séculaire. »

Lors de son voyage genevois, il était accompagné par Tom Wiley, lui-même agriculteur aux États-Unis. Comme des milliers de ses collègues nord-américains, Wiley subit actuellement les insinuations, le chantage, les attaques des avocats de Monsanto.

Qu'on m'autorise ici un souvenir personnel.

Le 16 octobre de chaque année est proclamé, par les Nations unies, le *World Food Day* (la Journée mondiale de l'alimentation)[1]. Depuis ma nomination, en septembre 2000, comme rapporteur spécial des Nations unies pour le droit à l'alimentation, je tiens, ce jour-là, une conférence de presse devant les journalistes accrédités au palais des Nations à Genève.

J'ai fait de même le 16 octobre 2002.

Or, en 2002, la famine ravageait de larges parties de l'Afrique australe. Au Malawi, en Zambie, au nord de l'Afrique du Sud, au Botswana, au Lesotho, dans certaines régions du Zimbabwe et de l'Angola, la récolte de céréales, notamment du maïs, avait été catastrophique. La sécheresse sévissait. En Angola, s'y ajoutaient les conséquences désastreuses de la guerre civile. Bref, plus de 14 millions d'enfants, d'hommes et de femmes étaient menacés de mort immédiate.

---

1. Car c'est le 16 octobre 1945 qu'a été fondée la FAO.

Le Programme alimentaire mondial (PAM) distribuait des dizaines de milliers de tonnes de nourriture, notamment de maïs, dans les zones sinistrées. Une grande partie de ce maïs était donnée gratuitement par le gouvernement des États-Unis. Il s'agissait, sans exception, de grains génétiquement modifiés.

Le 12 octobre 2002, le président de la république de Zambie provoqua le scandale : malgré la situation alimentaire précaire d'une grande partie de la population zambienne, il refusa le maïs américain. Il le dénonça comme étant de la « *poisoned food* », de la « nourriture empoisonnée », et demanda au PAM de cesser immédiatement sa distribution.

À la fin de ma conférence de presse, une jeune journaliste africaine me demanda mon opinion sur la déclaration du président zambien. Ma réaction fut d'une prudence tout helvétique. Je répondis : « La communauté scientifique internationale est partagée en ce qui concerne les dangers pour la santé publique véhiculés par les organismes génétiquement modifiés. Certains scientifiques voient dans la consommation de nourriture hybride un danger. Je ne suis ni biologiste ni médecin. Je ne peux donc me prononcer sur cette dispute. Mais je constate que l'Union européenne applique le principe de précaution et interdit le libre commerce des produits génétiquement modifiés (elle n'admet que le soja hybride pour l'alimentation du bétail). L'Union européenne se trouve en conflit ouvert avec le gouvernement de Washington. Ce dernier a d'ailleurs porté plainte contre l'Union européenne devant les instances judiciaires de l'Organisation mondiale du commerce…

« Si le président Jacques Chirac et le chancelier Gerhard Schröder ont le droit de douter de la non-nocivité des aliments génétiquement modifiés, le président zambien doit avoir le même droit. Je considère comme légitime le refus africain. »

Je répétai mon opinion devant les micros de la BBC et de Radio France Internationale.

Quelques jours plus tard, je partis pour le Bangladesh. Au salon de British Airways à Heathrow, à Londres, ma collaboratrice Dutima Bhagwandin reçut sur son ordinateur portable un message urgent du haut-commissaire pour les droits de l'homme, Sergio Vieira de Mello. Celui-ci me demandait d'entrer immédiatement en contact avec lui. Le message provenait de New York. Sergio me donnait son numéro de portable américain.

L'avion décolla. Dès mon arrivée à Dacca, quinze heures plus tard, j'essayai de joindre le haut-commissaire. Mais entre Dacca et New York, les communications sont difficiles. Finalement, j'entendis la voix chaleureuse de Sergio au téléphone. Il me sembla préoccupé : « Les Américains veulent ta peau. »

L'attaque américaine contre ma chétive personne s'était déroulée en deux temps : à Genève, Kevin E. Moley, propriétaire d'une société transcontinentale pharmaceutique dont le siège est en Arizona et ambassadeur américain auprès du siège européen des Nations unies, avait fait une visite au haut-commissaire, au palais Wilson. Moley : « Ziegler a dépassé son mandat. Il n'a pas compétence pour se prononcer sur les OGM. Il faut le révoquer. »

À deux jours d'intervalle, l'ambassadeur américain auprès de l'ONU à New York fit la même demande à Kofi Annan.

Sergio Vieira de Mello et Kofi Annan eurent la même réaction : « Tout rapporteur spécial est totalement libre et indépendant dans ses jugements. S'il dépasse son mandat, c'est à la Commission des droits de l'homme ou à l'Assemblée générale de le rappeler à l'ordre… Si vous avez des reproches à faire à Ziegler, faites-les-lui directement. »

Carioca[1] jusqu'au bout des ongles, Sergio de Vieira de Mello est l'un des hommes les plus sympathiques que j'aie jamais connus. Fils d'un diplomate brésilien, révoqué par la dictature militaire, il avait été étudiant à la Sorbonne en mai 1968. Participant actif à la révolte des étudiants, il avait été arrêté par la police, puis expulsé.

C'est alors qu'il vint à Genève.

Étudiant à l'Institut universitaire des hautes études internationales, il gagna sa vie en faisant des petits travaux pour le compte du Haut-Commissariat de l'ONU pour les réfugiés. Il y rencontra Kofi Annan, qui se trouvait dans la même situation que lui. C'est à cette époque aussi que notre amitié est née.

Plus tard, Sergio devint un des dirigeants les plus influents et les plus aimés de l'ONU : sous-secrétaire général chargé de l'OCHA (Organisation de coordination de l'aide humanitaire), représentant du secrétaire général au Kosovo, puis au Timor-Oriental, enfin haut-commissaire pour les droits de l'homme… sans jamais perdre de sa chaleur humaine ni de sa détermination.

Lorsqu'il était question de sauver des êtres humains, de lutter pour la justice, le Carioca souriant se transformait en un clin d'œil en un combattant impitoyable, dur, compétent, sans compromis.

Avec vingt-deux de ses collaboratrices et collaborateurs, Sergio a été assassiné par le camion suicide d'un terroriste, le 19 août 2003, à l'hôtel Canal à Bagdad. 200 personnes ont été blessées à cette occasion. L'attentat a été revendiqué par un associé d'Ousama bin Laden, Abou Moussab al-Zarkaoui. À ce jour, l'affaire n'a donné lieu à aucune arrestation.

---

1. On nomme *Cariocas* les natifs de Rio de Janeiro.

Sergio est, aujourd'hui, enterré au pied du mur oriental du cimetière de la rue des Rois, à Genève, à côté de Jorge Luis Borges – et au voisinage de Jean Calvin.

Début novembre 2002, Sergio revenait de New York, moi du Bangladesh. Il m'appela : « Moley t'a contacté ? » Non, l'ambassadeur américain ne m'avait pas fait signe.

« Pourtant, il m'a promis de le faire… téléphone-lui », me dit-il.

J'appelai par trois fois la forteresse américaine à Chambésy, sur la route de Pregny. Sans succès. Moley refusa de prendre mon appel.

Sergio se fâcha. Il prit lui-même le téléphone et appela Moley.

Rendez-vous fut fixé avec les Américains en terrain neutre, au bar du Serpent, à la porte XIV du palais des Nations. Ce bar se déroule comme un serpent le long de baies vitrées qui assurent une vue splendide sur le parc, les paons, les couleurs changeantes du lac et, au loin, les cimes du Mont-Blanc.

Un petit bonhomme aux cheveux gris hirsutes, portant un costume sombre aux rayures bleues, une chemise blanche et une cravate argentée, l'air gêné, me tendit une main moite… et s'éclipsa immédiatement. C'était Moley. Il me laissa seul en face de deux gaillards à la mine inquiétante qui, tous les deux, se présentèrent comme des « diplomates ».

L'un était un impressionnant et bruyant métis, au tempérament bagarreur, l'autre un Blanc sans âge, fade et blême. Ils commencèrent immédiatement à m'attaquer : « *You are anti-American… You have a hidden agenda… Your reputation is terrible… You should quit this job… Go back to your University.* » (« Vous êtes antiaméricain… Vous poursuivez un plan subversif…

Votre réputation est terrible… Vous devriez quitter votre mandat… Retournez à votre université ! »)

J'étais venu au rendez-vous avec mes dossiers sous le bras, afin de participer à une discussion raisonnée. Je me retrouvais face à deux ripoux de quartier.

La vulgarité des deux gaillards me sidéra.

Le premier moment de stupeur passé, je décidai de réagir.

Le conflit tombait mal.

Mon mandat de rapporteur spécial devait être renouvelé pour une nouvelle période de trois ans au printemps 2003, lors de la cinquante-neuvième session de la Commission des droits de l'homme. Or, je savais les Américains puissants. S'ils y mettent vraiment les moyens, ils peuvent abattre n'importe qui dans le système des Nations unies.

Je tins conseil, à la cafétéria de l'Institut universitaire d'étude du développement, avec mes deux assistants et amis Sally-Anne Way et Christophe Golay. Nous décidâmes ce jour-là de risquer le tout pour le tout. L'enjeu des OGM, les conséquences qu'il pouvait y avoir pour les paysans africains nous paraissaient primordiaux.

Nous allions continuer à défendre notre position sur les semences transgéniques, quitte à perdre le mandat.

La bataille décisive fut livrée le 11 novembre 2002, devant l'Assemblée générale à New York. L'ambassadeur américain, Sichan Siv, m'attaqua en ces termes : « *You have called on governments to starve their people right now… You have used your office to challenge the food offered by the American people to avert the scourge of famine and to encourage governments to deny food to their hungry citizens… By ignoring both science and the considered politics of the United Nations, you are responsible for placing millions in greatest peril… Mr. Ziegler, actions have consequences, and your actions can cause people to die.* » (« Vous avez invité des gouvernements à provoquer la famine de leur peuple en les encourageant à refuser l'unique nourriture qui leur est aujourd'hui accessible… Vous avez utilisé votre position pour dénigrer la nourriture offerte par le peuple américain pour combattre l'extension de la famine et vous avez encouragé des gouvernements à refuser cette nourriture à leurs citoyens affamés… En vous montrant à la fois ignorant de la science et de la politique constante des Nations unies, vous êtes responsable de mettre des millions d'êtres humains en grave danger… Monsieur Ziegler, les actes sont suivis d'effets, et les vôtres peuvent causer la mort d'êtres humains[1]. »)

Malgré l'attaque de Sichan Siv, mon rapport fut approuvé par une forte majorité de l'Assemblée générale. Six mois plus tard, la Commission des droits de l'homme renouvelait mon mandat par cinquante et une voix contre une (USA) et une abstention (Australie).

Les lectrices et les lecteurs peu familiers des ruses et des intrigues des cosmocrates peuvent s'étonner de l'étrange guerre menée contre moi par les diplomates américains.

J'aime mon métier, le travail de rapporteur spécial est passionnant. Mais mon influence est franchement modeste, je le sais parfaitement. Comment, dans ces conditions, le puissant State Department et l'encore plus puissante CIA peuvent-ils mettre autant d'obstination à surveiller et à contrer ce que je fais ?

---

1. L'intervention de l'ambassadeur a été reproduite par un communiqué de presse des services de la mission des États-Unis auprès de l'ONU à New York, distribué à toutes les délégations à l'Assemblée générale. Je cite le texte d'après le communiqué. Cf. *United States Mission to the United Nations, Press-release*, n° 189, 2002.

L'élégant ambassadeur Sichan Siv, lors de son inter-vention du 11 novembre 2002, n'a certainement pas cru un instant aux âneries qu'il proférait à mon adresse. Les services de la mission lui avaient préparé ce texte absurde. Il l'avait lu d'une voix de stentor, m'adressant, par-dessus ses lunettes, des regards qui se voulaient féroces. La comédie était pitoyable. Mais pourquoi l'attaque ?

L'enjeu du conflit des OGM est énorme. Les trusts agroalimentaires américains éprouvent les plus grandes difficultés pour imposer hors des USA leurs semences et leurs produits hybrides. Dans un grand nombre de pays, notamment africains et latino-américains, ils sont prêts à tout pour contourner l'interdiction de la diffu-sion des semences génétiquement modifiées.

Au premier rang d'entre eux, Monsanto, qui à la Maison-Blanche jouit d'une influence considérable. L'ouverture des marchés mondiaux aux semences (et produits) OGM est sa première priorité. Monsanto est en effet la première entreprise d'OGM du monde : 90 % des 70 millions d'hectares de cultures d'OGM du monde sont cultivés avec ses semences.

Comment s'est terminée la bataille entre les cos-mocrates et leurs laquais diplomatiques américains, d'une part, le chef de l'État zambien et ses alliés à l'ONU, de l'autre ? L'objectif évident de Monsanto est d'utiliser l'aide alimentaire américaine pour pénétrer les pays qui interdisent les semences transgéniques.

En Zambie, le Programme alimentaire mondial a dû renoncer à la distribution de surplus américains géné-tiquement modifiés. Le PAM s'est vu obligé de faire moudre avant distribution les grains de maïs. Et c'est du maïs moulu qui a, finalement, sauvé les Zambiens de la famine. En d'autres termes : Monsanto a été mis en échec. Ne recevant plus de grains, mais de la

farine, les paysans zambiens ne pouvaient plus préle-
ver sur la nourriture distribuée les semences dont ils
avaient besoin pour la récolte de l'année suivante. Les
semences de maïs génétiquement modifiées n'ont donc
pas pu pénétrer en Zambie.

Mais Monsanto ne désarme pas.

Du 21 au 23 juin 2004, ses « experts » ont organisé
à Ouagadougou, capitale du Burkina Faso, une conférence à laquelle ont assisté les chefs d'États du Mali,
du Burkina Faso, du Niger et du Ghana, ainsi que
300 ministres et hauts fonctionnaires de tous les pays
sahéliens. L'enjeu : l'introduction de la biotechnologie
dans l'agriculture de l'Afrique de l'Ouest.

Une centaine de scientifiques, partisans convaincus
(et/ou grassement payés) des semences transgéniques,
avaient été transportés des États-Unis à Ouagadougou.
Le ministre de l'Agriculture des États-Unis, Ann Venneman, avait elle aussi fait le voyage. Projetée sur écran
géant, elle a fait à l'adresse des chefs d'État, ministres
et responsables africains cette hallucinante déclaration
d'ouverture : « Vous avez raté la révolution verte et la
révolution industrielle, vous ne devez pas rater la révolution des gènes[1]... »

Quel fut l'écho de l'appel lancé par Ann Venneman ?
Seul le Burkina Faso s'est engagé à ouvrir son marché
aux semences transgéniques. Mais il faut savoir que le
président de ce pays, Blaise Campaoré, est quelqu'un
qui n'a pas froid aux yeux et qui sait parfaitement
s'insérer dans les circuits de la finance internationale.
Son prédécesseur, Thomas Sankara, qui s'y refusait, a
été assassiné.

---

1. Propos rapportés par Catherine Morand, observatrice de
Swissaid à la conférence de Ouagadougou. Cf. *Tribune de Genève*,
Genève, 3 et 4 juillet 2004. La précédente conférence, organisée
à l'intention des chefs d'État sahéliens, s'était tenue en 2003, à
Sacramento, aux États-Unis.

Quoi qu'il en soit, les stratégies de domination des nouveaux despotes sont presque toujours victorieuses. L'échec provisoire des dirigeants de Monsanto dans leur tentative de pénétration et de soumission des pays d'Afrique n'est pour l'heure que l'exception qui confirme la règle.

Post-scriptum

Les brevets sur le vivant ne sont pas le privilège des sociétés de l'agroalimentaire. Les seigneurs de la pharmaceutique mondiale procèdent de la même façon.

En voici une illustration. Les nourrissons souffrant de difficultés respiratoires graves sont traités traditionnellement au moyen d'un gaz particulier, le Stickoxid, présent dans la nature. Un tel traitement coûte environ 100 euros et dure quatre à cinq jours. Le gaz a un effet thérapeutique rapide et satisfaisant. En Suisse, ce sont annuellement environ 150 nouveau-nés qui ont la vie sauve grâce à ce traitement.

Mais en 2004, c'est la société transcontinentale d'origine allemande Inotherapeutics qui fait enregistrer un brevet exclusif sur ce gaz. Il est commercialisé sous l'appellation d'Inomax. Inomax est donc désormais un médicament protégé par un brevet européen. Aucun pédiatre n'a plus le droit d'administrer le gaz naturel. Dans les cliniques pédiatriques de Suisse, les traitements des nourrissons souffrant de difficultés respiratoires coûtent désormais en moyenne 20 000 euros[1]…

---

1. Cf. *Die Sonntagszeitung*, Zurich, 29 août 2004 ; *Der Blick*, Zurich, 28 août 2004.

IV

La pieuvre de Vevey

Nestlé est la société transcontinentale la plus puissante dans les secteurs de l'alimentation et de l'eau. Fondée en 1843, son siège principal se trouve au bord du lac Léman, à Vevey, en Suisse. Aujourd'hui, son chiffre d'affaires dépasse les 65,4 milliards de dollars, ses profits nets s'élevant à plus de 5 milliards de dollars. Sa capitalisation en Bourse est de 107 milliards de dollars. Plus de 275 000 hommes et femmes, appartenant à presque toutes les nationalités, travaillent chez Nestlé, qui entretient 511 usines dans 86 pays. Elle contrôle plus de 8 000 marques dans les secteurs de l'eau et de l'alimentation humaine et animale. Elle est la 27e plus grande entreprise du monde.

Mes pensées me ramènent trois décennies en arrière. Des chercheurs anglais avaient découvert que le lait maternel avait des effets infiniment plus bénéfiques sur la croissance des nouveau-nés que le lait en poudre Nestlé. L'organisation non gouvernementale Oxfam publia les résultats de l'enquête et en tira la conclusion suivante : inciter les femmes du monde entier – et notamment du tiers-monde – à renoncer à l'allaitement maternel au profit de l'achat des produits Nestlé constituait une atteinte à la santé, au bien-être, au développement physique et psychique des nourrissons.

Notre groupe de solidarité avec les peuples du tiers-monde, à Berne, reprit les chiffres anglais et publia, à son tour, une brochure sous le titre : *Nestlé tue des bébés*. Nestlé nous fit immédiatement un procès... que nous perdîmes haut la main[1]. La plaquette fut saisie, notre campagne stoppée, et nous dûmes payer des sommes importantes de frais de justice et de dommages et intérêts.

Mais hors de Suisse, le mouvement sur le fond s'amplifiait.

En 1979, 150 organisations non gouvernementales fondèrent l'IBFAN (International Baby Food Action Network). Son but : lutter, partout dans le monde, contre la stratégie commerciale et la communication mercantile de Nestlé. La même année, deux des principales organisations spécialisées des Nations unies, l'OMS et l'UNICEF, convoquèrent une conférence mondiale sur « l'alimentation des nourrissons ». Elles ratifièrent les principales requêtes des organisations non gouvernementales.

Aux États-Unis, trente organisations issues de la société civile et des Églises créèrent l'International Nestlé Boycott Committee, appelant les consommateurs à boycotter les principaux produits (et donc pas seulement le lait en poudre pour nourrissons) de Nestlé. L'action fut massivement suivie en Angleterre, en Suède et en Allemagne.

L'Assemblée générale annuelle de l'OMS se réunit à Genève en session extraordinaire en mai 1981. Elle vota un code international pour la commercialisation des produits pour nourrissons visant à se substituer au

---

1. Sur le procès, voir Rodolphe A. Strahm, *Exportinteressen gegen Muttermilch, Der toedliche Forschritt durch Babynahrung, Arbeitsgruppe Dritte Welt*, Hambourg, Rowohlt, 1976.

lait maternel. Tous les États membres, à l'exception des États-Unis, votèrent en sa faveur. Fort détaillé, ce code interdit en particulier toute forme de publicité incitant les mères à substituer le lait en poudre à l'allaitement maternel. Il fut repris par une directive de la Commission de l'Union européenne (à l'époque : Communauté économique européenne) et par un grand nombre de législations nationales, notamment en Europe.

En 1984, Nestlé signa ce code international. Le mouvement international interrompit le boycott. Mais en Afrique, en Asie, en Amérique latine, si l'on en croit ses critiques, la société continua à déployer sa stratégie agressive de promotion de l'alimentation de substitution.

Nestlé est aujourd'hui dirigée par un Autrichien dans la soixantaine, originaire de Willach (Carinthie), Peter Brabeck-Lemathe. C'est un homme chaleureux et habile. Alpiniste confirmé, constamment bronzé, il témoigne d'une énergie peu commune. Brillamment intelligent, séducteur élégant, il sait se montrer proche des gens. Il a des manières douces et le sourire avenant. On l'appelle le Chanoine.

Brabeck a été pendant des décennies le proconsul de Nestlé en Amérique du Sud. Polyglotte, marié à une Chilienne, il connaît intimement la plupart des secrets des différentes oligarchies du sud du rio Branco. C'était l'époque où, en accord avec la CIA, les sociétés multinationales n'hésitaient pas à déstabiliser les rares gouvernements progressistes du continent, au Chili notamment[1].

---

1. *Multinational Corporations and United States Foreign Policy. Hearings before the Committee on Foreign Relations US Senate, 39th Congress*, Washington, US Printing Office, 1973, 2 vol.

À l'été 2002, l'Assemblée mondiale de la santé a adopté un deuxième code, intitulé *Stratégie mondiale pour l'alimentation du nourrisson et du jeune enfant*. Son article 44 définit les responsabilités et les obligations spécifiques des fabricants et des distributeurs d'aliments destinés au jeune enfant et au nourrisson.

Ce nouveau code (dont le champ d'application englobe tous les substituts du lait maternel) s'applique à tous les États et à toutes les entreprises. Point important : les entreprises sont contraintes de se conformer au code et aux résolutions ultérieures qui seront prises dans son prolongement, quelle que soit l'attitude des États. En clair, aucune société de l'alimentation ne pourra plus s'abriter (en Asie du Sud ou en Afrique noire) derrière l'inaction du gouvernement local (inaction que certains cosmocrates ont tendance à entretenir par la corruption) pour contourner les prescriptions internationales.

Or, quelle est la situation aujourd'hui ? Eh bien, elle est désastreuse pour les pauvres, particulièrement pour leurs nourrissons.

L'UNICEF évalue à 4 000 le nombre des nourrissons qui meurent chaque jour du fait de l'ingestion de lait en poudre mélangé à une eau insalubre ou administré dans des biberons malpropres. S'ils étaient nourris au sein, ils survivraient.

Certaines études réalisées en Afrique occidentale et en Amérique centrale mettent en évidence les méthodes utilisées par certaines sociétés transcontinentales pour promouvoir leurs produits[1]. Sur d'immenses placards dressés aux carrefours des villes du Togo, du Bénin, du Burkina Faso, on voit ainsi des femmes noires, leur

---

1. Cf. *British Medical Journal* du 18 janvier 2003 pour les études africaines ; Comité national pour l'UNICEF, Italie, pour les recherches en Amérique centrale.

bébé dans les bras. « Pour le bien de ton enfant, donne-lui du lait en poudre », lit-on sur l'affiche. Souvent, un visage blanc sourit en arrière-fond, suggérant que toutes les mères blanches donnent du lait en poudre à leur progéniture.

Compte tenu du prestige dont jouissent en Afrique noire les modes de consommation des Blancs (et la crédibilité qui s'attache à leurs produits), il y a fort à parier que de nombreuses femmes africaines parfaitement saines, après avoir été incitées à le faire par ce type de sollicitation, interrompront l'allaitement de leurs bébés pour acheter, avec les quelques rares sous dont elles disposent, quelques cuillerées de poudre de lait sur le marché.

Peu nombreuses sont les femmes des bidonvilles qui pourront se payer toute une boîte.

La poudre sera ensuite mélangée à de l'eau. Mais dans 80 % des cas, il s'agira d'une eau polluée.

Du coup, non seulement le bébé ne bénéficiera pas des effets immunitaires du lait maternel et ne recevra pas les quantités de lait nécessaires, mais il sera bientôt affecté de diarrhées débouchant, dans bien des cas, sur la mort.

Certaines enquêtes conduites en Afrique et en Amérique latine ont révélé qu'à l'occasion les médecins, les infirmiers et les infirmières des hôpitaux ou des centres ambulatoires étaient travaillés au corps par les agents de certains fabricants de lait en poudre. Résultat ? Dans nombre d'hôpitaux, les bébés sont nourris au biberon dès la naissance.

Dans certaines maternités africaines, la distribution des biberons est gratuite. Lorsque la mère rentre à la maison, elle reçoit, gratuitement encore, une ou deux boîtes de lait en poudre. Puis, brusquement, la distribution s'arrête.

Impossible de commencer à nourrir son bébé au sein. La mère n'a plus de lait. Paniquée, elle emprunte de l'argent, collecte quelques sous... et entre dans le cercle infernal de l'achat au marché, à ciel ouvert, de quelques cuillerées de poudre... laquelle sera diluée dans l'eau polluée du puits ou de la mare derrière l'enclos.

On l'aura compris, dans le combat mené par l'UNICEF, l'OMS et de nombreux mouvements de la société civile contre les stratégies de marketing et de communication des fabricants de lait en poudre, le problème de l'accès à l'eau potable est crucial. Dans le biberon que la mère prépare avec de la poudre de lait mélangée à de l'eau, c'est l'eau qui tue, pas la poudre.

Ici, une parenthèse sur l'eau.

Partout, sur la planète, l'eau potable se fait rare. Un homme sur trois est réduit à boire de l'eau polluée. 9 000 enfants de moins de dix ans meurent chaque jour de l'ingestion d'une eau impropre à la consommation.

Sur les 4 milliards de cas de diarrhée recensés chaque année dans le monde, 2,2 millions sont mortels. Ce sont surtout les enfants et les nourrissons qui sont frappés. La diarrhée n'est qu'une des nombreuses maladies transmises par l'eau de mauvaise qualité : le trachome, la bilharziose, le choléra, la fièvre typhoïde, la dysenterie, l'hépatite et le paludisme en sont d'autres. Un grand nombre de ces maladies sont dues à la présence d'organismes pathogènes dans l'eau (bactéries, virus et vers). Selon l'OMS, dans les pays en développement, jusqu'à 80 % des maladies et plus du tiers des décès sont imputables à la consommation d'une eau contaminée.

Selon Riccardo Petrella et l'OMS, un tiers de la population mondiale n'a toujours pas accès à une eau saine et à un prix abordable, et la moitié de la population mondiale n'a pas encore accès à l'assainissement. Environ 285 millions de personnes vivent en Afrique subsaharienne sans pouvoir accéder régulièrement à une eau non nocive, 248 millions en Asie du Sud sont dans la même situation, 398 millions en Asie de l'Est, 180 millions en Asie du Sud-Est et dans le Pacifique, 92 millions en Amérique latine et dans les Caraïbes et 67 millions dans les pays arabes.

Et ce sont, bien entendu, les plus démunis qui souffrent le plus durement du manque d'eau.

La Cisjordanie, on le sait, est occupée par l'armée israélienne depuis 1967. En 2007, 85 % de l'eau de cette région (nappes phréatiques, rivières et sources) est détournée par la puissance occupante vers Israël ou ses colonies de peuplement. Des dizaines de milliers de familles palestiniennes doivent donc acheter, à un prix souvent exorbitant, l'eau nécessaire à la consommation quotidienne à des sociétés privées israéliennes qui l'acheminent en camion dans les villes et les villages des territoires occupés.

L'accès à l'eau potable salubre est très inégal à l'intérieur des pays. En Afrique du Sud, par exemple, 600 000 fermiers blancs consommaient en 2006, aux fins d'irrigation, plus de 60 % des ressources du pays, alors que 15 millions de Noirs ne disposaient pas d'un accès direct à l'eau potable. Les ménages les plus pauvres de l'Inde consacrent jusqu'à 25 % de leurs revenus à l'alimentation en eau. Au Pérou, les populations défavorisées de Lima, non desservies par le réseau municipal d'alimentation en eau, achètent à des fournisseurs privés des seaux d'eau souvent contaminée qu'ils paient jusqu'à 3 dollars par mètre cube. Mais dans les quartiers bourgeois de Lima, les nantis ne dépensent que 30 *cents* par mètre cube d'eau traitée et distribuée par le réseau municipal[1].

Considérant que Nestlé ne respectait ni le *Code international pour la commercialisation des produits pour nourrissons* de 1981, ni le nouveau code de 2002, l'International Nestlé Boycott Committee a repris du service aux USA. En Europe aussi, plusieurs actions sont en cours, comme en témoigne l'Italie.

Ce pays abrite une société civile particulièrement vivante et déterminée, qui témoigne de capacités d'action et d'organisation impressionnantes. Sur de grandes affiches placardées devant les supermarchés de toutes les grandes villes, la palette des produits Nestlé est étalée. Chaque produit est identifié selon la catégorie à laquelle il appartient. Voici des extraits de cette liste.

Dolciari[2] : Perugina, Baci, KitKat, Smarties, After Eight, Polo, Fruit Jory, Ore Liete, Galak, Emozini.

Dolci da forno[3] : Motta, Alemagna, Tartufone Motta.

Caffè : Nesquik, Nescafé, Orzoro.

Pasta, Condimenti : Maggi, Buitoni, Belle Napoli, La Rasagnole.

Puis suivent les marques relevant des catégories alimentaires suivantes : les surgelés, les glaces, les boissons Fitness, les aliments pour nourrissons, les produits lactés, etc.

---

1. Riccardo Petrella, *Le Manifeste de l'eau, Lausanne,* Éditions Page Deux, 1999. Cf. PNUD (Programme des Nations unies pour le Développement). Rapport annuel sur le développement humain ; en 2006, ce rapport a été consacré exclusivement au droit humain à l'eau.

2. *Dolciari* signifie « produits sucrés ».

3. *Dolci da forno* : biscuits.

Allié à un grand nombre de mouvements, le Comité national italien pour l'UNICEF appelle au boycottage de tous ces produits.

Un autre texte a été placardé, à l'été 2004, sur les murs des principales villes d'Italie. Je cite :

« *Vi ringraziamo per questo gesto concreto di solidarieta, anche a nome di tutti quei bambini sacrificati ogni anno sull'altare del profito, di poche imprese dai comportamenti eticamente inaccettabili e scandalosi*[1]. » (Nous vous remercions pour ce geste de solidarité [le boycottage] concret, au nom de tous ces enfants sacrifiés tous les ans sur l'autel du profit par quelques rares entreprises, peu nombreuses, au comportement inacceptable et scandaleux.)

Qui a écrit cela ? De dangereux gauchistes ? Le parti pour la refondation communiste du magnifique et infatigable Sandro Bertinotti ? Non.

Les auteurs de ce texte sont des missionnaires catholiques en soutane blanche, les Comboniani[2].

---

1. Texte paru dans *Nigrizia*, revue des Comboniani, Vérone, juin 2004.

2. Les Comboniani sont le principal ordre missionnaire d'Italie. Ils sont présents depuis plus d'un siècle dans des dizaines de pays d'Afrique, d'Asie, d'Amérique latine. Leur maison mère se trouve à Vérone.

V

Casser les syndicats

« Que faire contre les ruses des scélérats ? » demande Jacques Roux. Sa réponse : « Se rassembler[1]. »

La liberté syndicale est l'une des plus belles conquêtes de la Révolution française. Comme la plupart des grandes sociétés transcontinentales, Nestlé s'en accommode mal, quoi qu'en dise l'entreprise.

Brabeck est l'auteur de la bible maison, que les 275 000 employés de Nestlé à travers le monde se doivent de lire et de méditer. Elle s'intitule : *Les Principes fondamentaux de la direction et de la gestion de Nestlé*[2]. L'auteur s'y réfère, comme à la source première de son inspiration, à Henri Nestlé, pharmacien allemand immigré à Vevey en 1862. Ému par la sous-alimentation et la misère des enfants de l'arrière-pays vaudois, il avait, dit-on, développé un produit miracle, la « farine lactée Henri Nestlé ».

Aux dires de Brabeck, ses 275 000 employés constituent le trésor le plus précieux de Nestlé. Et chez Nestlé, chacun est responsable de ses actes.

Si Nestlé est active dans 86 pays, les différentes sociétés des différents pays (et dans chacune de ces sociétés,

---

1. Jacques Roux, *Manifeste des Enragés, op. cit.*
2. *Die grundlegenden Management-und Führungsprinzipien von Nestlé, op. cit.*

les différentes filiales) travaillent d'une façon quasi autonome. La bible de Vevey doit néanmoins guider tous
les gérants, telle l'étoile de Bethléem les Rois mages.

L'Enfant Jésus qui est le but de leur voyage est en
or massif.

Voici les qualités requises de l'homme et de la
femme Nestlé : courage ; capacité d'apprendre, de moti-
ver ses collègues, de communiquer ses intentions ; création d'un climat de travail stimulant ; faculté de penser
les choses dans leur totalité ; foi ; acceptation des chan-
gements indispensables et capacité de guider ce changement ; expérience internationale ; santé physique et
mentale.

Mais surtout, Nestlé veut que les hommes et les
femmes qui travaillent pour l'une de ses sociétés soient
sensibles aux cultures du monde entier, notamment de
« celles des peuples pour lesquels ils travaillent », écrit
Brabeck, emporté par son enthousiasme.

De son côté, le IIIᵉ Forum social mondial, réuni à
Porto Alegre en janvier 2003, a pris une décision confir-
mée par le Forum social mondial de Bombay en janvier
2004 : les combattants pour la justice sociale planétaire
sont invités à pratiquer une surveillance constante des
stratégies et des pratiques des sociétés transcontinentales
dont le quartier général se trouve dans leur propre pays
d'origine. Soutenu par ATTAC, Greenpeace, IBFAN
et d'autres organisations non gouvernementales, un collectif s'est ainsi constitué en Suisse pour surveiller dans
le monde entier les pratiques financières, industrielles,
commerciales et politiques de ce qu'il est convenu
d'appeler la pieuvre de Vevey. Le collectif a organisé
un forum à Vevey, le samedi 12 juin 2004. Son titre :
« Résister à l'empire Nestlé[1] ».

---

1. Cf. ATTAC, *Résister à l'empire Nestlé*, préface de Susan
George, Lausanne, Éditions ATTAC, 2004.

À l'occasion de ce forum, des syndicalistes venus du monde entier, mais travaillant tous dans une usine Nestlé, ont rapporté des faits bien troublants.

Chaque fois que, dans l'une ou l'autre de ces unités de production, un noyau syndical s'organise, qu'une action revendicatrice se fait jour ou qu'une grève menace, les syndicalistes travaillant dans l'entreprise sont intimidés, attaqués et tués à l'occasion par des milices paramilitaires ou la police. Un syndicaliste colombien, Carlos Olaya, a raconté son expérience, qui en bien des points recoupait celle d'Eca Olaer Feraren, de Mindanao, ou de Franklin Frederick, du Brésil.

En Colombie, sept membres de Sinaltrainal (le syndicat de l'agroalimentaire, créé au début des années 1980) travaillant dans des usines de Nestlé ont été tués dans des circonstances restées inexpliquées. Certes Nestlé n'est en rien impliqué dans ces assassinats, mais ses positions très agressives vis-à-vis de toutes les organisations sociales présentes dans ses usines étant bien connues là-bas, Carlos Olaya n'hésite pas à mettre en cause sa responsabilité dans le climat général qui entoure ces violences[1].

À la fin de l'année 2001, le directeur de l'une des filiales de Nestlé en Colombie, Comestibles La Rosa[2], a menacé de renvoyer les salariés affiliés à Sinaltrainal. De même, chez Cicolac, une autre de ses filiales colombiennes, Nestlé est parvenue à briser une convention collective bénéficiant à plus de 400 ouvriers, en licenciant 96 d'entre eux et en rompant le contrat de 58 autres. En novembre 2002, 13 ouvriers ont été licenciés au seul motif qu'ils appartenaient au syndicat.

---

1. Voir Felipe Rodriguez et Barbara Rimml, « Nestlé in Kolumbien », in *Widerspruch*, nº 47, Zurich, 2004.

2. Depuis 1984, Nestlé possède 100 % des parts de Comestibles La Rosa Colombia.

Selon la CISL (Confédération internationale des syndicats libres), en 1998, chez Tedaram, un sous-traitant de Nestlé en Thaïlande, 15 ouvriers ont créé un syndicat pour défendre collectivement leurs droits. Il s'agissait d'une première depuis que Nestlé s'était implantée dans ce pays. Craignant que l'exemple ne fasse tache d'huile, la réaction de Brabeck ne s'est pas fait attendre. Selon les syndicalistes, la direction centrale de Nestlé à Vevey a menacé Tedaram de réduire ses investissements si 22 salariés n'étaient pas suspendus pour une durée indéfinie. Parmi les 22 salariés visés, selon les mêmes sources, se trouvaient bien évidemment les 15 ouvriers à l'origine de la création du syndicat. La direction de Tedaram les a licenciés.

Aux Philippines, le syndicat Pamantik-KMU dénonce des pratiques similaires visant les représentants du personnel. Toujours selon les syndicalistes, Nestlé n'a pas hésité à licencier 67 employés de l'usine de Cabuyaon. Présentée dans le cadre d'un plan de restructuration, cette mesure visait en fait, disent-ils, à réduire les salaires et les avantages sociaux dont jouissaient les employés de cette unité de production et à les aligner sur ceux, bien moins favorables, de l'usine de Cagayan.

Un des témoignages les plus révélateurs est celui de Franklin Frederick, membre de la CUT (Centrale unique des travailleurs) du Brésil. Dans ce pays, les produits de Nestlé visent à satisfaire le marché limité, mais solide en termes de pouvoir d'achat, des classes supérieures et de l'oligarchie.

Propriétaire d'immenses fermes dans le nord et le centre du pays, Nestlé est l'incarnation même d'un modèle d'agriculture tourné essentiellement vers l'exportation.

Or, le modèle agro-exportateur dont Nestlé est l'un des promoteurs signe l'arrêt de mort de la petite et moyenne ferme familiale – et donc de la souveraineté alimentaire du pays. Sans compter que l'agriculture extensive, axée sur l'exportation, détruit l'environnement. Dans ses « Principes de management » le maître de Vevey met pourtant en première ligne de ses préoccupations – à égalité avec une alimentation saine pour tous – la protection de l'environnement ! Décidément, l'intuition opportuniste de Brabeck n'est jamais en défaut ! Nestlé-Brésil n'est-il pas aujourd'hui l'un des principaux contributeurs au programme *Fome zero* du président Lula ?

Formidable double jeu !

Si Brabeck avait à cœur d'alléger un tant soit peu le martyre des 44 millions de Brésiliens souffrant de sous-alimentation grave et permanente, il aurait depuis longtemps abaissé le prix des 839 produits alimentaires qu'il commercialise dans les supermarchés brésiliens.

Un journaliste suisse, Jean-Claude Péclet, analyse ainsi la stratégie brésilienne de la pieuvre veveysanne. La maximalisation des profits est sa boussole. Or, le Brésil connaît un système compliqué d'encadrement des prix à la consommation, mis en œuvre par le Conseil de défense économique. Les marges bénéficiaires des aliments humains subissent un certain contrôle. Tel n'est pas le cas pour les aliments destinés aux animaux domestiques. Brabeck investit donc depuis peu des moyens financiers considérables dans la recherche, la fabrication, la commercialisation des multiples marques de nourriture pour animaux de compagnie. Et Jean-Claude Péclet de conclure : « Le secteur le plus dynamique n'est plus l'alimentation humaine, mais celle des animaux de compagnie[1]. »

Pour affaiblir les syndicats, Brabeck recourt à des méthodes radicales en Europe, notamment en France.

---

1. Jean-Claude Péclet, in *Le Temps*, Genève, 6 février 2004.

En 2002, il décide de « dégraisser », comme on dit, une unité de production de surgelés installée à Beauvais. Un plan de restructuration est mis en œuvre. Comme le rapporte le journal *L'Humanité*, ce plan visait à éliminer « des salariés malades et des salariés connus pour leur caractère bien trempé ». Sur la liste figuraient évidemment les sept délégués CGT. Un ouvrier licencié raconte : « C'était un mercredi, vers 13 heures, j'avais fini ma journée. Mon nom était sur le planning du lendemain. Le directeur me convoque. Il me dit que ce n'est pas la peine de revenir le lendemain, qu'il me paie le préavis de deux mois. Être traité comme ça, avec vingt et un ans d'ancienneté… » Ces licenciements secs auraient pu être évités si l'on avait élargi le bénéfice des préretraites. La direction a donc bel et bien choisi de se débarrasser de ces personnes. Quand les lettres de licenciement sont arrivées, l'arrêt de travail qui s'en est suivi a été observé par 70 % du personnel. Mais la direction a riposté en mettant la moitié des grévistes en chômage partiel.

« On a changé notre fusil d'épaule, en organisant une manifestation devant l'usine et en ville, le 5 octobre », raconte le syndicaliste. « Il y avait 150 personnes, ce qui n'est pas mal, vu les pressions du directeur, qui menaçait les grévistes de les mettre sur la liste de licenciés… Le 17 octobre, une délégation a participé à la manifestation devant le siège de Nestlé-France à Noisiel (Seine-et-Marne) de tous les salariés des sites menacés. »

« Nestlé se sent fort, il ne respecte même pas les procédures, explique Maryse Treton, une ouvrière. Maintenant, on va entamer deux actions en justice pour annuler le plan de restructuration, dont la procédure n'a pas été respectée, et pour demander la réintégration des salariés licenciés sans motif valable. »

« Une pétition contre les licenciements circule dans l'entreprise. Les salariés regardent à droite et à gauche avant de signer, déplore Jocelyne Onésime, déléguée du personnel CGT. Certains disent que s'ils signent, ils vont être virés. Il y a un climat de peur. Il n'y a plus de confiance entre les salariés. »

« Faire front contre Nestlé, c'est dur », confirme le syndicaliste Joël Deliens. « Comme syndicaliste, on se fait matraquer. On nous maltraite en comité d'entreprise, on nous colle des avertissements au moindre prétexte, on intoxique les salariés sur nous. Les syndiqués CGT flippent. On est obligé de faire les réunions à l'extérieur de l'entreprise, le samedi. Nestlé n'aime pas la CGT, c'est sûr[1]. »

Dans sa lutte infatigable contre les syndicats partout dans le monde le prince de Vevey témoigne d'un talent stratégique incontestable. Son mépris pour le droit du travail est constant. Sa détermination mérite admiration.

Revenons à l'exemple de la France. Comme la résistance énergique des travailleurs de Perrier (eaux minérales) avait retardé la réorganisation, et donc la probable liquidation de cette entreprise, Brabeck fit venir du Mexique un nouveau proconsul. L'homme s'appelait Eugenio Mivielle. Il fut nommé P-DG de Nestlé-France.

Mivielle, qui avait déjà sévi contre les syndicats mexicains, changea de front de lutte. Au lieu de poursuivre le combat contre les travailleurs de Perrier, il attaqua la CGT à Marseille.

---

1. Cf. ATTAC, *Résister à l'empire Nestlé, op. cit.*

L'usine de café soluble Marseille-Saint-Menet employait 427 personnes. Elle était rentable, mais pas dans la mesure que souhaitait le prince de Vevey.

Le 1er juillet 2005, le proconsul Mivielle fit fermer l'usine.

Les travailleurs occupèrent les locaux.

Mivielle fit appel à la police.

Un livre rend compte de la bataille : *Café amer*, de Patrice Pedregno.[1]

Pedregno est l'un des principaux dirigeants de la résistance.

Café amer est un magnifique livre. Et aussi un document irremplaçable sur l'histoire récente du mouvement ouvrier en Europe.

Patrice Pedregno réussit cette chose rare : un récit très personnel, circonstancié et local, traversé par le souffle brûlant de l'histoire.

Le livre de Patrice Pedregno donne la voix aux résistants. Il est totalement authentique, témoignant des forces infinies, de l'amour et de la solidarité, qui dorment au plus profond de tant d'hommes et de femmes.

La résistance des travailleurs dura 643 jours. Elle était menée par des hommes et des femmes apparemment ordinaires… dont beaucoup en cours de route se transformaient en êtres de lumière.

La bataille se termina en février 2006 avec la victoire du prince de Vevey et de son proconsul de France : Marseille-Saint-Menet fut vendue, puis démantelée, les travailleurs licenciés.

---

1. *Café amer : 643 jours pour l'emploi*, Éditions du Cerisier, Mons, 2006.

Brabeck ne dévie pas de sa stratégie. Son but : la maximalisation des profits à n'importe quel prix humain, la destruction de la résistance des syndicats.

Le 14 novembre 2006, les délégués CGT des commissions ouvrières des 35 entreprises Nestlé de France se réunirent à Toulouse.

En 2006, 17 500 personnes étaient employées par Nestlé-France. La somme cumulée du bilan dépassait les 5,2 milliards d'euros.

En 2006, des grèves de plus ou moins longue durée étaient conduites dans 15 des 35 entreprises Nestlé.

Dans aucune de ces entreprises le prince de Vevey n'acceptait d'ouvrir des négociations avec les syndicats. Il fit régulièrement appel aux menaces les plus précises : fermeture des entreprises, délocalisation en Pologne.

Ces menaces eurent raison des grèves.

Quel est l'avenir ? Pour les travailleurs les perspectives sont sombres. Le communiqué final de la conférence syndicale de Toulouse dit : « Ce qui nous attend, ce sont les délocalisations, les pertes d'emploi en masse, la remise en cause des acquis sociaux, les fermetures de sites et la casse sociale ».[1]

À force de serrer les coûts salariaux, on prend le risque de voir ses produits fabriqués par des esclaves et des prisonniers politiques. C'est ainsi que Jennifer Zeng (35 ans), membre de l'organisation Falun Gong, persécutée par le pouvoir totalitaire de Pékin, et actuellement réfugiée en Australie, affirme avoir fabriqué,

---

1. In *Le Courrier*, Genève, 25 novembre 2006.

sous la contrainte, des petits lapins en peluche bleue, mascotte de Nesquik, pendant ses douze mois d'emprisonnement dans le camp de travail forcé de Laogai, en 1999.

Cette accusation a bien entendu été réfutée par la direction de Vevey qui, toutefois, a reconnu avoir passé une commande de 110 000 peluches à un fabricant de jouets chinois, MiQi Toys Company.

VI

Les vaches grasses sont immortelles

Les profits de Nestlé augmentent sans cesse. De même, la valeur de ses actions en Bourse. À Vevey, les vaches grasses sont immortelles. Exemple : le 14 août 2007 le prince de Vevey communiqua ses résultats pour la première moitié de 2007. Durant cette période, les profits ont augmenté de 14,2 %, le chiffre d'affaires de 8,2 % et la valeur de l'action en Bourse de 9,5 %.

Ces performances forcent l'admiration, et je le dis sans ironie aucune. Comment Nestlé s'y prend-elle ?

Les proconsuls locaux se voient demander d'abaisser toujours plus, quel qu'en soit le coût humain, le prix de revient de leurs produits. C'est pourquoi la résistance syndicale est combattue avec autant d'acharnement, tant dans l'hémisphère Sud, nous l'avons vu, qu'en Europe, comme le montre l'épreuve de force engagée par Nestlé-Waters-France contre les travailleurs du groupe des Eaux Perrier-Vittel en 2004.

Une autre raison explique la formidable explosion des profits : Brabeck est un combattant expérimenté dans la jungle des marchés mondiaux des prix des matières premières agricoles. Il sait peser sur les cours mondiaux afin de réduire ses frais de revient sans pour autant répercuter ces baisses sur les prix de vente aux consommateurs. Exemple : en Éthiopie, le cultivateur de café a vu le prix de vente de ses grains s'effondrer des deux tiers en moins de cinq ans. Pendant la même période, le prix de la tasse de café servie dans les bistrots genevois a doublé.

La privatisation dans le monde entier, mais surtout dans les pays endettés du tiers-monde, des réseaux publics d'approvisionnement en eau potable constitue une autre source des profits exceptionnels réalisés par la pieuvre de Vevey[1]. En 1990 déjà, 51 millions de personnes de par le monde dépendaient de sociétés privées pour leur approvisionnement en eau. Depuis lors, la privatisation a fait des pas de géant. Dans un nombre croissant de pays, des collectivités locales endettées vendent leurs réseaux d'approvisionnement d'eau à des sociétés privées. Notamment à Nestlé.

Prenons l'exemple de la Bolivie. Sous la pression de la Banque mondiale[2], le gouvernement a vendu le réseau public d'alimentation en eau à des sociétés privées. Celles-ci se sont empressées d'annoncer le doublement du prix de l'eau, ce qui signifiait pour un grand nombre de Boliviens une eau plus coûteuse que leur alimentation[3].

L'octroi du monopole de l'eau à des concessionnaires privés a évidemment pour corollaire qu'il est désormais impossible aux gens d'accéder à l'eau – fût-elle issue de puits communs – sans permis, et que même les

---

1. Dix sociétés transcontinentales se partagent 90 % des réseaux privés d'approvisionnement en eau potable. Nestlé est la plus puissante d'entre elles.

2. Voir Gil Yaron, *The Final Frontier : a Working Paper on the Big 10 Global Water Corporations and the Privatization and Corporatization of the World's Last Public Resource*, Toronto, Polaris Institute, 2000.

3. Maude Barlow, « Desperate Bolivians fought street battles, the World Bank must realize water is a basic human right », in *Globe and Mail*, Toronto, 9 mai 2000.

paysans et les petits agriculteurs sont contraints d'acheter un permis pour recueillir l'eau de pluie sur leur propriété.

Les Boliviens – et notamment la population indienne organisée par Evo Morales – ne se sont pas laissé faire.

Le gouvernement a proclamé la loi martiale. Mais devant la résistance populaire, il a dû céder et révoquer la loi sur la privatisation. (L'insurrection la plus violente avait eu lieu à Cochabamba. Dans cette ville, c'était la société transcontinentale américaine Bechtel qui avait acheté la concession d'eau potable[1].)

Je l'ai dit : Nestlé n'est pas seulement le maître des plus vastes réseaux privés d'approvisionnement en eau potable, elle est aussi celui de l'eau en bouteille. Prenons l'exemple du Pakistan.

Il y a quelques années, une campagne de presse a été déclenchée dans ce pays. Nestlé affirme y être complètement étrangère. Cette « campagne de prévention » prétendait lutter contre l'insalubrité et les dangers de l'eau distribuée par les réseaux publics des grandes villes de Karachi, Multan, Lahore, Islamabad et Rawalpindi. Or, cette eau était parfaitement conforme aux normes de l'OMS.

Peu après, Nestlé a lancé au Pakistan son eau en bouteille. Les gourous du marketing Nestlé ont baptisé cette eau salvatrice d'un nom frappant : *Pure life* (Vie pure).

Nils Rosemann établit dans son essai *Drinking Water Crisis in Pakistan, the Issue of Bottled Water. The Case of Nestlé's Pure Life* les profits astronomiques et la stratégie totalement cynique de Nestlé-Pakistan (publié à Islamabad en 2005).

---

1. Voir Michael Acreman, « Principles of water management for people and environment », in *Water and Population Dynamics : Case Studies and Policy Implications*, édité par l'American Association for the Advancement of Science, Washington, 1998, p. 38.

Un marché stable, une distribution des biens équitable pour tous, des prix justes et une décente rémunération du travail humain sont quelques-uns des poncifs des « Principes de management » de Brabeck. Que deviennent ces beaux principes lorsque s'exercent les « contraintes du marché » ?

Nous avons déjà évoqué la catastrophe du Sidamo, en Éthiopie, où, depuis cinq ans, des centaines de milliers de familles paysannes souffrent de l'effondrement des prix d'achat des grains de café, du fait de la spéculation internationale sur les prix de revient des trusts agroalimentaires.

En Côte d'Ivoire, au Brésil, c'est sur les prix d'achat au producteur des fèves de cacao que les cosmocrates de l'agroalimentaire exercent la plus forte pression. Ces baisses de prix ravagent des régions entières sur trois continents.

Mais le cosmocrate de Vevey a d'autres préoccupations.

La maximalisation des profits – principe passé sous silence dans la bible rédigée de sa main – exige des pratiques que l'âme pure du Chanoine réprouve. Des accords mondiaux entre producteurs et acheteurs (sur le café, le thé, le cacao, d'autres matières premières agricoles) avaient été mis en place durant la guerre froide afin de conjurer les chutes de prix trop brutales – toujours susceptibles de jeter les producteurs dans les bras des communistes. Aujourd'hui, l'OMC liquide ces accords l'un après l'autre.

Brabeck est, par ailleurs, un partisan enthousiaste des méthodes de l'OMC[1].

---

1. Cf. Peter Brabeck, « Hier schreibt der Chef : Ungerechte Zustände », in *Bilanz*, Zurich, février 2004.

VII

L'arrogance

Face à l'État et à ses lois, partout dans le monde, les nouveaux despotes témoignent d'une froide arrogance.

Dans les pays industriels du Nord, ils pratiquent le chantage à la délocalisation. Pour s'assurer les marges de profit le plus élevées possible, ils menacent les syndicats et les gouvernements de s'installer ailleurs.

Prenons ici l'exemple de Siemens.

Siemens est présent dans de nombreux secteurs d'activité – technologie médicale, transports, télécommunications, énergie, téléphonie, etc. Jusqu'en juillet 2004, son patron, Heinrich von Pieren, régnait sur ses 417 000 salariés dispersés à travers la planète[1]. En 2003, le chiffre d'affaires de Siemens s'élevait à 74,2 milliards d'euros, ses profits nets à 2,4 milliards d'euros.

L'Allemagne, quatrième puissance économique du monde et la première d'Europe, a, la première, introduit la semaine de travail de 35 heures. Or, cette mesure déplaisait aux cosmocrates de Munich. Ils exigèrent le rétablissement de la semaine de 40 heures.

---

1. Von Pieren a démissionné en juillet 2004 au profit de Klaus Kleinfeld.

Le jeudi 24 juin 2004, Siemens remporte la victoire : le trust mondial de la métallurgie signe deux accords avec le syndicat IG-Metall, obligeant les ouvriers, les employés et les cadres allemands à travailler 40 heures par semaine – et donc à renoncer « volontairement » à la semaine de 35 heures, acceptant ainsi une diminution sensible de leur rémunération horaire.

Comment les choses se sont-elles passées ? Début 2004, les cosmocrates exigent une réduction drastique des coûts salariaux dans leurs usines d'Allemagne. À l'appui de sa demande, Siemens menace de délocaliser un premier ensemble de 5 000 postes de travail en Chine et en Europe de l'Est.

Von Pieren formule d'autres menaces précises.

Le trust emploie 170 000 personnes en Allemagne, soit 41 % de la totalité des personnes travaillant chez Siemens dans le monde. Mais la part allemande du chiffre d'affaires de Siemens ne représente que 23 % du chiffre d'affaires total. Les cosmocrates de Munich annoncent la mise en correspondance de ces chiffres : la part des emplois allemands dans l'emploi total mondial passera de 41 à 23 % s'ils n'obtiennent pas gain de cause, ce qui signifie la suppression de 74 000 postes de travail sur le sol allemand.

Le 18 juin 2004, 25 000 travailleurs descendent dans la rue à l'appel d'IG-Metall pour protester contre le cynisme et le chantage des cosmocrates. Le chancelier Gerhard Schröder dénonce comme « antipatriotique » les plans de délocalisation annoncés.

Peine perdue ! Les cosmocrates mettront les syndicats à genoux et ceux-ci devront signer deux accords. Le premier est un accord-cadre sur les futures négociations sociales. Il comporte néanmoins la promesse de Siemens « de préserver et de développer l'emploi, la compétitivité et l'innovation ».

Le deuxième accord est de portée locale et concerne l'emploi sur les sites de fabrication de téléphones portables et sans fil de Bochoit et de Kamp-Lintfort, en Rhénanie-Westphalie. Siemens renonce au transfert immédiat de 2 000 postes de travail en Hongrie et garantit l'emploi sur les deux sites pour une durée de deux ans.

En contrepartie de ces deux accords, le syndicat IG-Metall accepte le rétablissement de la semaine de travail de 40 heures, sans augmentation de salaire. En outre, les primes de vacances et de Noël sont supprimées et remplacées par une prime au mérite.

Le chantage paie : les coûts salariaux de Siemens sont bientôt réduits de 30 %.

Évoquant les deux usines de Rhénanie-Westphalie, le porte-parole du quartier général de Munich dira, avec une bonne dose de cynisme : « … ces sites sont désormais aussi compétitifs que ceux de Hongrie, nous avons comblé les lacunes de productivité[1]. »

Le chantage à la délocalisation est particulièrement efficace parce qu'il s'exerce sur un marché de l'emploi qui – du fait de la succession des révolutions technologiques et électroniques ces dernières années – embauche toujours moins de monde.

Entre 2001 et 2003, Siemens avait déjà supprimé 30 000 emplois de par le monde.

La tendance à la suppression est générale et mondiale. Elle inspire les stratégies de pratiquement toutes les sociétés transcontinentales.

La CNUCED publie chaque année le *World Investment Report* (Rapport mondial sur l'investissement

1. Adrien Tricorne, « Pour éviter les délocalisations, IG-Metall accepte que Siemens abandonne les 35 heures », *Le Monde*, 26 juin 2004.

dans le monde)[1]. Il en ressort que si, en 1993, les cent plus puissants conglomérats transcontinentaux de la planète avaient vendu des marchandises, services, etc., pour une valeur équivalant à 3 335 milliards de dollars (et employaient alors 11 869 000 salariés), en 2000, les ventes des cent plus grands conglomérats (leur composition ayant partiellement changé) s'élevaient à 4 797 milliards de dollars (le nombre de leurs salariés s'élevant à 14 257 000).

Autrement dit, en sept ans, les cent plus puissantes sociétés transcontinentales ont augmenté leur chiffre de ventes de 44 % quand leur personnel, lui, n'augmentait que de 21 %.

La stratégie de Siemens a été imitée, en Allemagne, par Opel et Volkswagen. Avec succès.

Mais d'autres patrons de sociétés moins puissantes recourent à des méthodes similaires. En voici un exemple.

Ronal SA fabrique des jantes d'aluminium près de Saint-Avold, en Moselle. Cette usine appartient à la société Ronal AG, dont le quartier général se trouve à Härkingen, dans le canton de Soleure, en Suisse, et qui est contrôlée par deux puissantes banques privées bernoises. Ronal AG possède notamment une usine employant 1 000 ouvriers en basse Silésie et d'autres usines en Pologne et en Tchéquie.

Le 15 mai 2004, la direction du groupe ordonne le déménagement clandestin vers l'Est de 40 moules. Le 8 juin 2004, Ronal SA se déclare en cessation de paiements. Tous les travailleurs sont mis à la porte. La direction avance des « difficultés économiques ».

---

1. *World Investment Report*, édité par la CNUCED, palais des Nations, Genève. Je cite l'édition de 2002.

Les travailleurs réagissent. Ils font appel à Ralph Blindauer, l'un des avocats les plus réputés en droit du travail. Blindauer dépose une plainte pénale contre des dirigeants de Ronal SA pour « dépôt de bilan frauduleux ». Il explique : « C'est une faillite organisée de A à Z pour éviter de payer la moindre indemnité[1] », ce que conteste bien évidemment Ronal SA. Tous les frais sont à la charge de l'État français et des centaines de familles de travailleurs licenciés sont plongées dans l'angoisse.

Aujourd'hui, les affaires de Ronal prospèrent à l'Est.

---

1. Ralph Blindauer, in *Tribune de Genève*, 2 juillet 2004.

VIII

Les droits de l'homme c'est bien,
le marché c'est mieux !

Estimant qu'il ne pourrait les amener à la raison,
c'est-à-dire au respect des principes de la Charte, Kofi
Annan a décidé de négocier un compromis avec les
cosmocrates. Il a ainsi élaboré le *Global Compact*, un
pacte général conclu entre les Nations unies et les principales sociétés capitalistes transcontinentales.

C'est le 31 janvier 1999, au Forum économique mondial de Davos, qu'il a rendu publiques ses propositions.
Ce Forum réunit annuellement les 1 000 dirigeants des
sociétés transcontinentales les plus puissantes. Pour
être admis au « Club des 1 000 » (c'est son titre officiel), il faut diriger un empire bancaire, industriel ou
de services transcontinental dont le chiffre d'affaires
annuel dépasse le milliard de dollars.

Le Pacte global comporte neuf principes. Dans le
document officiel, établi par les services du secrétaire
général, chacun de ces principes bénéficie d'une explication particulière.

Les principes 1 et 2 traitent des droits de l'homme :
[« Les signataires s'engagent à] respecter et à mettre
en œuvre les droits de l'homme dans leur sphère d'influence […] s'assurer que leurs propres sociétés ne se

font pas les complices d'une quelconque violation d'un droit de l'homme. »

Les principes 3 à 6 concernent le marché du travail : [« Les sociétés s'engagent à] respecter la liberté d'association et à reconnaître effectivement le droit collectif de négociation des salariés […] éliminer toute forme de travail forcé et de travail d'esclave […] abolir le travail des enfants […] supprimer la discrimination en matière d'emploi et de travail. »

La protection de l'environnement et de la nature est évoquée dans les principes 7 à 9 : « [Les sociétés signataires promettent de] s'engager avec précaution dans toute activité qui pourrait modifier l'environnement naturel […] de prendre des initiatives visant à promouvoir une plus grande responsabilité envers l'environnement et la nature […] de favoriser la découverte et la diffusion de technologies compatibles avec la protection de l'environnement. »

Dans le bunker des congrès, situé au cœur de la petite cité helvétique de Davos, en ce mois de janvier glacé de 1999, Kofi Annan demandait donc aux nouveaux pouvoirs féodaux « d'accepter et de mettre en œuvre[1] » le Pacte global. Les prédateurs debout applaudirent, cinq bonnes minutes durant, Kofi Annan. Ils adoptèrent son pacte à l'unanimité.

En juin 1999 se tint au palais des Nations, à Genève, la deuxième conférence mondiale sur le combat contre la pauvreté, en présence des représentants de 170 États et de plus de 500 ONG. Kofi Annan y présenta une plate-forme intitulée « Un monde meilleur pour tous », contresignée par la Banque mondiale, le FMI et l'OCDE. Cette plate-forme complète le Pacte.

---

1. Le texte original anglais du discours est plus insistant : « *to embrace and to enhance* ».

Mais le Pacte global et son appendice sont du pain bénit pour les nouveaux féodaux. Ni le secrétariat général des Nations unies ni aucune autre institution n'exerce le moindre contrôle sur l'application pratique des principes qu'ils édictent par les sociétés transcontinentales qui y adhèrent. Les seigneurs signent – et le tour est joué !

Pour eux, cette signature vaut de l'or. En termes de relations publiques et d'« image », le gain est fantastique. Kofi Annan leur fait économiser des dizaines de millions de dollars de frais de publicité. Chaque société signataire a désormais le droit de faire figurer son adhésion au Pacte sur tous ses prospectus, documents publicitaires, etc., et de s'approprier ainsi le logo des Nations unies.

Le 13 avril 2001, le secrétaire général et ses proches étaient les hôtes, à Zurich, du gouvernement suisse et d'Économie suisse, l'organisation faîtière des principales sociétés transcontinentales helvétiques. J'ai devant moi une photo de l'agence Reuters parue dans *Die Berner Zeitung*, qui montre un Lukas Muehlemann hilare serrant la main d'un Kofi Annan songeur[1]. Muehlemann était à l'époque le chef suprême du Crédit suisse-First-Boston. C'est un des notables de l'archipel des milliardaires. Muehlemann, en effet, est un homme heureux : car grâce à un rapide trait de plume apposé au bas du Pacte global, sa banque peut désormais se targuer d'une fidélité exemplaire aux principes les plus sacrés de la communauté humaine.

Il en va de même pour Goeran Lindahl, à l'époque patron de la première société transcontinentale de métallurgie du monde, ABB ; pour Marcel Ospel, président de la United Bank of Switzerland ; pour Daniel

---

1. *Die Berner Zeitung*, Berne, 14 avril 2001.

Vasella, prince de Novartis; pour le P-DG de Royal Dutch Shell; pour le président de Nike; pour celui de la Deutsche Bank; pour ceux des géants de l'automobile Mitsubishi, Nissan, Daimler, Chrysler, Toyota.

Le Crédit suisse a longtemps abrité la plus grosse part du butin du défunt dictateur Joseph Désiré Mobutu, une somme qui excède les 4 milliards de dollars. La banque s'est également longtemps illustrée dans le passé par son soutien actif et obstiné au régime raciste d'Afrique du Sud ainsi que par le recyclage de millions de narco-dollars provenant de Colombie, et par nombre d'autres opérations aussi juteuses que moralement détestables. Elle figure aujourd'hui parmi les banques les plus puissantes du monde.

L'United Bank of Switzerland, autre signataire du Pacte, fait régulièrement parler d'elle pour sa contribution passive à la fuite de capitaux à partir des pays du tiers-monde. Une grande partie du butin du général-président nigérian, Sani Abacha, décédé en 1998, s'est retrouvée sur des comptes gérés par l'UBS.

Nike est accusé par des ONG américaines de faire fabriquer en Asie du Sud ses souliers de sport par des enfants surexploités.

Le grand promoteur du Pacte global, le Suédois Goeran Lindahl, entretient de son côté d'exquises relations personnelles avec les nababs rouges de Chine, les massacreurs du Printemps de Pékin, et avec les généraux massacreurs d'Ankara. En dépit de l'opposition des syndicats, des paysans, des ONG, sa société, ABB, construit en Chine et en Turquie de pharaoniques barrages qui provoquent le déplacement forcé (et souvent la ruine) de centaines de milliers de familles. C'est ainsi qu'ABB aide à la construction du méga-barrage dit « des Trois Gorges » sur le Yang-tsé. Son inauguration est prévue pour 2009. À cette date, 2 millions de paysans auront perdu leurs terres. En totale violation de leurs droits, et sans compensation financière adéquate. Ils devront rejoindre les bidonvilles sordides de Shanghai, Pékin et Canton.

Selon Amnesty International, la Royal Dutch Shell Company ravage, par la pollution incontrôlée qu'elle occasionne, le delta du fleuve Niger et ruine l'économie du peuple ogoni. Elle a été, en outre, l'un des plus fermes soutiens financiers des dictatures militaires successives du Nigeria[1].

Quant à Mitsubishi, Toyota et Nissan, leurs P-DG respectifs viennent de fermer – pour des raisons d'« économie » – des dizaines de cantines ouvrières, des hôpitaux d'usine et des écoles au Japon et dans le monde.

Le 24 juin 2004 se sont réunis, au quartier général des Nations unies à New York, sous la présidence de Kofi Annan, les représentants des principales sociétés transcontinentales signataires du Pacte global. Il s'agissait de dresser le bilan des cinq ans passés.

Sous la pression des organisations non gouvernementales, Kofi Annan avança, à cette occasion, une proposition : ne conviendrait-il pas de créer un mécanisme international de *monitoring*, une autorité de surveillance chargée de vérifier si, et dans quelle mesure, les signataires honorent leur signature ?

Horreur et tremblement ! Un contrôle public ? Un instrument contraignant de vérification ? Vous n'y pensez pas !

---

1. La société pétrolière figure régulièrement dans le rapport d'Amnesty International. Cf. *Amnesty International année 2000*, rapport publié le 30 mai 2001 à Londres.

La proposition fut rejetée à l'unanimité.

Les cosmocrates n'aiment les droits de l'homme que pour autant qu'ils n'entravent pas la machine à exploiter, à broyer les peuples.

ÉPILOGUE

Recommencer

Emmanuel Kant n'a pas participé à la Révolution française. Il n'a même jamais quitté son Königsberg natal. Mais pour lui, la Révolution était l'incarnation vivante et la mise en œuvre concrète des idées des Lumières. Elle marquait un pas décisif vers l'émancipation de l'homme.

En tant que fonctionnaire prussien, vivant en régime autocratique sous l'œil vigilant des sbires royaux, Kant prit, par sa défense publique et privée de la Révolution et de ses acteurs, des risques personnels considérables.

Dès juillet 1789, il se fit envoyer de Paris *L'Ami du peuple* et plusieurs des principaux journaux révolutionnaires. Ceux-ci arrivaient par la poste, régulièrement, au su et au vu des sbires.

Il déjeunait chaque jour à l'auberge, et ces déjeuners, partagés avec des amis, devinrent bientôt le lieu de ralliement des sympathisants de la Révolution en terre prussienne. Kant y commentait quotidiennement, et souvent avec enthousiasme, les événements de Paris. On découvrirait plus tard que, comme la plupart des convives, il figurait dans le « registre noir », la liste des ennemis de Frédéric II, constamment mise à jour par les agents de la police secrète[1].

---

1. Manfred Geier, *Kant's Welt*, Éditions Rowohlt, Reinbek, 2004.

Kant avait 70 ans lorsque Robespierre déclencha la Terreur. À l'auberge, il porta un toast à l'Incorruptible. Les archives de la police prussienne en gardent la trace. Grimpant sur sa chaise (Kant ne mesurait que 1,52 mètre), il leva son verre rempli de vin du Rhin et s'écria : « Gardons-nous de douter de l'idée de la révolution bourgeoise ! Les explosions d'immoralité ne doivent pas nous troubler. »

À l'époque, Königsberg (aujourd'hui Kaliningrad) était une capitale de province d'environ 50 000 habitants, qui vivait essentiellement de son port sur la mer du Nord. Elle abritait une mosaïque bigarrée de peuples : des Lituaniens, des Estoniens, des Lettons, des Polonais, des Russes, une forte communauté juive, des marchands hollandais et anglais, des huguenots réfugiés de France et des mennonites venus de Hollande au XVIe siècle[1]. Dépourvus de droits politiques et de revenus décents, nombre de ces habitants vivaient dans une extrême précarité. Révolté par l'injustice sociale, Kant voyait dans la Révolution la promesse de libération des miséreux.

Sur la signification historique de la Révolution, Emmanuel Kant écrivait en 1798 : « Un tel phénomène dans l'histoire du monde ne s'oubliera jamais, car il a découvert au fond de la nature humaine une possibilité de progrès moral qu'aucun homme n'avait jusqu'à présent soupçonnée. Même si le but poursuivi ne fut pas atteint […] ces premières heures de liberté ne perdent rien de leur valeur. Car cet événement est trop immense, trop mêlé aux intérêts de l'humanité et d'une trop grande influence sur toutes les parties du monde pour que les peuples, en d'autres circonstances, ne s'en

---

1. Pour la composition sociale de la population de Königsberg au temps de Kant, cf. Manfred Kuehn, *Kant, eine Biographie*, Munich, Verlag C. H. Beck, 2004.

souviennent pas et ne soient pas conduits à en recommencer l'expérience[1]. »

Recommencer. Oui, recommencer !

De la Révolution française est née la longue marche vers la démocratie politique. Elle a accompagné la révolution industrielle et l'expansion coloniale. Les États nationaux s'en sont trouvés consolidés.

Au xxᵉ siècle, la Société des Nations, puis l'Organisation des Nations unies ont tenté d'assurer la paix universelle. La Déclaration des droits de l'homme du 10 décembre 1948 reprend presque textuellement certaines formulations de la Déclaration de 1789.

Vers la fin du xxᵉ et au début du xxiᵉ siècle, d'autres progrès ont été accomplis. La démocratie politique a été consolidée en Europe, mais aussi dans certains pays de l'hémisphère Sud. La décolonisation a fait de considérables progrès. L'égalité de toutes les cultures de la terre a été proclamée. La discrimination des femmes a reculé. Dans plusieurs régions du monde, les forces de production se sont formidablement développées…

Et maintenant ?

Nous subissons l'offensive la plus effroyable, que personne n'aurait encore imaginée il y a cinq ans.

Aucun État national, aucune organisation supranationale, aucun mouvement démocratique ne résiste à cette offensive.

Les seigneurs de la guerre économique ont mis en coupe réglée la planète. Ils attaquent les États et leur pouvoir normatif, ils contestent la souveraineté popu-

---

1. Emmanuel Kant, « Le conflit des facultés », in *Œuvres philosophiques, II, Les derniers écrits*, sous la direction de Ferdinand Alquié, Paris, Gallimard, coll. « Bibliothèque de la Pléiade », 1986.

laire, ils subvertissent la démocratie, ils ravagent la nature et détruisent les hommes et leurs libertés.

Ils contestent radicalement le droit de l'homme à la recherche du bonheur.

Aucun contre-pouvoir constitué – ni d'État, ni syndical – n'est en mesure de contester leur toute-puissance. Dans les rues de New Delhi, des milliers de femmes et d'enfants, rendus aveugles par le nuage de Bhopal, mendient l'aumône au passant. Tandis que les maîtres de Dow Chemical sont barricadés dans leur gratte-ciel de Midland, dans le Michigan.

Saint-Just : « Entre le peuple et ses ennemis il n'y a rien de commun, rien que le glaive. » Le glaive qui sépare et qui tranche… Le droit au bonheur, à la dignité, à la nourriture, à la liberté sont consubstantiels à l'être humain. Ils font qu'un homme est un homme. À ce propos, Kant a une expression difficilement traduisible : « *Das einzige ursprüngliche, dem Menschen Kraft seiner Menschheit zustehende Recht* » (« le droit à la vie unique, fondateur, appartenant à chaque homme du simple fait qu'il est homme »).

Plus poétiquement, Saint-Just dit la même chose :
« L'indépendance et l'égalité
Doivent gouverner l'homme, enfant de la nature,
Et destiné par son essence pure
À la vertu et à la liberté[1]. »

Un seul sujet de l'histoire : l'homme. Ceux qui, comme les nouveaux féodaux, les maîtres de l'empire de la honte, leurs généraux, leurs propagandistes et leurs laquais se réclament de la toute-puissance du marché, nient les normes civilisatrices nées des Lumières.

---

1. Louis Antoine de Saint-Just, *Œuvres complètes*, *op. cit.*, p. 10.

Un proverbe wolof, né à l'embouchure du fleuve Sénégal, résume mon propos : « *Nit nit ay garabam* » (« l'Homme est le remède de l'homme »).

L'homme n'existe, ne se construit, ne se reproduit qu'à l'aide des autres hommes. Il n'y a pas d'homme sans société, sans histoire – et sans compassion. Les relations de réversibilité, de complémentarité et de solidarité sont constitutives de l'être humain.

Que faire contre le cynisme des cosmocrates, la violence déchaînée de leurs sbires, le mépris du droit à la recherche du bonheur ? Il faut écouter Kant, et recommencer la révolution. Car, entre la justice sociale planétaire et le pouvoir féodal quel qu'il soit, la guerre est permanente et l'antinomie radicale.

La mort, bien sûr, ne sera jamais vaincue par l'humanité, pas plus que la solitude, le désespoir, ou l'une quelconque des nombreuses souffrances qui font la condition humaine. Mais pour une douleur irréductible, combien de souffrances générées par l'homme !

Le hasard de la naissance est plus mystérieux encore que celui de la mort. Pourquoi suis-je né en Europe ? Blanc ? Bien nourri ? Doté de droits ? Promis à une vie libre, relativement autonome et protégée de la torture ? Pourquoi moi et pas le mineur de Colombie au ventre rempli de vers, le *caboclo* du Pernambouc, la femme bengali de Chittagong au visage défiguré par l'acide ?

Avant que ne s'achève l'année où est publiée l'édition de poche de ce livre, 36 millions d'êtres humains auront péri dans d'effroyables douleurs, de la faim ou des suites de maladies qui lui sont immédiatement liées. Faute de médicaments, d'autres dizaines de millions de personnes auront été martyrisées par les épidémies depuis longtemps vaincues par la médecine. L'eau polluée aura détruit 9 millions d'enfants de moins de dix ans.

L'habitat insalubre, les rats, le désespoir, la saleté auront rendu la vie intolérable à des millions de mères de famille, des *smokey mountains* de Manille aux *callampas* de Lima, des bidonvilles de Dacca aux *favelas* de la Baixada Fluminense de Rio de Janeiro.

Le chômage permanent et l'angoisse du lendemain auront brisé la dignité de centaines de milliers de pères de famille d'Oulan-Bator et de Soweto.

Pourquoi eux et pourquoi pas moi ?

Chacune des victimes pourrait être ma femme, mon fils, ma mère, un ami, des êtres qui font ma vie et que j'aime.

Ces êtres massacrés par dizaines de millions chaque année sont les victimes de ce que Babeuf appelle les « lois grossières ».

Et rien, sinon le hasard de la naissance, ne me sépare de ces crucifiés.

Marat écrit : « L'opinion est fondée sur l'ignorance et l'ignorance favorise extrêmement le despotisme[1]. »

Informer, rendre transparentes les pratiques des maîtres est la tâche première de l'intellectuel. Les vampires craignent comme la peste la lumière du jour.

Encore Marat : « L'amour des hommes est la base de l'amour de la justice, car l'idée du juste ne se développe pas moins par le sentiment que par la raison[2]. »

Dire la vie quotidienne des enfants des tunnels d'Oulan-Bator, la souffrance et les combats des *caboclos* brésiliens, des métayers bengalis ou des veuves du Tigré favorise l'éclosion du sentiment de

---

1. Jean-Paul Marat, *Textes choisis, op. cit.*, p. 21.
2. *Ibid.*, p. 155.

justice chez le lecteur. De cet éveil, peut-être, un jour, naîtra l'insurrection des consciences dans les pays du Nord.

Dans l'immense stade de football de Vila Euclides, à l'appel du syndicat des métallurgistes de São Bernardo, 80 000 grévistes se sont réunis l'après-midi du 13 mars 1979. J'y ai fait allusion dans le chapitre que j'ai consacré au Brésil. Dans le ciel sombre, à basse altitude, passaient et repassaient, dans un bruit assourdissant, les hélicoptères noirs de la police militaire. Ils tentaient d'intimider la foule.

Il pleuvait.

Lula se tenait debout sur le pont d'un camion immobilisé sur le gazon, au beau milieu du stade. Tout autour de lui, en rangs serrés, se tenaient les grévistes, leurs femmes, leurs enfants. Eux aussi étaient debout, dégoulinants de pluie, leurs vêtements leur collant à la peau. Ils étaient si attentifs, si graves, si tendus…

Les agents de la police politique avaient confisqué les haut-parleurs.

Frei Betto raconte : « Lula parlait. Ceux qui étaient près de lui et qui entendaient sa voix se retournaient et, en chœur, répétaient ses paroles à ceux qui étaient derrière eux. Successivement, chaque rangée d'auditeurs écoutait, se retournait et répétait en chœur, pour les autres, les paroles entendues. Et ainsi de suite jusqu'au fin fond de l'immense stade[1]. »

Je ne suis pas un leader syndical, ni un chef de mouvement de libération, mais un intellectuel aux moyens d'influence limités.

Mon livre pose un diagnostic.

---

1. Frei Betto, *Lula, um operário na presidência, op. cit.*

La destruction de l'ordre cannibale du monde est l'affaire des peuples. La guerre pour la justice sociale planétaire est à venir.

De quoi seront faites les victoires ? les défaites ? Quelle sera l'issue de cet ultime combat ? Personne aujourd'hui ne connaît les réponses.

Une conviction toutefois m'habite.

Tous ces combats à venir feront écho à cet appel de Gracchus Babeuf, le chef de la conspiration des Égaux, porté ensanglanté à l'échafaud le 27 mai 1797[1] : « Que le combat s'engage sur le fameux chapitre de l'égalité et de la propriété ! Que le peuple renverse toutes les anciennes institutions barbares ! Que la guerre du riche contre le pauvre cesse d'avoir ce caractère de toute audace d'un côté et de toute lâcheté de l'autre ! […] Oui, je le répète, tous les maux sont à leur comble, ils ne peuvent plus empirer. Ils ne peuvent se réparer que par un bouleversement total […].

« Voyons le but de la société. Voyons le bonheur commun, et venons après mille ans changer ces lois grossières[2]. »

---

1. La conspiration des Égaux ayant échoué, Babeuf et les conjurés survivants avaient été condamnés à mort par le Directoire. Le 16 mai, Babeuf avait tenté de se donner la mort.

2. Gracchus Babeuf, *Manuscrits et imprimés, op. cit.*

REMERCIEMENTS

Olivier Bétourné a accompagné la naissance de ce livre de son érudition, de son amitié et de ses conseils indispensables. Erica Deuber Ziegler, Christophe Golay, Sally-Anne Way, Dominique Ziegler et Karl Heinz Bittel ont relu mon manuscrit et m'ont fait bénéficier de leurs observations. Arlette Sallin et Camille Marchaut ont assuré sa mise en forme. Sabine Ibach et Mary Kling m'ont donné des conseils précieux. Pour l'édition en livre de poche, la collaboration, la compétence d'Olivier Etcheverry, Janine Jay, Claudine Le Gourriérec et Caroline Mathieu m'ont été indispensables.

Je leur dis ma profonde gratitude.

Table

Du même auteur :

Sociologie et contestation,
essai sur la société mythique
Gallimard, coll. « Idées », 1969

Le Pouvoir africain
Seuil, coll. « Esprit », 1973
coll. « Points », nouvelle édition revue et augmentée, 1979

Les Vivants et la mort, essai de sociologie
Seuil, coll. « Esprit », 1973
coll. « Points », nouvelle édition revue et augmentée, 1978

Une Suisse au-dessus de tout soupçon
en collaboration avec Délia Castelnuovo-Frigessi,
Heinz Hollenstein, Rudolph H. Strahm
Seuil, coll. « Combats », 1976
coll. « Points Actuels », nouvelle édition, 1983

Main basse sur l'Afrique
Seuil, coll. « Combats », 1978
coll. « Points Actuels », nouvelle édition, 1980

Retournez les fusils ! Manuel
de sociologie d'opposition
Seuil, coll. « L'histoire immédiate », 1980
coll. « Points Politique », 1981

Contre l'ordre du monde, les rebelles
(mouvements armés de libération
nationale du tiers-monde)
Seuil, coll. « L'histoire immédiate », 1983
coll. « Points Politique », 1985

Vive le pouvoir ! ou les délices de la raison d'État
Seuil, 1985

La Victoire des vaincus, oppression
et résistance culturelle
Seuil, coll. « L'histoire immédiate », 1988
coll. « Points », nouvelle édition revue et augmentée, 1991

La Suisse lave plus blanc
Seuil, 1990

Le bonheur d'être suisse
Seuil et Fayard, 1993
coll. « Points Actuels », 1994

Il s'agit de ne pas se rendre
en collaboration avec Régis Debray, Arléa, 1994

L'Or du Maniéma
Seuil, roman, 1996

La Suisse, l'or et les morts
Seuil, 1997, coll. « Points », 1998

Les Seigneurs du crime :
les nouvelles mafias contre la démocratie
Seuil, 1998, coll. « Points », 1999, nouv. éd. 2007

La Faim dans le monde expliquée à mon fils
Seuil, 1999

Les Nouveaux Maîtres du monde
et ceux qui leur résistent
Fayard, 2002, coll. « Points-Seuil », 2004, nouv. éd. 2007